本著作受教育部人文社会科学研究一般项目“西北边疆地区少数民族国家认同研究”（编号：14YJC810008）以及兰州大学管理学院教师学术出版基金资助

李世勇 李小虎 著

国家建构与认同

——理论与实证——

社会科学文献出版社
SSAP
SOCIAL SCIENCES ACADEMIC PRESS (CHINA)

摘　要

国家认同是与国家相始终的重要社会现象，是人们将自己的身份自觉归属于国家的一种心理，表现为国民对国家具有持久的爱，这是人类普遍具有的社会意识。国家认同是人民与国家建立关系的基础，为国家提供了合法性基础。这种合法性既能在艰难险阻中构建一个生机勃勃的新国家，亦能在顷刻间摧毁一个强大无比的国家。然而国家这种人类社会最重要的政治行为体，其建立与瓦解的过程从来都是以无数人的生命、鲜血为代价的。极具文化特性的国家认同往往弥漫着硝烟，其内在蕴含的政治性使其与世界的和平与战争息息相关。

民族国家时代，国家成为民族的表达形式，二者互为表里。但国家与民族之间的张力却始终存在，突出体现在国家认同与民族认同的关系方面，即：国家一方面以爱国主义为旗帜积极构建现代民族国家；另一方面又排斥民族主义，以维持国家的安全稳定。

民族国家建构以民族（国族）为基础，而民族又以文化为核心。文化的多元性及其结构的多层次性决定了其可以按照不同的认同标准不断地分化组合，从而使国家建立在一个变动不居、所谓的“想象的共同体”之上。这是现代民族国家具有不稳定结构的根本原因。由此，各类民族矛盾与冲突以宗教仇恨与暴力、现实利益博弈与民族情感纠葛等形式不断显现，使当今世界充满不确定性。

事关“民族利益、情感及尊严”的民族集体身份认同禁锢了一个个独立个体的思想自由。这种以文化特别是宗教为内核的粗糙的人群分类标准，忽视了人类具有的普遍共性及其他重要身份，在全球范围内不断分解和塑造着相互对垒的文明单位，催生了这个世界的暴力，成为后冷战时代世界动荡的重要原因。近年来，针对犹太教、伊斯兰教和基督教礼拜者的暴力事件充分说明了这一点。

基于上述认识，本书聚焦我国西北边疆，探讨当代国家认同与建构的基本理论和路径。首先，从国家的起源出发，探讨国家认同建构的基础及其历史脉络。其次，在中国与西方、当代与古代国家认同建构的对比中，强调当代中国国家认同必须立足于中国传统（这是源于民族性及经验性政治合法性的要求），同时汲取全人类的经验和智慧（这是基于“人类大体上一样”的信念）。本书主张承认世界的多样性，以宽容的态度超越狭隘的、挂一漏万的单一文化身份对“自我与他者”的区隔观念；以超越中西标签式或意识形态对立的包容性思维，探索国家建构与认同的本质及其规律，积极构建面向未来的中国国家认同理论。最后，以社会主义文化及公民身份建设为重点，对全面加强党的民族事务治理能力进行了探讨。

Abstract

National identity, as the social consciousness that human beings generally have, is an important social phenomenon co-existing with the national state and a kind of psychological mechanism in which people consciously identify themselves with their country. National identity is also the foundation for the establishment of relationship between the people and the state, providing the legitimacy basis for the state. With this basis, a vibrant new country can be built up from nowhere; without it, a powerful country can be dismantled in an instant. However, either the establishment or the disintegration of the state, the most important political actor in human society, has always been made at the expense of the lives and blood of countless people. Hence, the national identity, marked with great cultural specificities, is often shrouded by the flames of war, and its inherent political nature makes it closely linked to world peace and war.

In the era of nation-state, the state has become an embodied form of the nation, and the two are identical to each other in essence. However, the tension between the state and the nation has always existed, as reflected in the relationship between national identity and ethnic identity: on the one hand, the state actively constructs a modern nation-state under the banner of nationalism; on the other hand, it strongly rejects ethnicism in order to maintain the security and stability of the country.

The construction of nation-state is based on ethnic groups (nation), and the ethnicity generally takes culture as its core. The diversity of culture and the multi-layer nature of its structure determine that culture can be disintegrated or integrated according to different standards, so that the country can be established on the foundation of a changeable and delusive "imaginary community". This is the fundamental reason for the unstable structure of modern nation-states. As a result, all kinds of ethnic contradictions and conflicts—large or small, stacked in layers, accompanied by religious hatred and violence—continue to break out in the games of practical interests and emotional entanglements, leading our times into a chaos.

National collective identity, concerned with "national interests, emotions and dignity", abducts individuals' freedom of thought to a large degree. This rough classification criterion of population, with culture, especially religion as its core, neglects the universal commonness and other important identities of human beings. It constantly decomposes and reformulates conflicting civilized units on a global scale, and thus breeding violence in the world and causing world turbulence in the Post-Cold War era. Fatal violence against Jews, Muslims and Christian worshippers in recent years serves as a good illustration.

Based on the above understanding, this book focuses on the northwest frontier of China and explores the basic theory and paths of contemporary national identity construction. Firstly, it explores the basis and historical context of the construction of national identity by tracing back to the origin of the country. Secondly, in comparing the construction of national identity between China and the West, between the contemporary and the ancient, it emphasizes that the national identity of contemporary China must be based on the Chinese tradition (which is derived from the requirements of national and empirical political legitimacy) and meanwhile absorb the experiences and wisdoms of all mankind which is based on the belief that "we human beings are generally the same". It argues for acknowledging the diversity of the world, transcending over the narrow concept of a single cultural identity and a sharp distinction between "self and others" with a tolerant attitude, and accordingly exploring the essence and law of national construction and identification with inclusiveness perspective and transcendence over the label-type or ideological exclusion between China and the West, so as to actively construct the future-oriented theory of China's national identity. Finally, focusing on socialist culture and citizenship, this book explores how to comprehensively strengthen the ability of the CPC to govern ethnic affairs.

目　录

第一章　反思与重构：国家认同研究概述

一旦世界上的种种区别被整合简化成某一单维度的、具有支配性的分类体系——诸如按照宗教、社群、文化、民族或者文明划分并在处理战争与和平问题时按照这种方法把其相关维度看做是唯一起作用的因素，那么我们所共享的人性便受到粗暴的挑战。这样一个单一划分的世界比我们所实际生活其中的多重而又差异的世界更具分裂性。

——〔印度〕阿玛蒂亚·森（Amartya Sen）

第一节　问题的提出

一　国家认同——国家建构的核心

国家建构（state building）是当代世界各国普遍关注的热点问题。人们从多民族国家的民族分离主义以及对行为主义政治学的反思诸领域，对当代国家建构的含义、任务及其内容进行了广泛的探讨。在全球化的今天，国家建构作为国家能力的重要体现，已经成为世界各国普遍面临的重要任务。冷战后，那些所谓的“失败国家”（failed state）、“脆弱国家”（fragile state）所产生的社会动荡、恐怖主义乃至人道主义危机等问题都说明了国家建构的迫切性。从根本上说，国家建构的核心问题是国家认同问题，特别是少数民族的国家认同问题，国家认同是国家建构、发展和演进的逻辑起点。

国家认同是指一个国家的公民确认自己的国民身份，并将自己的民族自觉归属于国家，形成捍卫国家主权和民族利益的主体意识。作为一种重要的国民意识，国家认同是维系一国生存与发展的重要纽带，是现代民族国家的合法性基础。国家认同的水平直接影响着国家的安全稳定乃至国家的前途命运。当今时代，全球化引发的民族文化多样化展示、流变性呈现和断裂性改变，使价值多元、理性差异成为文化图景中活生生的现实，以民族文化为主要特征的民族身份认同问题日益凸显。① 这种全球化时代不期而遇的民族文化接触、碰撞，使人们"突然"发现了自己的民族"文化特性"，因而在全球范围内激活了民族主义。从此，民族认同、国家认同、超国家认同以及各种次国家认同错综交织，对既有的国家秩序、国际秩序构成严重挑战。秩序是先于其他一切价值的②，由此，国家认同实际上成为当今时代秩序维系的核心变量。

二　西北边疆地区国家认同建构的战略意义

就地理位置、发展状况、民族构成、文化传统、历史变迁、国家安全、外部干预、政治生态诸方面而言，西北边疆都是我国最独特而又重要的地区，这种独特性自古便在历代中央政府、周边政权及世界大国认知中占有重要地位。从地缘政治视角分析，我国西北边疆地区是所谓的"欧亚大陆心脏"地带的核心区，作为古丝绸之路的黄金地段，它是连接中国与中亚、南亚、西亚及欧洲的要冲，被誉为"世界地缘政治结构体系中的多元结合部"③，也有人将其称为地缘政治轴上的桥头堡。

① 董强：《军事文化认同：理论审视与实践向度》，《南京政治学院学报》2015 年第 6 期。
② 〔美〕格伦·蒂德：《政治思维：永恒的困惑》，潘世强译，浙江人民出版社，1988，第 112 页。
③ 文云朝：《中亚地缘政治与新疆开发开放》，地质出版社，2002，第 20 页。

因此，当代西北边疆地区地缘战略地位的重要性是我们理解和认识西北边疆地区国家认同的基本背景。然而，作为西北边陲，西北边疆地区的安全稳定不仅取决于我国政治、经济、文化及民族关系等内部因素，其周边国家政治生态及世界大国的对华战略等外部因素也对其产生重要影响。历史上的大国博弈、政权兴替、疆域流变以及东西方文化交汇碰撞，使得西北边疆地区成为典型的“民族走廊”和“通道地带”。边疆性、民族性、宗教性以及贫困问题相互叠加交织，西北边疆问题显得十分复杂而敏感。

从现实角度分析，我国西北边疆地区的前途命运与中华民族伟大复兴紧密相连。实现中华民族伟大复兴是近代以来中华民族最伟大的梦想。西北边疆地区既是我国区域经济发展不平衡的典型区域，又是实现“一带一路”倡议的核心区。西北边疆地区的稳定发展，不仅关涉发展不平衡不充分这一当前我国社会主要矛盾的解决，而且关系到全面建成小康社会目标乃至中华民族伟大复兴“中国梦”的实现。没有西北边疆地区的小康就没有全国的小康，也就没有全国的现代化。由此可见，现实的发展对西北边疆问题研究提出了迫切的要求。

当代西北边疆的核心问题体现为西北边疆地区少数民族的国家认同问题。众所周知，随着苏联解体、东欧剧变、冷战格局瓦解、全球化、地区主义深入发展以及第三次民族主义浪潮席卷全球，民族主义不断重塑着民族国家和国际政治议程，对民族国家的政治稳定、边疆安全，甚至地区和平与稳定形成了严重挑战。冷战结束后，民族国家内部以民族文化身份为标签的政治反对派撬动和引发了国家分裂、地区纷争乃至国际战乱与冲突。大国博弈和各类恐怖主义所倚重的现实政治力量多与种族、部族、宗教这种自然血缘、文化血脉的政治身份利益、价值观念、民族尊严紧密关联。这些都使全球化时代的民族认同与国家认同之间的张力不断加剧，民族主义对现实的民族国家体系构成了严重威胁。国家认同作为现代民族国家建构的核心，日益引起包括欧美典型民族国家在内的世界各国的普遍关注，而国家内部的民族整合能力成为国家能力的标志性维度。我国历来高度重视边疆地区发展，国家着眼于民族地区的现代化，从区域协调平衡发展入手，大力实施西部大开发战略，倡导“一带一路”以及实施精准扶贫政策，民族地区经济社会发展取得了长足进步。各民族“像石榴籽一样紧紧抱在一起”的局面已初步形成。但也还在一些不和谐的声音，学界对西北边疆少数民族国家认同的本质及其内在规律的认识还存在一定分歧。

三　新时代需要开创中国的国家建构理论

在 18 世纪末及 19 世纪初的欧洲、北美形成的民族国家，伴随着西方工业强国的全球侵略和扩张，形成了今天西方国家主导的民族国家体系和国际秩序。由此，建立以民族身份认同为基础的现代民族国家成为国家构建的时代潮流和“世界性规范”模式。

对于我国而言，鸦片战争以后我们在对传统思想文化的深刻批判中，常常忽视长期以来积淀而成的中国国家建构的经验和智慧，特别是对中西方客观的民族发展状况、基本的民族格局认识不清，导致很多国家建构理论囿于近代西方的民族国家理论，并以其为国家建构圭臬，形成模仿性国家建构理论，这在一定程度上限制了中国特色民族理论的创新和发展。

当今时代，人们依然普遍将西方资本主义兴起时代产生的民族国家当作国家建构的前置条件，国家建构研究的重点置于如何协调民族认同与国家认同二者的关系，期望在有效的民族政治整合基础上，形成与现有政治国家相对应的“国族”，从而完成现代民族国家建构。显然，这种研究思路是对中国这样具有古老文明的东方大国的国家建构基础认识不足的体现，是在用一种模仿性思维思考中国的民族国家建构。

基于上述分析，本书研究的重点在于：一是全面系统梳理总结国家认同的基本原理、基本概念，特别是对全球化时代，中国语境下国家认同的内涵、层次、对象进行分析，从国家建构的视野认识和分析当代我国西北边疆地区少数民族的国家认同，从理论上提升对少数民族国家认同问题的科学认识水平；二是探讨全球化时代基于中国民族发展实际的西北边疆地区少数民族国家认同建构的科学路径，为我国边疆民族事务治理提供新的、更为科学的研究思路和研究方向，不断提升西北边疆地区少数民族的国家认同水平，实现西北边疆地区的长治久安。

第二节　当代国家认同研究的时代背景

一　国家认同基础的时代变迁

古希腊历史学家希罗多德（Herodotus）曾经指出："过去曾经辉煌的城市，大多数已经不再辉煌；而现在强大的城市，过去可能曾经非常弱小。通过这两类相反的雄辩事实，我确信人类的幸福不可能永远持续长存。"[①] 一部人类文明发展史可以看作一部不同国家的兴衰史。因此，人们很早就对国家兴衰进行了考察，并对其背后的"神秘"原因进行了不懈探索，形成了各种解释和"假说"。虽然众说纷纭、莫衷一是，但国家能力对国家兴衰起着决定性作用却是普遍共识。因此，适应时代要求，不断加强国家建构，增强国家能力，以适应新情况、应对新问题，从而有效维护和平稳定的政治秩序是国家的首要任务。

政治心理学认为，国家认同是国家建构、增强国家能力的第一步，也是国家维持长治久安的根本之道，国家认同内在蕴含的"人心向背"为国家政治合法性提供了重要来源。虽然在人类历史长河中，不同时代国家建构的基础不尽相同，但历史无可争辩地昭示人们，国家认同作为一种有力的政治力量从来都是国家建构或解构的核心变量。

国家认同的基础随着时代变迁而不断变化，常常因社会发展被赋予新的内涵。虽然人们对于国家的起源众说纷纭，但不同时代的任何国

① 引自"The First Book，Entitled Clio"，*The History of Herodotus*，英译本，George Hawlinson 翻译（New York：D. Appleton and Company，1882），1：22，122。

家都有一种核心理念作为国家建构的思想基础和基本依据。神权统治、君权神授或绝对主权、社会契约、民族主义等都曾充当过国家建构的基础。同时，这种国家建构以部落联盟、城邦、王国、帝国、“天下”、民族国家等政权组织形式在历史大舞台上演绎着一幕幕国家兴衰的悲喜剧。然而，基于人性对于正义、公平、平等、民主等制度价值的追求，国家认同建构的基础不断更新。

正因为国家认同建构之基础随着时代发展而不断变化，任何国家都无法形成那种与生俱来的、自然而然的国家认同；也不可能形成亘古不变的、一劳永逸的国家认同。因此，任何时代、任何特定的国家认同都需要通过文化的、制度的、法律的、经济的、历史的话语被不断协商、更新或重构。

事实上，世界上从来没有统一标准的国家认同理念。地理环境、文化传统、资源禀赋、地缘政治、生计方式及其他诸多因素决定了不同地区的民族具有不同的族性（ethnicity），从而产生了基于不同族性的国家认同思想理论。显然，不同民族其国家认同之内涵、路径、表现形式及成效也各不相同。

二　全球化时代的民族国家——当代国家建构的时代背景

不同时代、不同国家国家认同建构的差异性并不排斥国家认同建构在某些方面所具有的一致性。同一时代的不同国家，其国家认同建构又具有相同的时代背景。今天我们所处的时代最突出的特征有二。其一，人类已经步入了全球化时代。人口、文化、产品以及国际组织在全球范围内广泛流动扩散，人类从未像今天这样紧密联系而又休戚与共。国家认同曾经强调的那种内部“绝对同一性”的要求已经难以实现，跨国民族、新移民都使得国家认同的内涵及标准发生了变化。但全球化的发展并未使国家认同对国家建构的意义丝毫减弱。原来相对熟悉的“熟人社会”被一个流动不居、不确定和后现代化无差异的社会所取代，追寻认同成为人们一种重要而迫切的心理需求。因此，全球化侵蚀着国家主权，也激活了民族主义。其二，人类依然处于所谓的“民族国家”时代。当代，主权国家的重要作用和价值仍然是其他人类共同体所无法替代的，人们各种利益最终的有效维系者仍是民族国家。因此，我们认为当代国家认同研究展开的基本社会历史背景是我们处于全球化的民族国家时代。

因此，我们必须以全球化时代的民族国家体系为背景思考和认识当代的国家体系与国际政治。离开民族国家，来谈论民族及其与国家的关系，以及应对民族问题的方式等，都难免隔靴搔痒或者陷入无谓的争论。[①]

三　西方民族国家理论的局限性

发轫于欧洲的工业革命推动了近代民族国家的建立，伴随着欧洲资本主义的兴起以及全球殖民扩张，民族国家这种现代人群政治共同体也以“先进”“文明”的代表和标准化的国家形态在全球扩张，并被其他王朝、帝国和宗教神权统治等传统国家所效仿。以民族主义为基础建立的国家（突出强调国家的民族性）不仅是人们寻求团结一致、凝聚力量、维护权益的重要物质手段，更是满足人们心灵深处终极关怀、寄托人生意义的精神载体。为民族担道义、为国家崛起而读书成为天经地义的人生理想。在这种“民族－国家”体制中，民族成为国家的主体，而国家成为民族的政治形式。[②]

然而“民族－国家”体系这种近代世界的基础性结构，自产生之初就伴随着一个悖论：一方面，“民族－国家”由于对内部同质性的追求，催生了“一个民族，一个国家”的理念，从而对“多民族政治体”的合法性提出了挑战；但另一方面，在现实中并不存在纯粹由单一民族

① 周平：《民族国家时代的民族与国家》，《云南民族大学学报》（哲学社会科学版）2013年第5期。

② 周平：《族际政治：中国该如何选择？》，《政治学研究》2018年第2期。

构成的国家，世界上现存的政治体在一定程度上都是“多民族国家”。这样一种理想与现实的悖论构成了近代以来许多地区性的政治争端乃至战争的根源。[①] 这在近代西方民族国家实践中得到了印证。

地理大发现以来的世界人口全球流动，特别是进入21世纪以来全球化的快速发展，使民族国家遭遇“既有侵蚀国家主权的跨国主义的外部挑战，也有造成民族国家分崩离析的内部挑战”[②]。联合国经济与社会事务部在2017年12月18日“国际移民日”发布的《2017年国际移民报告》中指出，全球目前共有2.58亿移民，比2000年增长了50%。移民占全球总人口比例也从2000年的2.8%增长到2017年的3.4%。[③] 于是，现代民族国家的治理将面对全球化和多元文化的双重挑战，实现多元社会的内部整合是民族国家必须面对的现实问题。不论亨廷顿的文明冲突理论是基于对客观现实的理论总结，还是对汹涌澎湃的民族主义的引导和推波助澜，总之，以民族认同为核心要素的民族主义意识形态不断撕裂着国家，引发地区冲突和国际格局的演变。冷战结束后，苏联一分为十五个“民族国家”，南斯拉夫一分再分。[④] 不仅如此，随着族群政治权利诉求的日益高涨，民族文化的权益保障以及族群身份利益化，也消解着西方民族国家以公民身份为建国核心理念、强调公共精神的传统价值。[⑤] 在西方国家，族群利益多元化、国家内部族群异质性的增长必然与国家建构所要求的同质性相冲突，从而大大降低国家消弭族群冲突的能力，国家认同将被民族认同所取代，最终解构多民族国家。国家体系将处于无休止的分化之中，世界随之处于更加严

---

① 王娟、旦正才旦：《历史书写中的“文成公主”——兼论“多民族中国”的民族史叙事困境》，《社会》2019年第2期。

② 郁建兴：《国家理论的复兴与马克思主义国家理论》，《东南学术》2001年第5期。

③ 安然：《联合国最新权威数据：国际移民总量达2.58亿》，《华侨华人历史研究》2018年第2期。

④ 1992年南斯拉夫解体，分为南联盟、克罗地亚、斯洛文尼亚、马其顿和波斯尼亚-黑塞哥维纳。南联盟2003年重定新宪法改国名为塞尔维亚和黑山。2006年6月3日黑山独立，2008年科索沃“独立”。

⑤ 周平：《族际政治：中国该如何选择？》，《政治学研究》2018年第2期。

重的无政府状态，国际秩序将难以为继，与之相伴的则是以民族道义或宗教殉道精神为基础的血腥屠杀和战乱。

民族国家强调将民族与国家结合成为政治一体的人群共同体，从而使国家的统一和稳定高度依赖国家认同。如何在既有的民族认同基础上，实现多民族的国家认同，或使国家认同和民族认同维持在适当的级序，从而保证国家的统一稳定是考量国家能力的重要标志。因此，目前世界各国均面临这样的任务，即动用各种文化资源、政治手段以及制度安排持续不断构建统一的国家认同。由此可见，在民族国家理论指导下，期望从民族认同与国家认同协调一致性视角探讨一劳永逸的国家认同建构很可能是一个无解的思路。西方的族群政治理论只能在一定限度内维持国家统一稳定，这种脆弱的稳定无法应对国际格局变迁带来的冲击，也无法应对事实存在的有可能激化的各族群的矛盾，而人们对民族的普遍忠诚将加剧这种仇恨和不稳定。

因此，必须审慎看待民族国家理论，并充分认识中国国家建构的独特性。周平教授认为："中国自秦统一并建立中央集权的王朝政权后，国家就以王朝的形式存在，形成了独特的国家形态演进过程，并没有内生地形成自己的民族国家，也没有形成与民族国家结合在一起的民族。"① 中国与其他广大发展中国家一样，在世界主流的民族国家话语体系中属于模仿性的民族国家之一。在数千年传统中，中国处理民族关系的基本经验就是基于制度多元主义的因俗而治，这种既强调政治统一又承认地域差异的治理方式使具有不同政治与文化传统的诸民族都处于"各安其位、各守其序"的"秩序"之中，从而实现相对的和平与稳定。而在近代西方民族主义兴起以及"民族－国家"这种"世界性规范"形成之后，在一个主权国家内部，多样化的政治体制的基础遂不复存在。所有的现代民族国家都试图在其领土范围内建立统一的行政体系，也期望重塑各民族的"国家意识"和民族一体的历史叙述，

---

① 周平：《族际政治：中国该如何选择？》，《政治学研究》2018 年第 2 期。

实现多民族理想的政治整合。显然，对传统的“多民族国家”而言，实现适应世界潮流的“民族－国家”转型是一种巨大的挑战。

第三节　研究内容、思路、方法与创新点

一　研究内容

本书以田野调查为基础，从理论与实证两个方面对西北边疆地区少数民族国家认同展开研究。首先，从国家起源的纵向历史考察，超越民族国家时代分析国家建构的本质和一般规律。其次，总结西北边疆少数民族国家认同的基本特点、发展态势、影响因素及存在的主要问题。特别是对中华人民共和国成立以来西北边疆少数民族国家认同发展的历史脉络及其成因进行梳理总结，从中汲取相应的经验教训。同时，从当前社会主义核心价值观引领的社会主义新文化建设过程出发，积极构建以各民族共同文化为基础的中华民族命运共同体，为国家认同建构奠定共同的思想文化基础。最后，从我国边疆民族工作实际出发，提出新的历史条件下西北边疆少数民族国家认同建构的路径和对策。具体研究内容如下。

1. 理论与时代：国家及其建构理论变迁

没有对国家这种政治共同体的纵向历史考察，便不能准确认识国家的本质及其发展规律，从而也就不能洞悉国家认同建构的一般规律。因此，当代国家认同与建构研究的第一步就是对国家的起源及其历史发展脉络进行必要的回顾和梳理。

2. 一体与多元：少数民族国家认同建构理论分析

在阐释国家认同的含义、类型、基本特点、作用、生成机制及其发展规律的基础上，与民族一体化、民族认同等概念进行比较，结合全球化、现代化的时代特征解读国家认同的基本理论。同时，对西方国家认同的基本理论同化与多元两种思路进行分析。对中国

国家认同建构的社会历史条件进行分析，特别是对民族区域自治对国家政治合法性的重要意义进行阐释。

3. 多元与共生：西北边疆少数民族国家认同现状及成因

选取新疆、甘肃、青海、宁夏等省区具有代表性、典型性的民族自治地方为田野点，对边疆少数民族生计方式、居住格局、宗教信仰以及民族关系、民族认同、国家认同等基本情况进行田野调查，在比较研究中探讨国家认同的支配因素和不同地区国家认同差异的成因，为国家认同建构研究提供第一手素材。

4. 计划与市场——西北边疆地区少数民族国家认同变迁

从纵向视角出发，对新中国成立以来不同历史时期西北边疆民族地区少数民族国家认同的基本状况进行梳理分析，主要是对改革开放前后，计划和市场两种不同的体制对边疆少数民族国家认同的影响及其作用进行比较研究，从中探索总结西北边疆少数民族国家认同建构的发展规律及经验教训，从而以史为鉴，以中华民族共同体为理论视角分析新时代国家认同建构的路径。

5. 继承与创新——国家认同理论再思考

从我国“多元一体”民族格局这一逻辑起点出发，以全面加强党的民族事务治理能力为中心，探讨中华民族共同体视角下西北边疆少数民族国家认同建构的基本模式，从政治参与、政治社会化、民族地区社会组织以及政治文化现代化诸方面对国家认同构建进行理论探讨。

二　本研究拟突破的重点与难点问题

（一）研究重点

第一，从民族学与政治学视角探讨西北边疆地区少数民族国家认同建构理论，强调以中华民族命运共同体及中国“政治一体、民族多元”双维视角探讨国家认同建构。

第二，西北边疆地区少数民族国家认同建构的特殊性及存在的主要问题。

第三，对目前我国西北边疆民族地区国家建构理论进行反思，探索提升我国西北边疆地区少数民族国家认同的政治、经济、文教等对策。

（二）研究难点

第一，由于国家认同问题自身的复杂性以及跨学科研究的特点，需要对国家认同的本质及其内在的发展规律加以理论阐释和梳理，对西方民族国家理论进行审慎思考，构建基于中国国情与中国经验的国家建构理论。

第二，国家认同所具有的高度复合性和建构性的特点，使得国家认同建构的路径与方法也具有高度的复合性，其内容的凝练难度较大。因此，在国家认同建构的具体内容的凝练上需要加以深化和整合。

三　研究思路与研究方法

（一）研究思路

首先通过文献回顾，梳理、概括国家认同的国内外相关理论，在田野调查的基础上，对当前西北边疆少数民族的国家认同现状进行分析评估，其次对国家认同形成的历史与现实原因进行深入全面的分析，通过新疆、甘肃、青海、内蒙古等地不同民族地区国家认同状况的比较研究，探讨全球化、现代化背景下，我国西北边疆地区少数民族国家认同建构正反两方面的条件，探索国家认同的现实切入点和路径，总结民族地区少数民族国家认同生成机制与发展的一般规律。最后，从市场化、工业化、现代化的社会转型过程的现实背景出发，提出全方位提升西北边疆民族地区少数民族国家认同建构的政策建议。具体如图 1 – 1 所示。

（二）研究方法

研究结论与研究方法直接相关，研究方法本身就是一种思考问题的视角。显然，运用不同的研究方法会得出不同的结论。特别是对于像国家认同这类更多地蕴含人的主观意识和态度，同时又关涉全人类和平与战争的重大问题，从不同视角得出的研究结论往往相去甚远。加

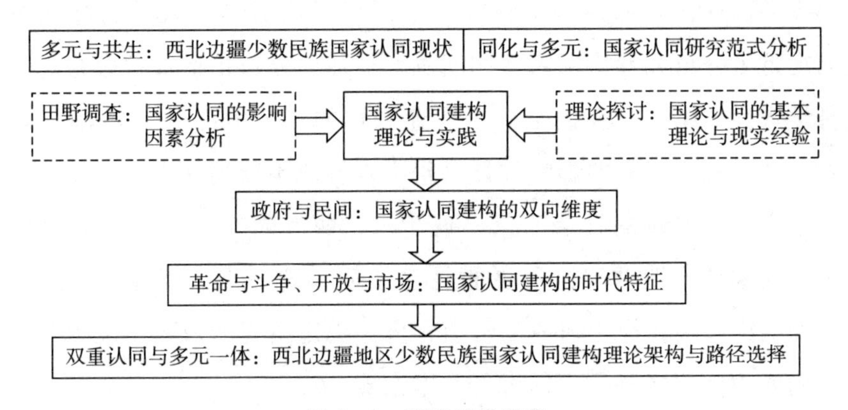

图 1－1　研究思维导图

之，研究者本身都是具有一定民族身份的人，研究中不可避免地带有个人情感因素和一定的思想偏见。因此，广泛涉猎全球不同国别、不同民族、不同专业领域具有重大影响的论著显得十分必要，这是一个研究者得出科学合理、价值中立，具备全人类人文情怀的研究结论的重要前提。

进入 21 世纪以来，国内外越来越多不同领域的专家和学者开始关注和进入民族研究领域，特别是国家认同领域的研究，这不仅说明国家认同本身是关涉当代全人类前途命运的重大问题，更使得不同学科、不同研究方法广泛交叉，不同研究结论相互碰触，国家认同研究空前繁荣。

1. 文献研究法

有鉴于此，本书首先采用文献研究法，即通过对国内外相关文献（不仅限于历史文献）的搜集、梳理与总结，尽可能全面掌握当前国内外国家认同研究领域具有重大社会影响的思想理论、学术观点，从而拓展研究视野。文献研究法首先从广泛阅读和研究全球优秀人文社会科学家的论著开始，这不仅要从国内外民族学、人类学、政治学、社会学、历史学等学科思想家的智慧中汲取营养，同时，也要高度关注经济学、法学、管理学、心理学、叙事学，甚至自然科学等学科领域，有关国家认同的思想和见解。这是因为国家认同研究根本不是某一个学科领域，比如民族学或政治学所能解决的问题，其关涉领域之广泛、情感之复杂、利益之纠葛、思想之混乱、问题之敏感不是某一个学科所能完全解决的。往往是那些跨学科优秀的思想家用更具全人类情怀和更宽广的视野来分析和看待国家认同问题，从而能够得出更加符合常识、更具科学理性的结论。反而某一个专业领域的“专家”仅从本学科视角出发，或受现实因素的影响往往会得出谬误或不恰当的观点，误导人们的思想，产生严重的社会后果。近年来，西方人文社会科学界对塞缪尔·亨廷顿“文明冲突论”的批评就说明了这一点。因此，视野决定研究的高度，情怀决定研究的价值，方法决定研究的成败，文献研究法的运用能力体现着科研工作者的基本素养。

2. 多学科综合研究法

与文献研究法密切相关的是多学科综合研究法。如前所述，国家认同的复杂性以及当代学科的精细化分类，使对国家认同进行多学科的综合研究十分必要。可以说，学科交叉是当代正确而全面认识社会现象的根本之道，尽管精细化的学科分类促进了人们对事物更加深入的认识和理解，但它也具有明显的负效应，因为世界本身具有整体性，事物之间是普遍联系的，走形而上学孤立、片面的路径必然导致错误和偏见。正如，柏拉图在《理想国》中所描述的那个洞穴隐喻①一样，太过精细化的学科分类反而不利于认识真理，因为这些学科恰如一个个不同的洞穴，每个学科即为一个黑暗的洞穴，人们在自己的学科领域通过习以为常的、自以为是的、科学规范的研究程序所进行的研究往往却会遮蔽人类智慧的灵光。而个别人文社会科学中人们过分依赖数据量化、

① 设想在一个地穴中有一批囚徒，他们自小待在那里，被锁链束缚，不能转头，只能看面前洞壁上的影子。在他们后上方有一堆火，有一条横贯洞穴的小道；沿小道筑有一堵矮墙，如同木偶戏的屏风。人们扛着各种器具走过墙后的小道，而火光则把透出墙的器具投影到囚徒面前的洞壁上。囚徒自然地认为影子是唯一真实的事物。如果他们中的一个碰巧获释，转过头来看到了火光与物体，他最初会感到眩晕（就像才从电影院走出来一样），但是他会慢慢适应。此时他看到有路可走，便会逐渐走出洞穴，到阳光下的真实世界；到那时他才处于真正的解放状态，意识到以前所看到的世界只不过是影像，是不真实的，于是会开始怜悯他的囚徒同伴、他原来的信仰和生活。此时，不论出于何种原因，结果就是他选择了返回洞穴，并试图劝说他的同伴，也使他们走出洞穴，但他的同伴根本没有任何经验，故而认为他在胡言乱语，根本不会相信，并且会绑架他，甚至在可能的情况下杀死他。

模型分析、逻辑推理有时候会得出不合情理、违背常识的结论。

3. 田野调查法

田野调查法被公认为是人类学学科的基本方法。它是来自文化人类学、考古学的基本研究方法，即“直接观察法”的实践与应用。其中参与观察的田野调查法能将研究者置身于研究对象之中，在与被调查对象长期的生活中，不仅对其日常生产生活形成直觉经验，而且在思想情感上能够产生在查阅历史文献或其他文本中无法获得的感受，这种感知与体认是民族学知识的重要来源。特别是对国家认同这种具有强烈的主观意志性的内心感受，只有在建立相应的友谊之后，才能从被调查者那里获得真实的、有价值的信息，从而了解其基本的政治认知、感情、态度、价值观等政治心理以及政治理想、信念、理论、评价标准等政治思想意识。因此，运用田野调查法相较于问卷调查法、正式调查法以及数据分析法更能获得经验性知识。田野调查中的深度访谈对象参与观察具有一定的偶然性，其代表性和典型性也常被人们所诟病，但至少在研究对象中客观存在这样的“报告人”。

我国国土辽阔而又历史悠久，从事民族研究，田野调查是一项“基本功夫”。辽阔的疆域决定了各地的自然环境存在巨大差异，由此，不同的地理环境会形成不同的民族文化；而悠久的历史使得每个民族的传统文化根深蒂固，特色鲜明。这两种因素决定了我国民族研究的复杂性，不是西方传统人类学家对某一个小岛或某一个单一部落进行田野调查就能全面了解和认识的。

实际上由于人种、语言、风俗习惯、历史文化、生计方式等差异，不同民族身份的民族研究者，每次进行田野工作都会产生一定的跨文化冲击感。这正是中国民族研究无穷魅力之所在。本书研究过程中，我们分批次、有计划地在甘青宁新四省区的城市、农村、不同民族聚居区进行了长期的田野调查，对基层民族群众的喜怒哀乐感同身受，这是本书研究第一手资料的重要来源。

四　本书创新点

国家认同是民族国家时代多民族国家普遍面临的重大问题。时至今日，世界各国并没有应对“良方”，很多国家在应对分裂运动的过程中，并没有形成有效的应对政策。今天很多西方发达国家，民族（族群）关系的相对和谐是建立在发达的经济基础之上，各族群权益得到了较好的维护。实际上利用西方流行的同化论或多元主义均不能解决时隐时现的民族冲突与民族矛盾。我国在国家认同与建构这一问题的研究中，也不同程度存在套用西方民族国家理论，甚至以泛民族国家理论来裁剪我国民族国家发展的现实。今天全球化的快速推进以及国内民族关系发展现实都对基于我国历史文化传统进行国家建构理论提出了迫切要求。鉴于以上认识，本书的创新点有以下几个方面。

第一，在对我国国家建构纵向历程的考察梳理中，厘清民族国家的含义及其时代意蕴，特别是对中国传统文化中的“天下”“国家”“中华民族”“大一统”等重要概念进行解读。在此基础上，将中国传统的国家建构思想与西方民族国家理论进行对比分析，重塑中国语境下的国家建构理论。

第二，基于上述基本概念和基本原理的分析，结合各民族共创中华的历史过程，对中国民族国家建构进行分析和反思。重点在于在世界民族国家体系视阈下开创性地认识国家建构的中国经验，推动中国国家建构理论的发展。

第三，基于铸牢中华民族共同体意识的总目标，分析各民族共创中华的当代意涵及其方式，从而在经济、政治、文化等领域不断推动国家建构。

第四，以治理理论为基础，以公民与国家的关系为切入点，分析民族地区政治发展、政治社会化、政治参与等视角下少数民族国家认同建构的路径。特别是充分认识党的领导及民族区域自治制度对于少数民族国家认同、铸牢中华民族共同体意识的重要作用。

改革开放四十年后的今天，中国民族理论进入了一个全面反思阶段。接续顾颉刚和费孝通当年“中华民族是一个”的讨论，我们以中华民族多元一体格局为基础探讨如何铸牢中华民族共同体意识。在中国崛起的理论自信中探索中国民族事务治理的本土经验。

总之，当今世界，面对全球化的民族国家体系，将国家建构的基础置于“想象的共同体”或极力构建“国族”是否具有天然合理性；中国传统的“多元一体”民族格局如何适应这一体系，促进国家发展，都需要从理论上全面回应。

第四节　研究综述

一　理论研究

如前所述，对于当今世界任何一个多民族国家而言，国家认同建构都是十分重要而艰巨的任务。学者多侧重从民族认同与国家认同二者的关系进行探究。关于如何建构少数民族的国家认同，在理论层面，形成了两种针锋相对的观点：即同化论与多元论。同化论者片面强调国家认同的建构性，坚持要求少数民族顺应主流文化，放弃原有的民族认同，这样非但无视民族认同的历史性，也低估了它的抵抗能力，反而使得民族认同与国家认同的矛盾更为尖锐。多元论肯定少数民族文化的价值，坚持少数民族文化应该得到展示和存续，同样其民族认同也应得到尊重。多元论视角下的国家认同建构，执着于国家认同只能限于对国家政治认同的水平，抗拒国家范围内文化认同构建的可能，隐含着对超民族国家认同的抵触，会使人们以民族身份强化民族政治诉求，严重削弱国家凝聚力，从而在某种意义上不利于国家认同的建构。

虽然西方学者对国家认同的研究起步较早，但多从政治学、国际关系学的角度出发，并与民族主义交织在一起，使国家认同从诞生之初就带有强烈的政治色彩。国内学者对国家认同的研究以思辨和理论探讨为主，从国家认同的概念、内涵、培养等方面进行探讨，并提出了不同的看法。认为国家认同是指一个国家的公民对自己祖国的历史文化传统、道德价值观、理想信念、国家主权等的认同，即国民认同；国家认同是一个国家的公民认同一个民族国家的政治制度，并在此基础上效忠于国家。而国家则担负着保护其公民的生命、安全和基本权利的使命。国家认同是一种重要的国民意识，它超越民族认同，是维系一国存在和发展的重要纽带。人们只有确认了自己的国民身份，了解自己与国家存在的密切联系，将自我归属于国家，才会关心国家利益，对国家的发展自愿地负起责任。

随着族群理论研究的不断深入，我国学者开始关注学术意义的族群研究与政治意义的国家认同的结合点，转而对族群的国家认同进行研究，形成了一些具有代表性的研究成果。如对新疆少数民族大学生国家认同现状进行了分析，探索提高少数民族大学生国家认同教育的有效途径与方法。[①] 也有学者从历史和现实原因入手，分析影响新疆地区少数民族国家认同的主要因素。[②] 同时，在如何增强各民族成员的国家认同问题上国内出现了激烈争论。针对中国社会在许多领域存在着汉族公民与“少数民族”公民之间的系统性制度化区隔，不利于中华民族认同的构建，有学者建议民族关系问题应去“政治化”而实行“文化化”[③]。但有学者认为民族问题是多民族国家普遍存在的社会问题，

---

① 冯勇等在《南疆维吾尔族大学生国家认同和民族认同的比较研究》（载《现代教育科学》2017 年第 1 期，第 58 ~ 63 页）等对新疆少数民族大学生国家认同现状进行了调查研究。

② 见徐平等《影响新疆对国家认同的因素探析》（载《新疆师范大学学报》2014 年第 2 期，第 65 ~ 69 页）、冯成杰等《影响少数民族公民国家认同的因素与路径探析》（载《宁夏社会科学》2016 年第 3 期，第 159 ~ 163 页）。

③ 马戎教授在《中国社会的另一类“二元结构”》（载《北京大学学报》2010 年第 3 期，第 93 ~ 102 页）一文中系统分析了汉族与少数民族之间的制度性二元区隔，主要包括民族研究的学科区隔和教育体系中的民族区隔、政府工作业务的二元区隔、媒体和文化娱乐中的民族区隔；他在《理解民族关系的新思路——少数族群问题的“去政治化”》（载《北京大学学报》2004 年第 6 期，第 122 ~ 133 页）一文中指出，要把新中国成立以来在族群问题上的“政治化”趋势改变为“文化化”的新方向，培养和强化民族—国民意识，逐步淡化族群意识。

其表现涉及政治、经济、文化和社会生活等方面，难以对其做出抽象的“政治化”或“文化化”认定，因此，是片面和不准确的。[①]

总体而言，目前国家认同的理论研究取得了很大进展，无论是从政治与民族视角，还是从心理层面对国家认同概念的界定，都体现了学界对国家认同研究的多向思考；但是对于如何培育国家认同研究尚显不足。事实上，多民族国家除了把国家看作一个法律上的政治共同体进行建构，也在努力建构一种能够包含国内所有族类共同体的更高层次的国家民族，即国族。国族的发展过程是不断与其他文化互动、涵化的过程。中国国家认同应包含对中国政治共同体的认同和中华民族的认同两层含义。

二　实证研究

就如何建构少数民族的国家认同，国内外学者展开了大量的实证研究。1975 年美国学者戈登提出了研究族群关系的新变量模型，试图从族群融合过程中的“自变量”和“因变量”两个方面讨论导致族群相互融合的各种因素，实际上为研究少数民族国家认同在实证层面的建构开创了路径。[②] 英格尔也提出了影响族群成员身份认同的 14 组变量。[③] 在这些可操作性很强的概念与变量基础之上，国内学者的研究大多以此为门径，从其中的若干变量的角度去探讨影响少数民族国家建构的诸多因素。总体而言，我国学者对少数民族国家认同的建构，提出了以下路径：第一，加快民族地区经济发展，构筑国家认同的物质根基；第二，改革民族地区政治体制，通过民族地区的广泛参与推动国家政治认同的强化；第三，促进民族地区文化交流交融，实现国家范围内的文化认同。大部分学者都指出：在当前形势下，引导

---

① 见都永浩《政治属性是民族共同体的核心内涵——评民族“去政治化”与“文化化”》（载《黑龙江民族丛刊》2009 年第 3 期，第 1 ~ 13 页）。

② 马戎编著《民族社会学导论》，北京大学出版社，2005，第 87 页。

③ 马戎：《族群关系变迁影响因素的分析》，《西北民族研究》2003 年第 4 期，第 5 ~ 29 页。

我国从民族认同到国家认同应以保障权利、推动民族现代化发展为基本价值取向。①

总体而言，国家认同的重要性日益被研究者重视，并从多学科、多角度探讨了国家认同的建构路径，出现了从民族认同研究向国家认同研究的转向。目前研究不足之处在于大多数学者是从“应然”维度进行的规范性研究，而经验性研究不足；理论层面阐释多，而关注现实的实证性分析不够；泛论性阐释多，而关注边缘群体、弱势群体的国家认同较为缺乏。未来的研究趋势将主要是在整合框架下探讨民族认同与国家认同的关系，扩展国家认同的研究领域，改进和完善“国家认同”的研究方法，阐释个体差异对国家认同的影响和改进国家符号研究的方法等。

第五节　基于 CiteSpace 的中国国家认同知识图谱分析

目前，国内学界对“国家认同”的定义及其理论研究渐趋科学化，研究方法和研究视角也日益多样化，国家认同研究在基础理论和实证研究两方面都取得了丰硕成果。那么，自进入 21 世纪以来，我国学界就国家认同都聚焦于什么问题？主要的研究领域有哪些？取得了哪些研究成果？存在哪些研究缺陷？为准确评估和把握当前国家认同研究现状，本书借助可视化 CiteSpace 软件对我国国家认同的研究机构、研究论文数量、高影响力的作者、关键词等进行全面统计分析，能够较为全面地展现当前我国国家认同研究的总体状况。同时，结合重点研究机构的研究成果，描述和分析结构网络及其发展脉络，对国家认同领域的前沿热点问题进行剖析，对未来的发展趋势做出总结，为国家认同研究的深入发展提供新视角、新方法。

---

① 见李世勇《当代青海海西蒙藏汉民族关系研究》，人民出版社，2016，第 192 ~ 193 页。

一　数据来源与研究方法

（一）数据来源

文献数据主要来自中国期刊全文数据库（CNKI）。在 CNKI 数据库中，本书选择“高级检索”类型，通过“关键词”进行检索，检索条件为“国家认同”，来源类别选择“核心期刊”，时间跨度为 2000 ~ 2018 年，共检索到 1041 篇期刊论文。通过检索，笔者发现我国对于“国家认同”的研究始于 1989 年，但从 1989 年到 1999 年发文数量极少，10 年共发表 22 篇论文，2000 年之后逐渐增多。因为冷战结束后，意识形态在国家认同中的凝聚作用逐渐衰退，进入 21 世纪以来，随着全球化的快速发展，原来已经习惯和适应了的民族国家独立发展模式被打破，全球化对民族国家认同形成巨大挑战，国家认同危机成为国家、地区乃至世界不稳定的重要根源。基于此，我们选择从 2000 年开始截取数据，其期刊发表年度趋势如图 1 – 2 所示。由图 1 – 2 可知，从 2000 开始，以“国家认同”为研究主题的学术论文虽呈平稳增长趋势，但总体数量较少，年发文量均在 30 篇以下。而 2009 年以后，国家认同的研究快速增长，年发文量均在 80 篇以上，这表明研究者对国家认同的关注度达到了一个新的高度。

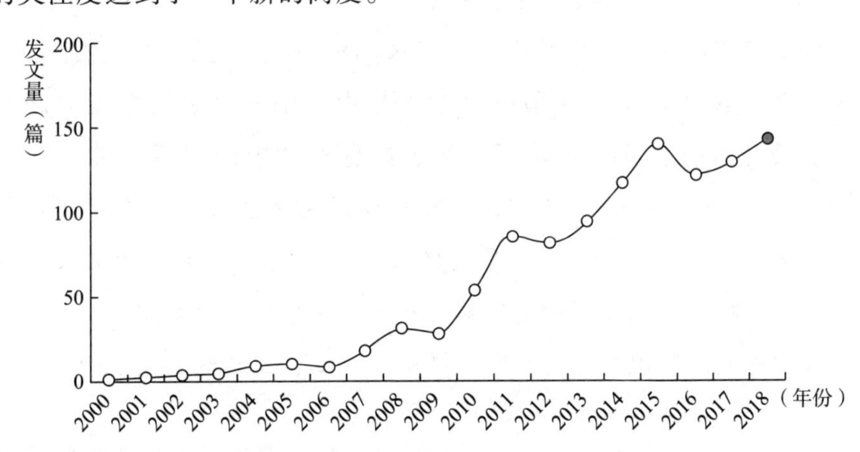

图 1 – 2　2000 ~ 2018 年国家认同期刊发表的年度趋势

此外，从检索到的关于“国家认同”文献的主题分布图可知，“国家认同”研究内容广泛且涉及众多主题领域，研究主题主要集中于民族认同、权利主体、多民族国家、文化认同、全球化、中华民族等见图1-3所示。

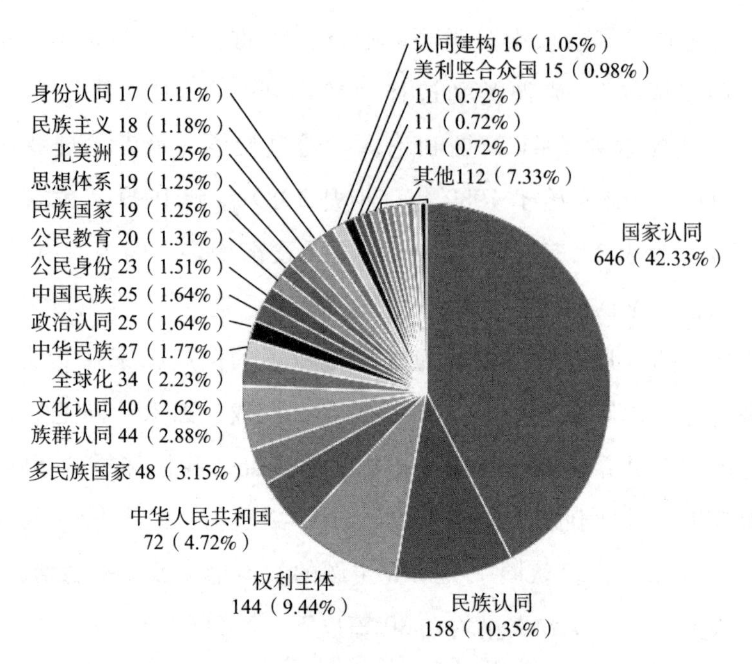

图1-3　关于“国家认同”文献的主题分布

（二）CiteSpace 工具介绍与设置

作为数据分析的辅助性工具，CiteSpace 是美国德雷塞尔大学和大连理工大学联合开发的应用于科学文献中识别并显示科学发展新趋势、新动态的信息可视化软件。基于信息科学中的“研究前沿”和“知识基础”间的时间对偶概念，并实现了两个互补的视图：聚焦视图和时区视图。[①] 用 CiteSpace 描绘的知识图谱具有“图”和“谱”的双重性质与特征，既是可视化的知识图形，又是可视化的知识谱系，显示了知识单元或知识群之间网络、结构、互动、交叉、演化、衍生等诸

① 李杰、陈超美：《CiteSpace：科技文本挖掘及可视化》，首都经济贸易大学出版社，2016，第2页。

多隐含的复杂关系，而这些复杂的知识关系又孕育着新的知识关系的产生。①

我们从 CNKI 上检索到的文献通过 Refworks 进行转换，导出 CiteSpace，作为样本数据。通过挖掘文献中的关键词、作者、机构、主题等信息绘制知识图谱，从而了解该领域的研究力量、热点动态和发展趋势等。在运用 CiteSpace 软件时，首先，将下载的文献进行格式转换，以此将 CNKI 数据导入 CiteSpace；其次，在 CiteSpace 中设置时间跨度，时间为 2000 ~ 2018 年，时间间隔为 1 年；再次，设置 CiteSpace 的阈值，将 CiteSpace 中的阈值参数：c、cc、ccv（文献被引频次、文献共被引频次、文献共引系数）分别设置为：2、2、20。最后，选择网络裁剪参数以降低网络密度，提高文献可读性，主要包括 Pathfider 和 Minimum Spanning Tree 两种方式，从而得出相关可视化图形，作为本书论述的辅助。

二　国家认同研究计量学结果分析

应用 CiteSpace 软件进行可视化分析形成多个知识图谱。在多个图谱中，每个图谱中的节点表示分析对象，节点越大表示分析对象出现的频率越高；节点间的连线表示共现（合作）关系，其中连线越粗，代表合作强度越大。② 为此，笔者从以下几个方面对国家认同的具体发文情况进行了分析。

（一）关于国家认同的核心作者及作者合作网络分析

作者合作网络能够反映某一领域研究主题的核心作者及作者合作情况。利用 CiteSpace 软件，以“作者”为节点类型进行作者合作网络分析，得到核心作者分布图谱（图 1－4）。在文献计量学中，学术界对

---

① 陈悦、陈超美、刘则渊、胡志刚、王贤文：《CiteSpace 知识图谱的方法论功能》，《科学学研究》2015 年第 2 期。

② 曾小桥、卢东、贺碧玉：《我国旅游共享经济研究评述——基于 CiteSpace 的文献可视化分析》，《资源开发与市场》2018 年第 8 期。

文献核心作者进行统计使用的最普遍的方法是普赖斯定律和综合指数法。因此，成为核心作者候选人的条件有两个：一是最低发文量，二是最低被引量。普赖斯定律计算公式为：$M = 0.749\ (N_{max})^{1/2}$（其中 M 为核心作者最低发文篇数或最低被引量，$N_{max}$ 为发文最多作者的发文篇数或累计被引量最多的被引频次）。[①] 笔者对 2000～2018 年发表在核心期刊上的国家认同文章进行统计分析，得到发文最多的作者是华东政法大学任勇教授，共发文 14 篇，同时，累计被引频次最多的是周平教授，共被引 536 次。基于此得出 M（核心作者最低发文量与核心作者最低被引量）分别为 2.77 与 17.37，所以，符合要求的核心作者共 25 人。

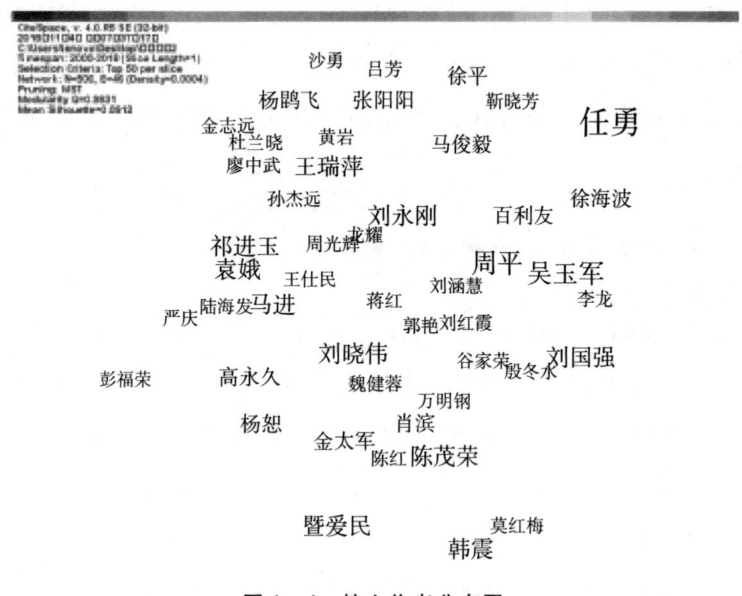

图 1－4　核心作者分布图

综合指数的计算与发文量折算指数和被引量折算指数有关，发文量折算指数＝候选人发文量/候选人平均发文量×100，被引量折算指数＝候选人被引量/候选人平均被引量×100；最后，借鉴已有研究成果，分别对发文量指数和被引量指数赋予 0.5 的权重，则最终的综合指数计算

① 钟文娟：《基于普赖斯定律与综合指数法的核心作者测评——以〈图书馆建设〉为例》，《科技管理研究》2012 年第 2 期。

公式为：综合指数 = （发文量折算指数 + 被引量折算指数）×0.5。[①] 最终得出25位核心作者的综合指数如表1－1所示。

表1－1　核心作者及其文献数

序号	核心作者	文献数（篇）	总被引频次（次）	综合指数	序号	核心作者	文献数（篇）	总被引频次（次）	综合指数
1	任勇	14	74	204.85	14	金太军	4	112	101.25
2	周平	8	536	349.45	15	张阳阳	4	30	62.63
3	吴玉军	8	150	167.65	16	白利友	4	48	71.11
4	暨爱民	6	23	83.83	17	杜兰晓	4	38	84.30
5	袁娥	5	187	148.57	18	胡玉荣	4	42	68.28
6	刘国强	5	77	96.77	19	陈茂荣（北方民大）	4	54	73.93
7	郑航	4	46	70.17	20	王宗礼	3	45	57.69
8	徐平	4	34	64.51	21	陈茂荣（复旦大学）	3	187	124.57
9	蒋红	4	24	59.80	22	肖滨	3	168	115.63
10	高永久	4	324	201.10	23	万明刚	3	174	118.45
11	韩震	4	36	65.46	24	彭福荣	3	22	46.86
12	孙杰远	4	111	100.78	25	刘涵慧	3	39	54.87
13	祁进玉	4	73	82.88					

此外，从核心作者分布图可以看出，对于国家认同研究，专注于该领域的作者相对较多，但分布相对零散，研究作者多以个人为主，团队合作关系较弱。通过对国家认同研究的核心作者及作者合作网络的分析，笔者认为，在今后的研究中，应该更加注重团队间的合作，形成有协作关系的学术氛围。如此，国家认同的研究才能系统、深入、可持续发展。

---

① 李继红、王洪江、江珊、徐桂珍：《综合指数和h系列指数测评期刊核心作者的比较研究——以〈编辑学报〉为例》，《中国科技期刊研究》2017年第3期。

（二）核心研究机构分析

同作者分析一样，机构分析能够反映出一个领域核心研究机构分布及机构间的合作情况。在 CitesPace 中，笔者以“机构”为节点类型，得到核心机构分布图谱（见图 1－5）。

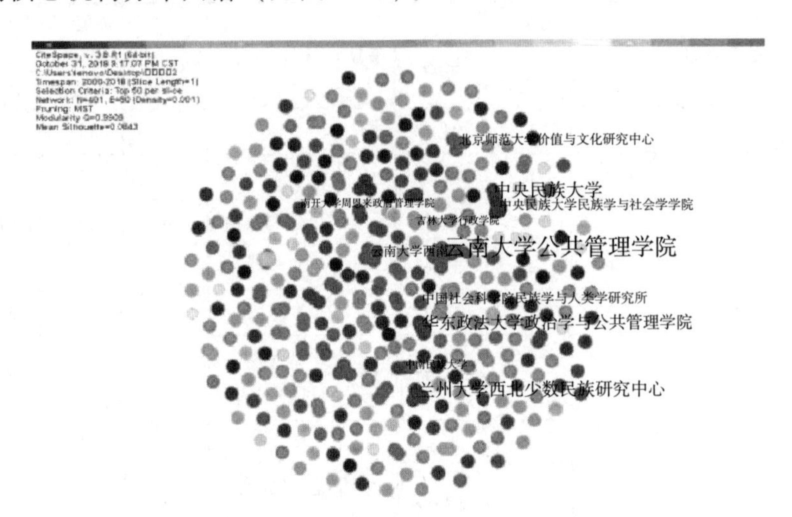

图 1－5　核心研究机构分布图谱

从图 1－5 可以看出，关于国家认同的研究机构多而分散，其中以云南大学公共管理学院、中央民族大学、北京师范大学价值与文化研究中心、兰州大学西北少数民族研究中心、华东政法大学政治学与公共管理学院等为国家认同主要研究机构。总体而言，虽然形成了若干研究群体，但作为整体的聚集度不高，且发文机构多为高等院校，社会其他学术研究机构在该领域发文极少。此外，从核心机构的发文数量分析，如表 1－2 所示，排名前 12 位的核心机构发文数量较多，其中云南大学从 2000～2018 年共发 61 篇学术论文，数量最多；从发文机构的篇被引次数来看，篇被引最多的为北京大学（达 57.21），其次是复旦大学（36.83），但是相对于排名前 12 的发文机构来说，它们的发文数量并不多，由此可见两者的影响力之大；从下载被引比来看，中国人民大学、南开大学、中国社会科学院民族学与人类学研究所领先于其他机构；从核心机构的性质来看，发文量排名靠前的机构均属于高等院校，可见高校是国家认同研究的主阵地，而政府及社会其他相关机构对此研究极少；从核心机构地域分布来看，北方地区研究较多而南方地区相对较少，当然这与少数民族的分布及民族问题在该地区的重要程度紧密相关。

表1－2　核心研究机构及其文献数

序号	核心机构	文献数（篇）	占比	总被引次数（次）	篇均被引频次（次）	总下载次数（次）	下载被引比
1	云南大学	61	6.02%	1174	19.25	61668	52.53
2	中央民族大学	60	5.92%	982	16.10	39541	40.27
3	北京师范大学	32	2.96%	996	31.13	52664	52.88
4	兰州大学	28	2.57%	262	9.36	17388	66.37
5	中山大学	26	2.47%	491	18.88	23566	48.00
6	中南民族大学	23	2.27%	220	9.57	13838	25.91
7	南开大学	23	2.17%	534	23.22	28489	95.92
8	西北师范大学	22	2.17%	297	13.50	18394	61.93
9	中国人民大学	19	1.87%	186	9.79	19787	106.38
10	北京大学	19	1.87%	1097	57.21	34287	31.26
11	中国社会科学院民族学与人类学研究所	19	1.77%	93	4.89	8688	93.42
12	复旦大学	16	1.58%	442	36.83	30110	68.12

机构合作网络的分析为我们今后在国家认同领域的研究提供了重要启示：即国家认同这一重要问题不仅应受到社会各界人士的重视，特别是民族领域公共政策制定部门，而且各学术研究机构与政府有关部门应加强协作，强化国家认同对我国民族理论与政策整体的学术支撑作用，形成既有基础理论又有实践经验的系统性国家认同研究体系，从而进一步深化和推动国家认同研究的可持续发展。

（三）主题分析

主题反映了该领域的研究热点，而关键词作为文献检索的重要指标，是从论文中提取出来的对论文观点的精练概括，基于关键词的共现分析，可以聚焦某一研究领域的热点主题及发展趋势。[①] 在CiteSpace软件中，对关键词进行节点分析，得出了关键词分布图谱（图1－6），在一定程度上反映了我国国家认同研究的重点与热点问题。并且得出了关键词频率前22的数据（见表1－3），其中，频次表示关键词出现的次数，频次越高，表示该关键词出现的次数越多，在国家认同研究中的作用越大。从表1－3和图1－6中可以看出，“国家认同”这一关键词在国家认同研究领域中出现的次数最多，高达829次，其次，“民族认同”“文化认同”“少数民族”“全球化”等词在国家认同研究中出现的频率也相对较高，可视为该领域重点研究主题。

表1－3　排名前22的高频关键词

单位：次

关键词	出现频次	关键词	出现频次
国家认同	829	权利主义	22
民族认同	168	公民身份	19
文化认同	58	中华民族	18
少数民族	42	认同	18
全球化	41	身份认同	15
民族	35	大学生	15
族群认同	35	跨境民族	14
政治认同	33	边疆治理	12
民族国家	30	社会认同	11
公民教育	30	中华人民共和国	11
多民族国家	24	民族关系	11
民族主义	23	回族	10

① 李光龙、陈燕：《我国义务教育财政研究演进的可视化分析——基于关键词共现和文献共被引知识图谱》，《华东经济管理》2017年第10期。

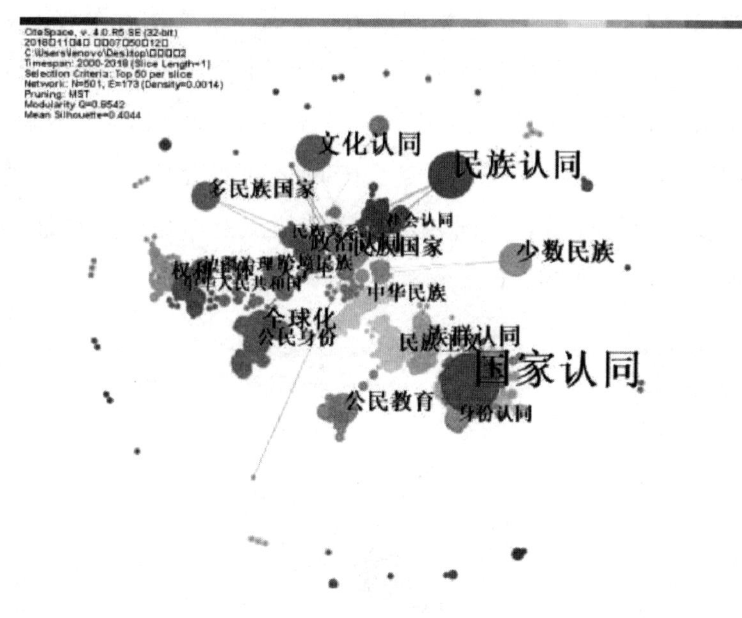

图 1－6　国家认同关键词分布图谱

三　研究热点及研究趋势分析

如上所述，从关键词聚类中我们得到了国家认同研究领域的高频关键词，这些关键词反映了国家认同领域的研究热点。从中可知，截至 2018 年 12 月，我国对国家认同的研究大部分集中于“国家认同、民族认同、文化认同、少数民族、全球化”等领域。利用 CiteSpace 软件，我们可以进一步得到国家认同领域研究的时区视图，时区视图反映了国家认同研究在检索时段内每一阶段的发展状况及在该阶段的主要研究主题，它在一定程度上体现了该主题或该领域的研究趋势。

冷战结束后，认同作为文化力量的兴起相对于军事和政治而言具有一定滞后性。在 2000 年前后，国家认同的研究尚集中于“全球化”这一关键领域。从图 1－7 我们可以看出，2000 年之后，国家认同研究主题开始向“族群认同、文化认同、民族认同、少数民族”等领域转变；这是因为民族主义“第三波”浪潮对国家认同的重要影响日益显现，伴随着全球化的不断发展，以文化为主要标识的民族认同作为一种新的独特政治力量，在政治舞台上不断彰显其重要作用。而近年来，随着人们对国家认同的本质认识的不断深化以及跨境民族交流的持续增加，国家认同研究领域开始出现了“大学生、社会认同、边疆治理、身份认同”等关键词。因此，结合 CiteSpace 可视化软件以及笔者对该领域的探索，为了对国家认同领域的研究热点及趋势进行更加全面的分析，本书将其归纳为以下几个方面。

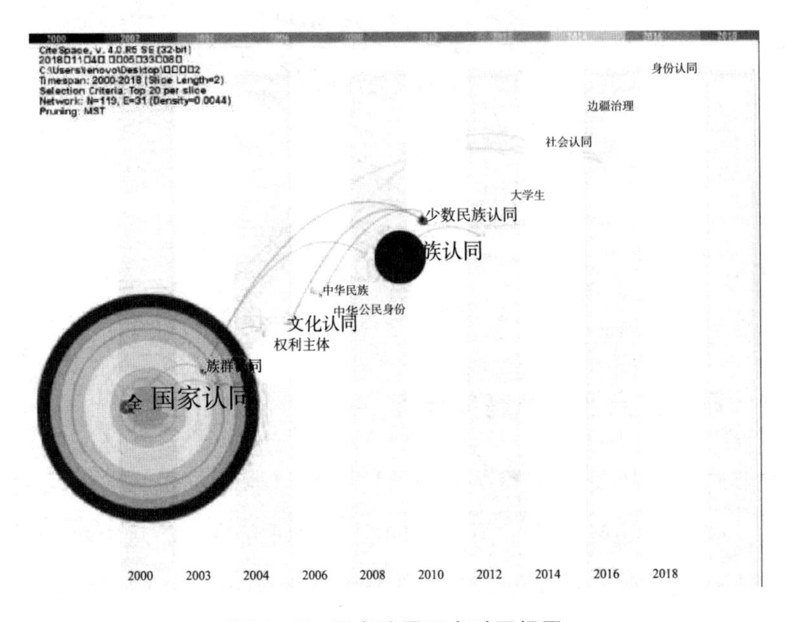

图 1－7　国家认同研究时区视图

（一）全球化与国家认同

当今世界最显著的特征之一就是“全球化”。全球化是指以经济全球化为起始，世界各国政治、经济、文化、贸易、社会等一体化的过程。20 世纪 90 年代以后，随着全球化的迅速发展，人们切身感受到全球化从各个方面对人类社会生活和世界政治发展产生了重大影响。因而，全球化受到世界各国的普遍重视。时至今日，全球化仍以超乎人们想象的速度不断向前推进。与之相伴，世界政治与经济格局出现了诸多新现象、新问题，这些值得我们持续关注。

全球化作为一种客观的社会力量，其加速发展对民族国家乃至世界政治经济格局将产生深远影响。众所周知，全球化是一把双刃剑，随着区域经济集团化、国际政治多极化进程的深入推进，全球人口流动加剧，对于身处异国他乡陌生环境的人们而言，认同骤然成为重大需求。超国家认同与次国家认同并行不悖，冲击着以民族国家为基础的既有基础和秩序，多民族国家的国家认同危机不断加深。因此，需要对全球化与多民族国家认同之间的复杂关系进行深入思考、认真应对。特别是对发展中国家而言，如何积极适应发达国家所主导的全球化进程以获得经济社会发展机会，但又能保持和维系其既有的国家认同，被认为是全球化给民族国家带来的最大难题。因此，在当今全球化的多民族国家时代，民族国家应积极整合国内、国际资源，不断更新国家认同的思想基础，重建国家认同的核心价值，深化国家认同意识，避免超级大国或地区大国以国家认同为手段的颠覆与渗透，从而实现民族国家与国际社会之间的良性互动。

（二）文化认同与国家认同

“文化是民族的重要特征，是维系一个民族生存与延续的灵魂，是民族发展繁荣的动力与活力的源泉。了解一个民族，必须了解其文化；尊重一个民族，必须尊重其文化；发展一个民族，必须发展她的文化。”[①] 文化认同是指个体或群体对自己所遵循的文化符号、文化理念和价值观念等的一种文化确认，文化认同更多的是指民族文化的价值认同。文化作为软实力不仅是综合国力的重要组成部分，更是政治国家建构的“合理内核”。在民族国家形成之前，国家在很长的历史时期仅是一种文化共同体的存在。缺乏吸引力的文化和其所体现的价值体系必然使国家认同丧失其应有的灵魂。同一个民族通常都有其共同的精神纽带、价值体系、风俗习惯以及行为准则。人们正是在这种共同的文化历史背景下，获得了归属感、认同感及依赖感。所以，从这个角度来说，文化认同与国家认同是二位一体、相辅相成的关系。文化认同是国

① 丹朱昂奔：《促进少数民族文化保护与发展》，《中国民族报》2006年9月21日。

家认同的前提和基础，是人的社会属性的表现形式；而国家认同是文化认同的升华。多民族国家在国家认同建构的过程中，应当充分发挥文化的纽带作用、导向作用、凝聚作用和团结作用，通过强化共有的文化认同，把各民族多样化的自我认同整合为统一的国家认同，从而为国家的发展进步贡献力量。

我国历史悠久，中华民族本身就是历史共同体与文明共同体的统一，在时间与空间的漫长交融中，中华民族形成了特有的文化传统和价值观念，它成为今天全体中国人最重要的文化标识。习近平总书记强调："博大精深的中华优秀传统文化是我们在世界文化激荡中站稳脚跟的根基。中华文化源远流长，积淀着中华民族最深层的精神追求，代表着中华民族独特的精神标识，为中华民族生生不息、发展壮大提供了丰厚滋养。"[①] 因此，应在国家认同的层面认识和理解文化建设的重要意义。当前我国推动社会主义文化大发展大繁荣，还要加强传统文化与社会主义内在逻辑关系的研究，以社会主义核心价值观为兴国之魂，积极构建中华民族命运共同体，进一步增强和充实各民族共创中华的当代意蕴和内容。

（三）民族认同与国家认同

在国家认同研究中，民族认同与国家认同的关系始终是一个关键性问题。学界从两者的含义、内容、关系、建构路径等诸多方面展开了广泛而深入的讨论，形成了各种各样的理论。费孝通先生认为，民族认同是"同一个民族的人感觉到大家是同属于一个人们共同体的自己的人的这种心理"[②]。民族认同是个人对所在群体的认同，民族认同和国家认同共存于个人的观念和意识中，是个人多重认同中的重要组成部分。从本质上来说，民族和国家都是人类社会共同体，无论是国家认同还是民族认同，归根结底都是个人的集体认同。

① 《习近平在第十八届中共中央政治局第十三次集体学习时的讲话》，人民网，2014 年 2 月 25 日。

② 费孝通：《费孝通民族研究文集》，民族出版社，1988，第 49 页。

但迄今为止，在国家认同与民族认同两者的关系上，学界大多形成了冲突论与共生论两种相互对立的认识，而由于理论基础的相对缺失，共生论在影响力和解释力上都无法与冲突论相提并论，尽管如此，我们仍然有理由相信加强族群认同对于国家认同的强化具有举足轻重的作用。

当今世界绝大多数国家属于多民族国家，均面临着协调族群认同与国家认同之间关系的问题。由于在认同的对象和来源方面所固有的差异，加之经济文化与社会心理等方面的因素，多民族国家不得不经常面对民族认同与国家认同失谐的问题。因而解决这一问题就成为多民族国家的一个重大课题。

（四）宗教认同与国家认同

个人宗教信仰的相似性和族群文化的一致性构成了宗教认同，而命运的相互依赖性以及文化的相互结合性则构成了国家认同。在我国不断强调社会生活平等、宗教信仰自由的社会主义社会里，作为各民族“参与式”的国家认同在其形成过程中，各个民族的“相遇”与“碰撞”则是不可避免的，但这种接触历来是民族关系展开的首要条件。不论民族之间有怎样的互动与调适，但终归是以国家认同为基础来描述和表达各民族相遇的认知结果。笔者认为宗教认同向国家认同的转变则突出表现为其文化适应性。在有宗教信仰地区，民族认同、国家认同的建立在很大程度上要受宗教因素的影响。伴随着对民族、宗教、国家等问题研究的不断深入，宗教在国家认同中所发挥的作用也越来越受到人们的重视。在现实生活中，宗教所具有的强烈的信仰凝聚力，使得它能够影响到社会民族的各个方面，对于那些宗教盛行、信教历史悠久的民族来讲尤为如此。因此，我们应在公民宗教信仰自由基础上积极推动宗教与社会主义相适应，依法管理宗教事务，坚决抵御境外势力利用宗教进行的各种渗透，发挥宗教认同在国家认同中的积极作用。

四　当前国家认同研究的几点共识

综上分析，当前我国国家认同研究有如下几点结论。

第一，国家认同已经成为多学科研究的焦点问题。

进入21世纪以来，国家认同研究越来越受到关注，国家认同研究成为学界广泛关注的热点话题，与之相应，相关文献数量激增，年均发表研究论文多达95篇，2009～2018年共发表论文950篇，占2000～2018年发文总量的91%。云南大学、中央民族大学和兰州大学是国家认同研究的主阵地，任勇、周平、吴玉军三位教授贡献突出。

第二，在国家认同的研究机构中，以高校居多，相关社会管理部门和研究机构研究成果相对较少，但即使集中于几所高校，也仍然存在研究者与机构较为分散等特点。

第三，从国家认同研究的关键词分析可知，民族认同、文化认同、少数民族和全球化等高频关键词代表了该领域的热点研究主题。

第四，关键词共现分析表明“边疆治理”和“中华民族共同体”将是未来几年国家认同领域研究的重点。

第二章　理论与时代：国家建构理论变迁

在历史的长河中，国家曾给数不清的人带来了苦难和毁灭。但它也为数不清的人的生活和富裕提供了保障，而如果没有它，人类在历史上那种从一定意义上说是有条不紊的发展，便是不可能的。

——〔德〕罗曼·赫尔佐克（Roman Herzog）

第一节　国家的起源

没有对国家这种政治共同体的纵向历史考察，便不能准确认识国家的本质及其发展规律，从而也就不能洞悉国家建构的一般规律。因此，当代国家认同与建构研究的第一步就是对国家的起源及其历史发展脉络进行必要的回顾和梳理。

虽然人们对国家起源的探讨由来已久，然而时至今日，恰如历史并未终结一样，人类期望回溯国家起源及其发展原貌的伟大工程也未终结。长期以来人们对于国家起源及其本质的认识仍是“见仁见智”，对国家那些遥远的“往事”也只能窥斑见豹。但人们根据既有的史料和考古发现不断地推想和构建国家及其历史的努力始终没有停歇。

马克思在《关于费尔巴哈的提纲》中指出：“人的本质不是单个人所固有的抽象物，在其现实性上，它是一切社会关系的总和。”由于人的本质属性是其社会性，因而人类必然结成社会，而社会秩序的维系必然需要权力和最高权力。由此，国家便从人类社会这个母体中脱胎而生。古往今来，自从国家诞生，个人权益和命运就与国家息息相关。国家历来备受人们所推崇，即使在当今全球化时代背景下，民族国家受到多方面冲击和影响，但人们心目中国家的神圣性并没有丝毫减弱，国家的崇高地位依然无可替代。正如屠格涅夫所说："没有祖国，就没有幸福，每个人必须植根于祖国的土壤里。"人们忠于祖国的意识和国家认同意识，既是一种历史和文化意识更是重要的政治意识。因而国家成为现实世界中人们普遍忠诚和效忠的首要对象。同时，我们也看到正是国家这种政治共同体赋予个体或群体以价值和意义。

在人类的漫漫历史长河中，国家曾以城邦、帝国、王国、公国、诸侯国、属国、殖民地等多种形态而存在。人们也几乎不可能给国家下一个普遍化的定义，但为了行使其强制性威权，合法垄断和使用暴力往往被认为是国家极为重要的标志性特征。[①] 德国政治思想家威廉·冯·洪堡指出："国家是公民正面福利，特别是物质福利的提供者、促进者；是公民负面福利（即国家内部公民相互之间及国家外部安全）的提供者；是公民教育、社会习俗进步的倡导者、支持者；是国内法律秩序的维护者。"[②] 纵使国家的历史形态、结构形式千差万别，国家的阶级本质、兴衰原因千变万化，但人们无时无刻不处于国家这种人群政治共同体之中。可以说，一部人类文明史就是一部国家兴衰往复循环史。简言之，是国家这种人类政治共同体担纲主演了人类历史大舞台上的幕幕悲喜剧。

在人类诞生后的200多万年的历史中，人类大多数时间过着采集游牧生活，彼此之间是平等关系。大约在公元前1万年前后，随着农业的产生及定居生活的出现，人类逐渐建立了一种以强制为基础的社会政

---

① 袁林主编《早期国家政治制度研究》，科学出版社，2015，第1页。

② 〔德〕威廉·冯·洪堡：《论国家的作用》，林荣远、冯兴元译，中国社会科学出版社，1998。

治秩序。一般认为，由美尼斯开创的古埃及第一王朝（大约在公元前4000年前后）是人类历史上最早的国家，具有现代国家的一般特征：拥有较固定的疆域、一个集中的政府、强制的收税权、颁布并执行法律。[①] 从由早期的平等政治关系到国家时期的强制政治，即从自治的生活模式转变为服从一个强制性的权力，这甚至意味着必须忍受征税与镇压。但人类为什么要做如此的选择？如果在同一个国家生活，那么该以何种方式将彼此各异的人整合在一个国家统一体中？前者涉及的是国家起源问题，后者涉及的是国家治理问题。本节首先对西方学术界对上述问题的思考及历史上各类国家的产生和治理等问题予以介绍。

在马克思和恩格斯看来，国家是人类社会在一定发展阶段上的产物，即这个社会内部分化出经济利益不可调和的对立性阶级，为了使这些利益相互冲突的阶级不致在无谓的斗争中把自己和社会消灭，就需要有一种表面上凌驾于社会之上的力量。这种力量应当缓和阶级冲突并把冲突保持在秩序的范围以内。这种从社会中产生但又自居于社会之上并且日益同社会脱离的强制力量，就是国家。[②]

在各种非马克思主义国家起源理论中，西方学术界主要有两种思路。

一种是人类学家、社会学家和历史学家从事实角度去分析古埃及王朝、米索不达米亚地区、中国或者早期希腊地区最早产生不同政治体的过程、政治体的管制能力等。他们认为国家起源于人类早期从以部落或家族为基础的社会组织形式向等级制组织形式的变迁中。如弗里德在《政治社会的演进》、塞维斯在《原始社会组织的演进》等书中都利用摩尔根的社会调查方法，通过考证一些史前社会“活化石”材料而得出上述结论。[③]

① 〔德〕弗朗西斯·福山：《政治秩序的起源：从前人类时代到法国大革命》，毛俊杰译，广西师范大学出版社，2012，第80～81页。

② 〔德〕恩格斯：《家庭、私有制和国家的起源》，载《马克思恩格斯选集》（第4卷），人民出版社，1995，第170页。

③ 〔美〕路易斯·亨利·摩尔根：《古代社会》（上下），杨东莼等译，商务印书馆，2009，第1～8页。

另一种是一些政治学家、法学家，他们倾向于强调用正式权威结构取代私人规则的方式。如在家族、氏族和部落中，成员之间的血缘纽带是公共权威的主要基础。而在一个由不同民族组成的国家中，一个人服从另一个人的统治或一些人服从另一些人的统治，是基于公共权威的合法性基础。

一　西方国家起源学说

1. 神意论

神意论是以神意作为一切秩序（包括政治秩序与自然秩序）的本原。这种神意秩序观在《圣经》中体现得最为突出。如《新约》中有上帝以他的权柄创造万物："因为万有都是靠他造的，无论是天上的、地上的、能看见的、不能看见的，或是有位的、主治的、执政的、掌权的，一概都是借着他造的，又是为他造的。他在万有之先，万有也靠他而立。"[①] 上帝创设了一切政治秩序："在上有权柄的，人人当顺服他。因为没有权柄不是出于上帝的。凡掌权的都是上帝所命的。"[②]

圣·托马斯·阿奎那在《神学大全》中从四个方面解释了这种神意秩序：其一，普遍法支配着人类行为的最终目的；其二，只有神的法律永不会错，因此人的作为应从属于神的指导；其三，只有神的法律才能规范内心，克服人性固有的腐败；其四，奥古斯丁说过，人类既不能惩罚也不能禁止一切恶行，罚恶就会妨碍行善，只有神法才能防止各种的罪恶。[③]

在实际的政治实践中，上述神意秩序观往往被简化为"君权神授"（By the grace of god）。如东罗马帝国皇帝查士丁尼一世为合法垄断一切政治权力，竭力鼓吹君权神授思想，将世俗君主权力与宗教神权结合起

---

① 《歌罗西书》第一章16～17。

② 《罗马书》十三章1～2。

③ 〔英〕阿利斯特·麦格拉斯：《基督教神学导论》，赵城艺、石衡潭译，北京联合出版公司，2017，第230页。

来。按照此类说法：政治是人原罪的产物，政治秩序是人获得最终拯救的必经路径。政治权力是神的意志所创设的，政治共同体成员都应当服从掌权者，是因为掌权者都是由神指派的。东罗马帝国由此逐渐发展成为一个神权君主国。

中世纪西欧和近代欧洲，“君权神授”理论与国家主义、宪政主义，乃至民主政治理念的出现都有着密切关系。但从现代民族国家的形成来看，“君权神授”观念在君主集中权力，结束地方分权割据，建立统一政治秩序，进而为国家基本制度建设创造条件等方面，发挥了重要的作用。在现代国家建设过程中，“君权神授”理论的重要性在于为权力集中提供了正当性证明，为构建现代国家认同、实现国家整合提供了思想资源。

2. 社会契约论

所谓社会契约，又称公民契约，它假定原本生活在前政治社会的个人同意组成一个政治社会。社会契约论把国家的起源建立在社会共同体中的每一个人互相订立契约的基础上。十七、十八世纪的许多思想家多用此理论来构建国家，典型者如霍布斯、洛克、卢梭。

霍布斯鉴于英国内战所带来的混乱及杀戮，采用社会契约论的路径建立公共秩序。他认为“人在自然上是政治的动物”这一政治哲学命题是不成立的。人因追求绝对的安全，所以必须掌握超过他人的权力。他人掌握的权力必将成为别人的恐惧根源。这样，原先自由、平等的人被迫“生活在一切人与一切人的战争状态中”。但人具有理性，可通过契约协调彼此间的关系。即国家（即利维坦）通过权力的垄断，保证每个公民的基本安全，公民放弃各行其是的自由以作交换。国家还可向公民提供无法独自取得的公共服务，如产权、道路、货币、统一度量衡、对外防卫。作为回报，公民认可国家的征税和征兵等。这样的契约国家更像是一个“交易”的产物。[①]

---

① 〔英〕霍布斯：《利维坦》，黎思复、黎廷弼译，商务印书馆，1985，第128~133页。

洛克则更注重对公民个人权利的保护。他主张每个个体都拥有不可剥夺的自然权利，保护自己的权利，并且认为尊重其他人的同等权利是自然法赋予个人的神圣责任。但由于在实践上自然法具有局限性，因此人们通过社会契约建立一个政府（政治秩序）来保护自己的权利。但政府的统治也必须经过被统治者的同意。因此所有的政府都只不过是人民所委托的代理人，当代理人违背了契约（在实践中表现为政府违反既定的法律或滥用权力），政府就应该被推翻。人民有权再建立一个新的政府，甚至可以用暴力来对抗旧政府的不正当权威，这种情况又可以称为“革命”[1]。

卢梭最关心是否存在合法的政治权威。他强调“要寻找出一种结合的形式，使它能以全部共同的力量来维护和保障每个结合者的人身和财富，并且由于这一结合而使每一个与全体相联合的个人又只不过是在服从自己本人，并且仍然像以往一样地自由”[2]。具体的解决办法就是公民相互之间形成一个契约，使每个人都把自身的能力置于“主权者”的指导下。主权者是尽可能包括最多社会成员的、道德的与集体的共同体。共同体中的约定对于每一个成员都是平等的。共同体就以这同一个行为获得了它的统一性、它的公共的大我、它的生命和它的意志。共同体可称为“国家或政治体”，至于结合者就称为人民；个别的，作为主权权威的参与者，就叫作公民，作为国家法律的服从者，就叫作臣民。有了这个契约，人类就从自然状态进入社会状态，从本能状态进入道德和公义状态。人类由于社会契约而丧失的是天然的自由以及对于他所企图得到的一切东西的无限权力；而他所获得的，乃是社会的自由以及对于他所享有的一切东西的所有权。[3]

总的来说，十七、十八世纪契约论者用契约来解释国家起源，并不

---

① 〔英〕洛克：《政府论》（下篇），叶启芳、瞿菊农译，商务印书馆，1964，第50~61页。

② 〔法〕卢梭：《社会契约论》，何兆武译，商务印书馆，2003，第18页。

③ 〔法〕卢梭：《社会契约论》，何兆武译，商务印书馆，2003，第18页。

是在实证上分析国家如何产生的，而是侧重论证国家应该如何产生，即国家如何才能获得合法性。社会契约论的一个基本原则就是政治义务来源于同意或契约。因为人类是天生自由、平等和独立的，不经过他本人的同意，不能把任何人置于另一个人的政治权力之下。因此，政治社会只能起源于人们的同意。

3. 水利论

水利论是从地理环境因素的角度来分析一些特殊国家的起源问题。美国历史学家魏特夫在《东方专制主义——对于极权力量的比较研究》一书中指出一些东方专制国家就是人们集体修建大规模的灌溉系统或共同治理江河水患的产物。“这种社会形态主要起源于干旱和半干旱地区，在这类地区，只有当人们利用灌溉，必要时利用治水的办法来克服供水的不足和不调时，农业生产才能顺利地和有效地维持下去。这样的工程时刻需要大规模的协作，这样的协作反过来需要纪律、从属关系和强有力的领导”，“要有效地管理这些工程，必须建立一个遍及全国或者至少及于全国人口重要中心的组织网。因此，控制这一组织网的人总是巧妙地准备行使最高政治权力”，于是便产生了专制君主、“东方专制主义”[①]。

魏特夫的这种理论侧重强调从人类活动的合作角度来分析国家的起源。特定群体为达成某种目的，须在群体之中开展合作；为了使合作开展起来，又必须首先建立起某种形式的集体组织；而一定形式的组织要有效率地运作，又得建立一个强有力的领导体系。这就在群体中形成了互为补充的分工关系以及制度化了的权力与支配关系。国家这种政治体就是适应此需要而产生。

魏特夫是在对西方与东方两种极权主义进行差异性分析时提出上述观点的。但他特别强调：“历史条件相同时，重大的自然差别可能导

① 〔美〕卡尔·A. 魏特夫：《东方专制主义——对于极权力量的比较研究》，徐式谷、奚瑞森、邹如山译，中国社会科学出版社，1989，第42～59页。

致决定性的制度差别。”从这个意义上来说，他的治水社会理论，并不具普遍性和解释力。

4. 暴力论

“暴力论”者认为，国家起源于掠夺和征服，是人对人使用暴力的结果。奥尔森的“匪帮”理论是比较典型的一种“暴力”理论。

奥尔森认为，国家是由固定的“匪帮”转化来的。现实中，人们获取生存乃至发展资源的途径大致有三种：第一种是生产性劳动，如采集果实、捕获猎物、种植农作物、饲养牧畜等；第二种是自愿交换，即用自己所拥有的资源同他人进行交易，获取所需之物；第三种则是直接通过暴力从他人那里掠夺资源。每种方式都有一定的成本，对于理性自利的个人来说，到底选择何种方式满足自己的需要，取决于它们之间的成本收益比，人们会倾向于选择收益同成本之差最大的方式。不同生存方式的成本收益同个体自身的优势密切相关，若一个人同他人相比拥有很强的“暴力”资源（最原初、最基本的是体能、智力、格斗经验和技术等），“暴力”掠夺的成本很低（因为对手的抵抗力很差），其将选择“暴力”掠夺而非生产和交换。

最初往往是单个强盗抢掠，后来发展出众多流窜有内部组织性的“匪帮”。为了收益最大化，这些流窜“匪帮”会尽可能地进行劫掠活动，而不会考虑自身的劫掠给社会带来的损失。一方面只有尽可能掠夺更多的资源才能进一步招兵买马扩大自己的势力，从而避免被其他“匪帮”吃掉及获取更大的利益；另一方面由于流窜“匪帮”不能有效地控制一个地区，即使自己不完全劫掠，为当地生产者留一部分，也于事无补，后来的“匪帮”照样会将剩余的部分抢光，这样一来只能是牺牲了自己壮大了敌人。但无限度的抢掠只会导致“羊群”的消失，最终无可抢掠。

收益的下降迫使一些有能力的匪首逐步改变劫掠策略。当流窜劫掠无利可图时，一位实力庞大的“匪帮”的首领可能会率领匪徒占据一个地方固定下来，这个地方最好易守难攻有利于抵御其他“匪帮”

的入侵，且资源丰富（如土地肥沃、猎物丰富等）。为维持生计，匪首可能会强迫部分匪徒从事生产劳动（所谓屯田），更有可能是向当地的居民及外来人承诺他们只要每年在收获时上交一部分财物（如收入的十分之一或十五分之一等），平时就不会去打劫他们并保护他们免受其他“匪帮”的侵扰，使他们保有剩余的生存或再生产乃至扩大再生产所需的财物，由杀鸡取蛋到养鸡生蛋。如此一来，在这一地区，生产活动将再次变得有利可图，会有更多的人从事生产活动，社会财富创造得以恢复，随着生产的增加，匪首及匪徒的收益亦会增加。当然要做到这一点，匪首必须能保证生产者免受外来“匪帮”及自己手下匪徒的恣意骚扰。为证明自己的承诺（规矩）可信，该匪首必须在有外敌入侵时派人击退入侵者，在手下匪徒违犯规矩时予以惩罚（必要时处死）。不久匪首会发现这是一条比流窜劫掠更好的生财之道，自然会更有动力去执行这一策略。附近苦于其他流窜“匪帮”侵扰的居民听说后会纷纷向施行此“策略”的“匪帮”靠拢，愿意缴纳贡赋，以换取他们的保护，尽管这仍是一种劫掠却比被无数流动“匪帮”无节制地劫掠要好得多。这样一来，能够良好执行此种策略的匪首将攫取更多的财富，从而能够进一步招兵买马扩充武装，去占领更大的地盘，获取更多资源，直到遇到地理限制或另一同样强大的“匪帮”为止。

此时，匪首自然不再喜欢称自己为匪徒。为实现利益最大化，开始运用权力保卫其领地，为社会成员提供和平与安全秩序，逐步把自己的劫掠规矩与分赃规矩正规化、神圣化为法律制度，建立起法律执行机制，提供公共服务，专制国家产生了。[①]

这种理论后为 PeterKurrild-Klitgaard 和 GreatTinnggaard Svendsen 两位学者所验证。他们在《理性的匪帮：劫掠、公共物品与北欧海盗》一文中，对公元 780 年到 1080 年的北欧海盗现象进行了研究，指出奥

① 〔美〕曼瑟·奥尔森：《权力与繁荣》，苏长和、嵇飞译，上海人民出版社，2005，第 5～15 页。

尔森的“匪帮”理论能够解释这一地区特定政治国家产生的原因。

5. 自然主义说

持自然主义说的学者主要以古希腊的两位学者为代表[①]，他们认为政府是起源于人类倾向于过社会生活的本性和维护秩序、控制社会的需要，国家的形成和发展是与社会的形成和发展同步的，它由家族的父权扩大而成。

最早提出该种观点的是柏拉图，认为国家是社会分工的产物。他把国家起源的历史描述与国家基础的逻辑推演相结合，认为“人类之所以要建立一个城邦，是因为我们没一个人能单靠自己达到满足，我们需要许多东西来满足自己行为的需要”[②]，以此来说明社会分工是国家的基础。

他的学生亚里士多德采取溯源的办法，即通过对城邦起源的探讨来了解城邦的本质。他在考察了158个城邦以后也提出了“城邦出于自然的深化，而人类是趋向于城邦生活的动物。人类在本性上，也正是一个政治的动物”的观点。他描述了人类的社会组织由低级向高级的演进，这同时是人的本质不断趋于完善的历程。人类天生是合群的动物，必须过共同生活，所以，城邦完全是自然进化的产物，将自然主义说的观点推进了一步。

二　西方传统国家形态演进

一般而言，传统国家是一个相对性概念，即指前资本主义的国家。在前资本主义时期，人类社会主要由氏族、部族、地方性族群等共同体构成，并形成相应的政治单位。从西方政治史的发展来看，这些政治单位曾以城邦国家、世界性帝国、封建国家的形式出现。

---

① 〔美〕乔治·萨拜因著、托马斯·索尔森修订：《政治学说史：城邦与世界社会》（第四版），邓正来译，上海人民出版社，2015，第102～108、199～208页。

② 〔古希腊〕柏拉图：《理想国》，吴寿彭译，商务印书馆，1997，第2页。

（一）城邦国家：公民自治的共同体

公元前8世纪，在古希腊地区出现了城邦制国家。一个城邦包括一个设防的中心城市连同其周围不大的一片乡村区域。按照安德森的描述：到公元前6世纪中叶，“希腊人的地盘及其他国家已有了大约1500座希腊人城市，而且实际上没有一座城市从海岸线进入内地超过25英里”。这些城市大概是：“农民和地主的聚居点：在当时典型的小城里，耕种者住在城墙里面，每天要出城到地里干活儿，直到晚上才回家——虽然城市的地域包括周围的农业田地，全部的农业人口还是住在城里。”[①]

城邦是在一定历史条件下由原始公社演化而来的一种公民集体，也有很大一批城邦是由原有城邦派出的移民建立的。与后世的帝国不同，这些城邦通常没有辽阔的疆域和众多的人口，拥有最大面积的斯巴达不过1000平方英里，雅典人口最多时也只有30万人。各个城邦的政治制度并不是完全一致的，采用了君主制、贵族制、僭主制、民主制、寡头制、共和制等政体形式。城邦中一般只有少数的成年男性才享有政治权利，人口最多的雅典鼎盛时只有6万公民，小的城邦甚至只有几百公民。公民家庭中的妇女、儿童，外邦自由人，以及奴隶都没有任何的政治权利。

1. 国家的目的是实现最高的“善业”

亚里士多德在《政治学》中为城邦下了这个著名的定义：“我们观察到每个城邦都是某种社群组合，而每个社群的建立都是为了某种善（因为人们总是为了某种他们认为是善的结果而有所作为）。因此显然所有社群都在追求某种善，而其中地位最高、包含最广的社群当然就会追求最高最广的善。这个社群即所谓‘城邦’，也可称为政治社群。”[②]

---

① 〔新西兰〕布莱恩·S. 罗珀：《民主的历史：马克思主义解读》，王如君译，人民日报出版社，2015，第17～18页。

② 〔古希腊〕亚里士多德：《政治学》，吴寿彭译，商务印书馆，1997，第2页。

按此定义，国家统治的目的在于实现最高的“善业”，即使全城的人都过上优良的生活。城邦之所以被称为最高的社会组织，是因为它范围最广、层级最高、最能自给，能够实现“至善”。也有其他一些人群组合，如家族或村落，但不能实现自给自足。

2. 城邦本位主义

城邦的根本精神是完全的主权和完全的独立。保有祖先遗留下的土地、维持一定数量的以血缘为基础的公民人口、实行公民团体的集体治权，是古希腊人坚守“城邦本位主义”的具体表现。不愿授予外邦人公民权，坚持本城邦的政治制度，尊重其他城邦的独立和自治，这就形成了希腊多元主义的政治格局。不同城邦都有自己独特的政体，如君主制、僭主制、贵族制、寡头制、民主制等，即使两个城邦的政体类型一样，但又包含千差万别的政治形式。

城邦本位主义根源于古希腊人的宗教信仰。早在部落时期，古希腊人就绝对遵奉自己家族的神、部落的神。这种神具有绝对的排外性：“两邦的神不同，典礼与祷辞亦异。此邦所奉的神，不为邻邦所信。古人相信一城的神，不受公民以外的人祭祷。”[①] 当部落过渡到城邦，这种城邦的神也成了维系各城邦中这些血缘家族的纽带。城邦既是政治共同体，又是血缘和宗教共同体。城邦本位主义便是公民区别他者、享有政治权利的重要基础。

3. 城邦是自由公民的自治团体

城邦就是由若干公民组成的政治团体。判别城邦的标准，不是看它的国土、人口的多寡，而是看它是否由公民组成。在城邦中，公民之间分享着共同的正义、信仰、风俗习惯、血缘、利益、土地等。在每一个城邦中，全体公民之间是平等的（即互不隶属），个人之间可以有兴趣、职业、财富的差异，但在政治权利上则是完全等值的。亚里士多德

---

① 〔法〕古朗士：《希腊罗马古代社会研究》，李玄伯译，上海文艺出版社，1990，第164~167页。

认为“主人与奴隶之间地位不平等，所以两者无法构成社群”①。

公民大会在各个城邦都是最重要的权力机构，城邦一切重大事项都由公民集体讨论决定。即使像斯巴达这样的实行贵族政体的城邦，元老和监察官也都由公民大会选出，重大事项，尤其像战争、结盟等关系城邦生死存亡的大事，都需公民大会决定。城邦的官员一般都是业余的而非职业性的，他们担任公职或属公民义务或属自愿行为。这样就实现了公民与政府最大可能的统一。除僭主制城邦外，各城邦政治制度的区别主要在于公民范围的大小，公民参政的广度和深度，政治生活是否活跃，公民内各集团事实上对城邦政治的影响力。

在公元前 4 世纪之际，古希腊诸城邦沦为亚历山大的马其顿帝国的附庸。在城邦存续的 400 多年间，古希腊人对如何构建一个稳定的政治共同体做了开创性的探索。通过城邦政治的实践，自治政治作为人类最初与最终的政治形式得到实验、训练和发展，民主价值和民主理论也得以孕育。但小规模政治共同体治理的失败，给人们指出：安全和秩序也是政治的第一性价值。

（二）世界性帝国：超大型政治体的治理

公元前 4 世纪晚期，随着亚历山大的军队征服了希腊诸城邦和埃及、印度等广大地区后，西方世界进入了世界性帝国的阶段。虽然马其顿帝国在亚历山大死后迅速分裂了，但统一的社会政治条件则促成了希腊文化与东方文化交融的“希腊化时期”。

继马其顿帝国之后，罗马城邦由于其独特的内外部的原因，很快走向了向对外扩张的道路。公元前 3 世纪初，基本上控制意大利半岛，将所征服的城邦和部落变成“臣服者”和“同盟者”。至公元前 1 世纪，罗马已成为一个地跨欧、亚、非三洲的世界性帝国。在鼎盛时期，罗马帝国的领土达到 1000 多万平方千米，人口接近 1 亿。

罗马人在经历了短暂的王政时期后，于公元前 509 年建立了共和政

① 丛日云：《西方政治文化传统》，黑龙江人民出版社，2002，第 38 页。

体。但由于贵族当政，平民无权，平民与贵族之间进行了长期的斗争，平民终于取得了设立平民保民官和平民会议、担任高级官职等一系列权利，完善了共和政体。其政治机构主要有：①执政官。最初从森图里亚会议（百人团会议）中选出 2 人，任期 1 年，掌管最高军事和民政权力，多为贵族独占。公元前 366 年起从平民中选出 1 人，任满后可进入元老院。②公民大会。其职权是选举高级官吏，决定是否对外宣战，表决执政官提交的一切议案，但大会通过的所有议案须经元老院的最后批准始能生效。由于各等级投票数额不一，故实权掌握在少数贵族手中。③元老院。成员已由 100 人增至 300 人，最初为贵族垄断，后卸任执政官及上层平民亦可加入。元老院是最高权力和决策机构，总揽行政、立法、外交、军事、财政、司法等大权，也是罗马共和政体的代表者和维护者。同时设有保民官、财政官、监察官、司法官等。

按照波里比阿的分析，这种共和制是一种混合政体，其“集君主制、贵族制和民主制的优点于一身，又不使其中任何一个原则过分地膨胀，从而蜕变为自己的对立面。每一种力量都被其他两个所抵消，任何一个都不能压倒和超过其他力量。因此，这个政体能够保持长时间的均衡状态”[①]。这种政治制度正是罗马人成功的主要原因。

罗马共和国末年，政局混乱不堪。在与马略的争斗中，苏拉带兵渡过卢比肯河，进入罗马城，开了罗马人进攻自己祖国的先例。苏拉攻下罗马后，宣布自己为终身独裁官，鼓动暴民杀害政敌，实施恐怖政治。后又经恺撒的短暂独裁，直至公元前 31 年，屋大维在亚克兴战役中击败对手马克·安东尼和埃及女王克娄巴特拉七世，独揽共和国的权力。公元前 27 年，罗马元老院赐予屋大维“奥古斯都”头衔，这象征着罗马共和国的终结，罗马帝国的开始。

共和制为何被颠覆？有许多思想家（比如马基雅维利、孟德斯鸠

① 〔古希腊〕波里比阿：《罗马帝国的崛起》，翁嘉声译，社会科学文献出版社，2013，第 403 ~ 410 页。

等）做了详细的分析。从国家治理的角度来看，就是当时的罗马共和制已无法应付一个幅员辽阔、族群复杂、阶级矛盾突出的政治体内部的治理任务。而帝国就是罗马人所构建的一整套适应大规模政治共同体治理需要的制度体系。

1. “元首制”提供了稳定的政治秩序

继承恺撒权威的屋大维在取得绝对权力后，即致力于建立一种新的政治秩序。他曾说：“请给我特权把这个国家建立得稳固而安全，并从这一行动中得到我所期望的果实；但愿我能被称作这个至善政权的缔造者，并在死时怀有这样的希望：我为国家所奠定的基础还会是稳固的。”①

屋大维首先做的是完全控制军权。罗马内战结束后，屋大维和他的代理人直接统领了全部28个军团中的绝大多数军团。其次，屋大维利用监察权改组了元老院，使之听信于自己。公元前27年，屋大维逼迫元老院将三个行省（西班牙、高卢和叙利亚）为期10年的管理权授予他，其余行省则由向元老院负责的代行高级行政官治理，并取得了“奥古斯都”的头衔。作为“第一公民”，奥古斯都有着超出其他人的一般权威。公元前23年，元老院授予他两种特权：一是终身保民官权，即在罗马城内拥有民事权；二是代行执政官的最高命令权，即控制军队和行省的权力。此后，这两种权力一直是整个元首制合法统治的基础。公元前2年，“元老院、骑士阶级和全体罗马人民”又授予奥古斯都“国父”的尊号，这一头衔是奥古斯都权威的最高体现。就这样，奥古斯都建立了事实上的君主专制制度。

在奥古斯都治下，实现了所谓的“罗马和平”。具体表现在：对外，罗马帝国不仅不受外来干涉，而且凭借强大武力或武力威胁迫使其他国家承认罗马的霸权；对内，镇压反叛，以法治国，建立稳定的政治秩序。

---

① 〔古罗马〕苏维托尼乌斯：《罗马帝国十二帝王传》，张竹明、王乃新、蒋平等译，商务印书馆，2000，第98页。

2. 建立有效的行政管理体制和司法裁判体制，以及时回应社会需求、有效解决社会问题

奥古斯都将帝国境内行省划分为元老院行省和元首（皇帝）行省，元老院行省的管理模式与共和国时期相同；而元首（皇帝）行省则由罗马皇帝全权委任行省总督进行治理，任期不限。埃及是个例外，公元前30年，埃及托勒密王朝女王克里奥帕特拉七世死后，埃及被奥古斯都并入帝国领土，作为罗马皇帝的私人领地，受皇帝直接管辖，其总督是由一名皇帝任命的骑士担任。罗马皇帝与他所任命的总督之间是庇护关系。行省总督拥有对行省军事、经济、司法以及社会民事的管辖权。在行省中，总督唯一不便插手的领域是财政，源源不断的税收构成罗马帝国运转的基础，但这由直接对皇帝负责的专员打理。

罗马政府还通过总督行使的司法权来维持行省内部的社会秩序。总督主要通过主持巡回审判庭行使司法权。但总督一般只负责审理一些严重的刑事案件（但凡牵涉死刑的案件全部自动转交罗马由皇帝亲自裁决），其他性质轻微的刑事案件通常由地方政府官员审理。各地自治法庭负责审理所辖臣民的民事案件，直到他们获得罗马公民权为止。行省中的罗马公民按罗马民法组织自己的生活，民法是罗马法的精华，在财产法、继承法等方面提供了一套包罗万象、近乎完美的规范，由于地方官员中不少人是罗马公民，罗马法便不可避免地为他们调解日常民事纠纷提供了一套参照系。

3. 授予新征服地区的人以公民身份，推行“罗马化”

相较于希腊城邦严格限制公民身份（雅典城邦规定只有父母双方都有雅典公民血统的人才能取得雅典公民资格），罗马人则从政治、法律权力角度定义公民。帝国境内的成年男子，都可成为罗马公民。

罗马帝国在被征服地区着力推行罗马治理模式，各地方城市都照搬了罗马政治体制，并克隆了由少数富人控制大部分权力的罗马政治理念。那些社会关系广泛、号召力强大的地方贵族是总督拉拢的首选目标，总督帮他们获得罗马公民权，让他们接受罗马式教育，逐步融入罗

马文化和社会；作为回报，他们帮助罗马官员维护治安和征税，并互相攀比，竞相出资兴修神庙、广场、竞技场、剧院、澡堂、引水渠等罗马式公共建筑，以此来吸引当地民众认同罗马文化。拉丁语变成了西罗马帝国的官方语言，特别是在管理地方省份、拥有土地的精英中十分流行。识文断字起着关键的作用，被看作“国家权力的工具”和“阶级团结的黏合剂”，这样罗马就把新领土的统治阶级纳入罗马统治阶级队列之内，从而扩大和加强了这一阶级，同时削弱了对罗马帝国统治的抵抗，并使新领土融入帝国之中的速度加快。新加入的公民和老公民一样，都得承担缴税和服兵役的义务，增加了帝国的人力和财力。他们也加入帝国军队，抢掠土地、奴隶和其他财富，支持了罗马帝国进一步的对外扩张。

4. 利用统一的罗马法贯彻帝国政治意志

希腊各城邦政制不一，各城邦的公民自豪于母邦的民族性和个体的独特性并愿意牺牲生命，故无法建立一个统一的希腊帝国。与希腊人长于理性、善于思辨不同，罗马人惯于通过法律语言来表达自己的政治观念。在长期的对外扩张活动中，罗马人形成了遵守纪律、照章办事的行为品格和秩序观念。在帝国的形成过程中，罗马人不断适应新形势的要求，以罗马法来管理新的各行省和殖民地。

罗马由于其军事征服而成为一个世界性的国家，作为罗马国家就不得不让所有这些来自不同地区的人们能和睦地生活在一起。但人们生活在一起难免有争端的发生，而解决这些争端仅仅使用罗马原来的法律，如罗马民法和《12 铜表法》是不够的，因为外邦人无法掌握罗马民法的规定和程序，他们常常是败诉者，这就需要调整罗马的法律。公元前 242 年以后，罗马人创造了“外事行政长官”，负责处理解决那些无法归属传统民法管理范围之内的争端。以后又逐步进行补充，使得罗马的法律发生了新的变化，通用的法律被罗马人发明了。

出现这种变化的主要原因是，受希腊化时期的“斯多葛派的世界主义”的影响，认为人类拥有相同的人性，可以组成一个共同体；在这个共同体内，社会关系准则都隶属于唯一的“自然法则”，每个城邦国家的人为法律只是对这个自然法的模仿。在这样的思想指导下，罗马法官们创造性地从公元前3世纪一直持续到大约公元1世纪末，数百位学者持续三个半世纪的工作，在罗马帝国统治下，形成了新的罗马民法。到6世纪的《查士丁尼民法大全》时期达到顶峰。

罗马人不仅制定通用的法律，更重要的是罗马人还确立了私法。私法是对私有财产认定的法律。有了这种法律，法官可以在发生重大事件时确认“你的东西和他的东西”的界限和区别，使得每个人都会有或者得回原本属于自己的东西（如土地的私人占有制）。总之，产权制度的确立，全面而合理地保护私有财产的占有和交换，为市场经济的建立和发展提供了充分的法治环境，也为罗马帝国提供了稳定的税源和人力资源。

5. 卓越的公共交通、健全的货币体系、流畅的长途贸易、融合的多民族文化，使得罗马经济和社会自然而然地融为一体

罗马帝国是一个民族众多、地区差异巨大的政治体，要将它们同化为单一的政治、行政体系是一项巨大的工程。为维护这一政治体系的运行，就必须建设统一的交通体系。在罗马当局的推动下，建立了贯通帝国全境的笔直的、功能一目了然的“罗马大道”，将不同地区连接在一起。沿途设有驿站，专供帝国行政官员巡视和政令的传达。在此基础上，罗马人开展长途贸易，将帝国境内的经济联系在一起。

此外，帝国境内各民族文化，尤其是古希腊文化与罗马文化的融合，使得“特洛伊王子和拉丁公主的苗裔由一个无固有文化的国家和一种世界性的文化创造出一个新整体，在人类生存的顶点上，在充盈洋溢的幸福时代，国家和文化又在这新整体中团圆聚会，正当地充满了与这内容相合的范围”[①]。

帝国的强大，使许多人都憧憬它会是一个永恒的政治体。但随着内

① 〔德〕特奥多尔·蒙森：《罗马史》，李稼年译，商务印书馆，2017，第1709页。

部的分崩离析和他族的入侵，西罗马帝国最后一位皇帝罗慕路斯·奥古斯都于公元476年被奥多亚克罢黜，标志着西罗马帝国的终结。但罗马人在这样一个大规模政治体的治理实践中，仍有许多成功的经验：统一的公民身份和罗马法是将各个异质文明维系在一个政治体中的重要原则；发达的公共交通和密切的经济交往是将差异巨大的地区联系起来的重要手段。

（三）封建国家：多元权力体系下的政治治理

西罗马帝国解体后，西欧进入了漫长的中世纪时期，并逐渐形成了一种独特的封建制度。这种封建制度是以采邑制为基础，以领主、封臣之间的权利和义务关系为纽带而形成的一种政治经济法律制度。其起源于日耳曼部落的扈从制，后随着法兰克王国的兴盛而扩展到了西欧大部分地区，并在查理曼帝国崩溃后通过封建领地的世袭化成熟起来。

西欧封建制度的产生与公共安全秩序的崩溃有密切的关系。布洛赫曾这样分析道："那时的国家和家族均不再能够提供有力的保护。乡村共同体的力量仅能勉强维持自己内部的秩序，而城镇共同体几乎还不存在……一方面，一些人急切寻求庇护者；另一方面，一些人通常以暴力手段僭取权力。弱小和强大的概念总是相对的，所以在很多情况下，同一个人一身兼二任：他既是更强大之人的依附者，同时又是更弱小之人的保护者。于是，一种脉络纵横交错地贯穿于社会各阶层的庞大的人际关系体系开始形成。"[①] 随着罗马政治的崩坏，最初以难民身份进入罗马帝国境内的法兰克人的一支，在他们的首领克洛维一世的带领下乘机控制了大片土地，接收了罗马的管理机构后，统一了其他部落，建立了史上第一个法兰克人的国家，然后不断扩张。

在法兰克人扩张的过程中，克洛维一世没收了死去或逃亡的地主的土地。如此克洛维一世就成为整个王国的最大地主。克洛维一世还将自己的土地赠送给其他的贵族换取他们的效忠，二者构成"领主"

① 〔法〕马克·布洛赫：《封建社会》（上卷），张绪山译，商务印书馆，2004，第253~254页。

（lord）与“封臣”（vassal）的关系，并由此逐渐演化出了采邑制。但此时，封臣对领地的拥有只有一定的年限，至多也只是终身，当封臣去世后其领地将由领主收回，目的在于约束贵族的割据倾向。这种现象一直持续到查理曼去世为止。后来，查理曼的几个孙子因争权及外敌入侵，导致战乱频繁、贸易中断，货币失去了它原有的价值，土地成为君主收买臣属的主要手段。秃头查理于877年率先颁布诏令，承认由儿子继承父亲领地的做法。康拉德二世在1037年颁布著名的《米兰敕令》：“任何领主（无论主教、修道院院长、侯爵、伯爵或其他任何领主）都不得被剥夺其领地，除非是按我们祖先的法令由其同级领主集体裁决他犯了罪；附庸在认为受领主或同级领主不公正对待而可能失去领地时，可以向帝国最高法庭上诉；领主的领地应由儿子或孙子继承，如无子嗣则可由同胞兄弟或同父异母的兄弟继承。”这将贵族领地世袭合法化。

到了公元8世纪以后，这种由“领主”与“封臣”之间层层相袭的封建附庸关系，逐渐取代了大一统的罗马帝国的社会组织和人际关系，成为中世纪西欧社会的基本形态。至此，西欧封建制度才完全确立。

1. *以私人契约来调整公共关系*

在封建制度下，整个社会中的公共关系建立在契约的基础上。

贵族集团内部的契约关系是通过邑地分封建立的。在采邑制基础上，从国王到最低等级的骑士，形成了多层级的领主与附庸的关系。传统意义上的君臣关系、统治者与被统治者的关系，都转化成领主与封臣间的私人社会关系。领主与附庸之间的关系是一种双向的权利和义务关系，必须相互承担一系列的责任和义务。领主除给予附庸封地作为其武器、衣食等费用的资源外，还有保护附庸不受任何伤害的责任；而附庸则必须向领主誓死效忠并承诺履行各种义务，如应领主要求跟随领主征战、协助领主处理行政和司法等事务、遇领主有特殊事情（如领主被俘需赎金赎身、领主之儿女婚嫁等）时捐献款项等。附庸必须遵守封建契约中规定的各种应尽义务，否则就是犯大罪，有可能失去采邑；如果他能履行义务，其采邑即可世代相传，领主不能无故收回。同样，如果领主不能尽到保护附庸的责任，或对附庸不公平，附庸就可以宣布解除对领主效忠的誓言。在这种关系中，双方权利是同样重要的。如阿拉贡王国贵族向国王效忠的传统誓言是："与您一样优秀的我们，向并不比我们更优秀的您起誓，承认您为我们的国王和最高领主，只要您遵从我们的地位和法律；如果您不如此，上述誓言即无效。"[①]

领主与农民之间的关系也是依靠契约建立。日耳曼人入主西欧后，奴隶制在西欧开始消亡。即使社会最底层的农奴，也是以人的身份和领主签订契约，成为权利主体。正是利用这种契约关系，底层农民才能不断改善自己的社会地位并最终获得自由。到公元 13 世纪时，当农民可以仿照城市市民的榜样，从领主那里用货币购买一个"解放特许状"。特许状把农民对领主承担的各种义务固定下来，领主承诺不向农民要求额外的负担。特许状使领主的任意专断的权力受到了限制，这是农民获得自由的开始。

这种以契约调整权力关系的传统，对后世西方社会契约政治的产生和司法至上观念的发展至为重要。作为一种政治制度，西欧封建制度是多元权力之间以私人契约为基础而建立起来的一种政治联盟，领主和封臣都有各自的权利和义务，都受契约的约束，并能依据契约进行权力斗争。在近代西方国家的政治发展中，需要做的就是通过一些创造性的转换，将封建制度中国王与贵族之间的契约关系转变为国家和人民之间的契约关系。这个契约就是该国的宪法，规定了国家和人民的权利和义务关系及政治活动的规则。同时，由于西欧封建制度主要是通过契约关系建构的，而维持契约关系的主要手段又必然是司法，从而就有利于西方社会中司法至上原则的发展。

2. 法律之下的有限君主权

封建关系的私人契约性质，决定了它必然反对绝对权威，必然导致君权微弱。国王只是一个最高一级的领主，他不是政治权力的核心，没

① 转引自计秋枫《论中世纪西欧封建主义的政治结构》，《史学月刊》2001 年第 4 期。

有自己的官僚机构，没有常备军队和健全的全国性的税收体系，他的司法权也仅及于自己的直接封臣。政治权力分散在无数大大小小的贵族手中。这些贵族在自己的领地上以城堡为核心，拥有绝对的行政权、司法权、经济权力，并可以自己武装力量。这些封建政治体缺乏确定的地域界线，也不具备近代民族国家赖以存在的中央集权机制和主权基础。

“王在法下”是中世纪西方王权的长期性标志。任何君主或领主，无权将个人意志随心所欲地强加于臣民。法律是习俗或上帝意志的产物，政府没有也无权制定法律，君主和贵族的权威仅限于“发现”法律，颁布行政法令使法律得以实施。不仅如此，君权的取得也是根据传统的、具有宪法意义的原则：世袭、选举和教会授予。上述原则均不能改变君权的大小。如果强大的君主实行专制统治，不受法律的约束，臣民就可以反抗国君的不法行为。

3. 王权与教权的斗争是中世纪西欧政治的主题

西罗马帝国灭亡后，帝国的国教基督教成了罗马文明的继承者。遍布帝国全境的教会承担了很多原先罗马行政机构的公共职责，在破碎的西欧世界中成为“大一统”的象征。公元 496 年，克洛维一世率三千亲兵皈依了基督教。日耳曼人军事贵族同天主教会组织结合，建立了一种新型的封建社会秩序。

对于法兰克王国的统治者来说，普世的天主教会可以使自己的政治扩张和领导权威合理化和神圣化。天主教会组织参与世俗国家管理，教会神职人员帮助法兰克王国起草文件、教化民众、巩固对新征服地区的统治、从事司法审判工作等，使法兰克王国迅速壮大成为西欧第一大国。法兰克王国的统治者也给予天主教会大量的特权：如，教会拥有固定的收入，即“十一税”；宗教会议制定的宗教法规被认为是普遍的法律；主教和修道院院长是王室的重要成员；教会的产业永属教会，且免税；一切神职人员均免除各种劳役；教会神职人员触犯国家刑律，应按教会法规来处理，世俗法庭无权过问；等等。

在法兰克王国的世俗当局的支持下，天主教会迅速发展。教会组织按照罗马帝国的结构建立起来。教会下设五大主教管区，即罗马、亚历山大、安提俄克、耶路撒冷和君士坦丁堡。罗马教会由于特殊的位置（罗马帝国的首都）而享有决定教义问题的权威。主持宗教会议，历次宗教会议颁布的宗教法令都对所有教会起指导作用。382 年，教皇达马苏一世在罗马召开宗教会议，宣布罗马教会不是由哪一次宗教会议决定建立的，而是由使徒彼得和保罗建立的，罗马教会是彼得的宗座。因而罗马教会应高于其他教会，罗马主教在普世教会中享有首席主教的权威，被称作教皇。

统一的教阶组织、固定“十一税”和庞大的地产、垄断文化权力，使教会与世俗国王逐渐形成二元权力体系。所以“王权与教权”的斗争成了中世纪西欧政治的主题。教俗双方主要争夺的是对“主教和修道院院长”的任命权。在国王看来，掌握了神职的任命权，就意味着控制了本国的教会，能获得许多政治上和经济上的好处：一方面可以利用教会的力量牵制封建割据势力，另一方面可以通过出卖教会神职（甚至掠夺教会地产财富）来获取收益。对于教皇而言，实行教皇集权制、维护天主教会的一体化，才能发挥天主教会的中心作用。教皇通过对教会组织和神职任命权的控制，既可以从各国取得源源不断的经济收入，又可以干涉各国的内政，从而使自己成为凌驾于西欧各国君主之上的“万王之王”。

4. 自治城市的兴起及市民社会的形成

中世纪的西欧，最初以封建庄园制的自然经济为主要经济形态。随着 11 ~ 12 世纪西欧封建制度的巩固，乡村经济日益繁荣，提供了大量的剩余产品和剩余的劳动力。手工业逐渐从封建庄园经济中分离出来，发展出商品经济。与此同时，东西方商品贸易的通道也被“十字军”东征所打通。一些地中海沿岸地区出现了大批的城市，如威尼斯、伦巴第、热那亚、佛罗伦萨等。

城市经济的繁荣，吸引了大批的农奴、自由农民和小贵族、骑士，他们纷纷抛弃传统的庄园而奔向城镇去生活。新型经济和社会思想的变革最终动摇了既定的政治结构和政治观念。封建领主和教会适时地发特许状给那些来自乡村的农民和小贵族，使其成为市民，允许他们以货币去支付其土地费用，缴纳商业赋税，有携带武器保护城市的权利和义务。市民都是自由人，通过平等的法律关系重新调整内部成员关系，建立市镇机构来自主管理城市公共事务。城市自治主要包含两方面内容：（1）司法自治。即城市摆脱领主司法权和传统法律的束缚，成立自己的法庭，制定符合商业关系的法律程序。城市是商业的基地，商业的逻辑是自由贸易。自由贸易就必须取消或限制领主对某种产品所拥有的专卖权和主持市场法庭（主要为收取罚金）的特权。（2）行政自治。城市在取得司法自治的同时，也开始通过选举产生议会和公职人员，组织行政自治机构，建立独立的税收财政系统，自己管理城市事务。如米兰在1094年就由市民选举产生执政官管理城市，佛罗伦萨在1138年也有了自己的执政官。

中世纪西欧城市经济的发展和市民阶层的出现，对当时的政治发展提出了新的要求：货币资本有天然的逐利性，传统封建社会壁垒阻碍了其自由流动，时代呼唤统一。用新的政治认同原则——民族主义来构建国家的任务被提到西欧政治发展的日程上了。

三　西方传统国家建构的基础

通过对国家形态历史演进的考察，可以发现不同时代国家建构有不同的内容和特点，从而有利于从整体上把握国家认同建构的基本历史脉络及其历史必然性。但要完整地再现人类漫长历史上的各种国家形态及其建构基础亦是不可能的。历史上不同的思想家为不同时代的国家建构提供了基本的思想基础，是人们对国家建构现实的理论总结。国家建构的基础实际与国家的定义密切相关，即国家建构隐含在人们如何认识和理解国家之中。显然，在雅斯贝尔斯所谓的“轴心时代”，古希腊罗马思想家们创造的国家理论至今依然闪耀着智慧的光芒，为国家建构提供了原始的核心元素，是我们今天理解和研究国家认同及其建构的历史起点。国家追求至善以及人要过“城邦”生活成为人们对国家这种社会历史现象最基本的共识，因而成为历代国家建构的标准理念。

即使在最初的国家，国家认同也在国家稳定而持续的发展中发挥了重要作用，为国家统治的正当性提供了精神资源。在古代漫长的历史发展中，人们对国家的认同情感来源于自然而然的社会发展过程，传统的血缘、地缘、社会群体、宗教观念与文化道德价值体系都是国家这种政治共同体认同的重要对象。

由于人类社会发展经历了一个浩瀚博大的历史过程，我们无法全面了解所有国家的历史面貌及其建构理念。我们只选取人类目前已经熟知的具有代表性的西方国家作为范例进行探讨。就西方国家文明史而言，柏拉图、亚里士多德、西塞罗、奥古斯丁以及文艺复兴以来西方民族国家兴起之后的国家理论为我们透视西方国家建构的思想基础提供了基本素材。

柏拉图虽然没有给国家下一个科学的定义，但在他的政治认知中，城邦（polis）就是国家（country），他的“理想国”就是城邦。而这个城邦就是人的聚居地，是实现公共生活和公民权利的唯一可行的工具。由此可见，城邦是公民的社会组织和政治组织。[①] 虽然古希腊处在奴隶制时代，但雅典城邦却以民主作为国家建构的基础。例如，公元前8世纪的雅典，从贵族中选出九个执政官（archon）共同治国理政。梭伦改革规定行政官员和议事会成员均由选举产生。克里斯提尼设立的“五百人议事会”，其成员由各村抽签选出。由此可见，古希腊的城邦国家其建构的基础理念在于民主。正如雅典政治家伯里克利所言：“我们的政治制度不是从我们邻人的制度中模仿得来的。我们的制度是别人的模范，而不是我们模仿任何其他的人的。我们的制度之所以被称为民主

① 王晓朝：《论西方古代国家定义的演进》，《西北师大学报》（社会科学版）2010年第1期。

政治，因为政权是在全体公民手中，而不是在少数人手中。”[①] 古罗马最著名的政治哲学家西塞罗（公元前106～前43年）认为“国家是人民的事业，但人民不是某种随意聚集在一起的人的集合体，而是大量的民众基于法的一致和利益的共同而结合起来的联合体。”[②] 由此可见，西塞罗将国家置于人民之下，国家属于人民，国家是人民共享和实现其权利的手段。同时西塞罗特别强调“正义”这一基本价值，认为国家应该建立在人民共同利益之上，而人民则是由于“法的一致和利益的共同”所构成。[③] 由此可见，西塞罗国家建构的基础有三个：其一是对正义的一致尊重；其二是强调以人民为前提的利益共享；其三是以合乎法律规定为准则。这三个标准是判断一切政体是否具备合法性的标准。

生活在古罗马帝国晚期的基督教政治思想家奥古斯丁（公元354～430年）继承了西塞罗的国家应建立在人民共同利益基础之上的政治思想，同时强调国家认同建构的基础应当是正义。他认为无论国家采取何种统治形式，无论是帝国、贵族统治还是平民的民主共和，正义都是基本的条件。“国家是人民的事业（是一种类似财产或所有物），只有在国王、少数贵族或全体人民公正地实行统治时才能存在。如果统治者（国王、贵族们或人民）采取不公正的方式，那么国家已经被破坏，已经不存在任何国家，国家已经不是人民的事业，而且人民本身也已经不是人民，因为他们处事不公正，已经不是大量的民众基于法的一致和利益的共同而结合起来的联合体，总之，没有高度的正义便不可能对国家进行统治，也不能使国家长存。”[④] 由此可见，奥古斯丁国家建构的基础即正义，如果正义不存在了，国家便不存在。同时，他总结历史，认为古罗马共和国并未实行其所认为的真正的正义（vera iustitia），现实中的罗马国家是建立在屠杀手足、暴力和统治欲之上。因此，没有贯彻

① 〔古希腊〕修昔底德：《伯罗奔尼撒战争史》，谢德风译，商务印书馆，1978，第130页。
② 〔古罗马〕西塞罗：《论共和国　论法律》，王焕生译，中国政法大学出版社，1997，第39页。
③ 王晓朝：《论西方古代国家定义的演进》，《西北师大学报》（社会科学版）2010年第1期。
④ 〔古罗马〕奥古斯丁：《上帝之城》，王晓朝译，人民出版社，2006，第76页。

落实罗马所倡导的真正的正义是古罗马最终衰亡的根本原因。然而受柏拉图理想国的启发，奥古斯丁认为最为理想的、真正的正义乃是一种神的正义，国家必须建立在神的正义的基础之上，而“神的正义”正是“上帝之城”的一种属性。由此可见，奥古斯丁用“神的正义”替换西塞罗的“自然正义”，从而完成了他自己的国家定义，这为批判希腊罗马社会、构建基督教的理想社会奠定了理论基石。[①]

上述古代西方国家建构基础理论只是一种抛砖引玉的概括。实际上，国家起源及其建构过程远非如此简单抽象，而是一个物质性的历史过程。唯物史观认为理论来源于实践。实际上，最初的国家起源及其建构的历史过程并非“神意”或按照柏拉图的理想国“科学设想”的展开。所有理论不过是对实践活动的经验总结和理论提升。客观现实正如恩格斯论证古希腊罗马国家一样，国家起源及其建构来源于人们的现实生产生活需要。在最初的国家建构中，血缘关系始终是国家维系国民向心力的重要纽带，这是一种自然而然的凝聚力。在古老的最初的国家，人们识别公民身份的首要标准就是是否拥有共同的祖先和共同的血缘关系。只有当生产力进一步提高，随着交往日益扩大，人口数量膨胀，加上流动加快，越来越多的人群超越氏族血缘关系而生活在同一个城邦国家，组成一种类似于陌生人的社会，此时，新的国家认同就产生了，即血缘认同被地域认同所替代而成为国家建构的核心。例如，在古希腊城邦国家形成初期，人们并非严格按地域划分国民，而雅典按地域划分国民也是克里斯提尼适应现实发展进行改革的结果。这种国家认同基础的进化更新与原初的国家建构动力都说明，具有共同语言、风俗习惯并以血缘为纽带的人群共同体是国家建构的初始形式，因而这种认同最终成为近代民族国家建构的理论与现实基础。这可以解释为什么即使在全球化的今天，人们依然如此忠诚于民族这种“想象共同体”的原因。同时，这也是欧洲在持续1000多年基督教神权政治统治之后

① 王晓朝：《论西方古代国家定义的演进》，《西北师大学报》（社会科学版）2010年第1期。

民族国家勃兴的原因。

四　西方民族国家的兴起与发展

在漫长的中世纪过去后，西欧世界开启了“现代性”的进程。戴维德·莱恩（David Lyon）在《后现代性》一书中说：“什么是现代性？这是一个用来指涉自启蒙运动之后而产生的那种社会秩序的概念。”① 这种秩序在政治领域内的体现就是“民族国家”的产生，是现代政治与古典政治之间最根本的区别之一。

（一）西方民族国家的产生

近代民族国家的形成过程既是历史发展的，也是人为建构的。

西欧中世纪的晚近时期，随着资本主义经济的产生和发展，以及市民阶级的逐步形成，在一个国家内形成统一的市场和制度的要求日趋强烈。在这样的条件下，原先长期受教权和封建割据势力双重约束的世俗君主成了市民阶层（资产阶级）所期望的整合性力量，君主和市民的结盟，不仅实现了政治整合，而且实现了经济整合和文化整合。

英、法是较早产生的比较典型的民族国家。14 世纪以前，英国的很多领主都是法国人，日常的语言都是法语。在英法“百年战争”中，大批贵族和骑士被法国国王剥夺了地产，他们仇恨法王并不愿再做其附庸。英王爱德华一世乘机宣传“清除英吉利语言，会遭上帝的谴责”“英格兰应当是英格兰人的”等爱国性的口号，并使之在英格兰流传开来。这些口号不仅激发了民众对法王的痛恨，而且形成了英格兰民族的自我意识和情感，“使英格兰人意识到他们的特性、统一性和共同的传统和历史”。在此后的“红白玫瑰”战争中，英国的旧贵族在自相残杀中消失殆尽，王权在全国范围内确立了最高权威，成为正在形成中的民族国家的代表。以王权为中心，形成了大众忠诚于王权的新的政治认

① David Lyon, *Postmodernity*, Buckingham: Open University Press, 1944, p. 19，转引自谢立中《“现代性”及其相关概念词义辨析》，《北京大学学报》（哲学社会科学版）2001 年第 5 期。

同。此后，英王开始依照现实政治的需要，对内结束封建割据，健全政府，统一司法，奖励工商，经营海权。到1485年都铎（Tudor）王朝创立之日起，英国已是一个近代式的民族国家了。

法兰西民族国家的形成也与“百年战争”有关。1415年，英国军队攻陷巴黎。1428年，英军进攻法国南部的重要据点奥尔良，法兰西民族的沦亡与否在此一役。感于英军实施烧杀抢掠之野蛮行径，法国女孩贞德挺身而出，声称是上帝派她来拯救法兰西民族。在贞德的带领下，法国军队经过激烈奋战，击退英军，使奥尔良城得以解围。贞德牺牲后，她的勇气激发了法国人的民族意识。与此同时，为抵抗英国的侵略，法国国王建立了常备的雇佣军；为筹措军费，经过与三级会议的斗争，法国国王先后取得许可征收交易税、盐税等间接税以及对平民征收基于财产的直接税。常备军和固定税的建立，法国王权空前强大，进而为法国统一奠定了基础。后来在路易十一当政时期，他又统一了司法体系，法国中央集权君主专制的时代到来了。

综合英、法两个民族国家的产生，可以看出有如下的特征。

首先，王权成了统一的象征。随着王权的不断加强，一些实行绝对君主制的王朝国家通过强大的国家权力把国家统治范围内的居民紧密地联系在一起，构成了在民族形成过程中具有历史意义的政治整合。王权越是强大，这种整合的力量就越强大，也越有效。

其次，统一的国家形成以后，统一的国内市场在封建割据的壁垒被冲破后迅速发展，逐步形成了统一的国内市场和国家经济，并通过经济联系的纽带把国内的居民联系在一起，构成了对民族形成具有基础性影响的经济整合。以英国为例，从18世纪后，在民族国家的政治组织与社会革新的推动下，经济飞速发展。接下来的百年里，人口增长了三倍，一些村镇变成了大城市，英国的人均所得增加了一倍以上，农业从大致占国民产出的一半下降到五分之一以下，制造业与服务业扩张，取代了农业的地位。大英帝国所主导的全球秩序渐渐建立了。

再次，在文艺复兴运动和宗教改革中，民族的语言和文化逐步形成。当时的许多人文主义作家和宗教改革家在自己的作品和思想中拥护中央集权、反对封建割据、揭露教会的腐败、肯定个人的价值。同时他们丢弃了中世纪知识分子用底层民众不懂的拉丁文写作的习惯，开始采用本地的语言写作。形成了本民族的语言和文字，加强了国内居民的联系和交流，强化了民族共同体心理联系的文化整合。

最后，战争是民族国家产生的直接动力。查尔斯·蒂利（Charles Tilly）有一个著名的判断：战争推动了民族国家的形成。[①] 即民族国家相对于其他政治组织，能够动员更多的人力物力（资本得以集中）以组建大规模常备军（强制的集中），从而战胜竞争对手。总的来说，民族国家在近代对抗性战争中有着优于其他政治体的能力，它能以强力王权迅速实现财富的集中，能以民族意识团结民众，能营造出更有效的经济环境。在社会化和竞争的压力下，其他政治体都转而模仿民族国家的组织形式。

值得注意的是，民族精英对民族认同的推动、对民族主义的宣传也是民族国家形成的重要原因。在一般意义上，民族和族裔都强调归属感和认同感。但是族裔是用血缘关系来维持归属感和认同感的，这就导致了地方主义倾向，不利于中央的统一。而民族强调共同的历史和共同的文化，这就打破了族裔的壁垒和差异，通过创造历史构建文化来获得归属感和认同感。于是，在王朝国家将分散的居民整合为民族共同体的过程中所逐步形成的民族情感和民族意识，“经过民族精英的加工，尤其是经过在当时明显占有文化霸权和话语霸权的民族知识分子的概括整理和理论论证从而系统化、理论化后，就逐步演变成为完整的思想体系——民族主义”[②]。民族主义一旦形成，作为一个巨大的精神力量，使民族从一个自在的群体变成一个自觉的群体，推动着民族国家走向成熟。

---

① 〔美〕查尔斯·蒂利：《强制、资本和欧洲国家（公元990—1992年）》，魏洪钟译，上海人民出版社，2007，第22~25页。

② 周平：《民族政治学》（第2版），高等教育出版社，2007，第237页。

在15世纪西欧的主要国家中，英国、法国、西班牙、葡萄牙最先成为近代民族国家，随后苏格兰、丹麦、瑞典、波兰等也相继由封建分裂状态逐渐统一成民族国家。从此，民族国家形态就成为欧洲政治的主流。作为一种示范性的国家形态，民族国家形态也随着西欧民族国家在全球的扩张而蔓延到世界其他地区。

（二）民族国家的本质

从本质上看，民族国家是民族与国家两种结构与原则的融合。《布莱克维尔政治学百科全书》指出：民族国家是“两种不同的结构和原则的融合，一种是政治的和领土的，另一种是历史的和文化的。国家这一要素在此是指现代理性国家，它形成于西方现代初期，是一种自立于其他制度之外的、独特的、集权的社会制度，并且在已经界定和得到承认的领土内，拥有强制和获取的垄断权力。民族，可以界定为一种名义上的人类共同体；它有着一个共同的祖先、历史传统和划一大众文化的神话，据有一块领土，所有成员都有劳动分工和法定权利，其中包括种族文化（种族民族主义）因素和现代‘公民’特征。民族的概念所具有的二重性和模糊性影响着它随后与国家的熔合。”[①] 在实践中，世界各民族国家生成过程中民族原则与国家原则相结合的模式各不相同，主要有“以法国为代表的公民民族与国家的结合”，以及“以德国为代表的族裔民族与国家的结合”这两种模式。前者是一种由卢梭将爱国主义和公民责任感同“人民主权”结合起来的，并在法国大革命中所传播开来的政治民族主义；另一种则是在反对法国等外来文化侵袭的过程中，由约翰·哥特弗里德·赫尔德等人通过追溯自己民族历史、弘扬本民族特性、培养民族精神而建立起来的文化民族主义。

首先，民族国家是主权国家。拥有明确、排他性的疆域，以及独立主权，是民族国家区别于其他国家形态的主要特征。1625年，荷兰法

---

① 〔英〕戴维·米勒、韦农·波格丹诺主编《布莱克维尔政治学百科全书》，邓正来主译，中国政法大学出版社，1992，第490页。

学家格劳秀斯首次提出了把“主权独立的国家”作为国际法的主体。1648年，《威斯特伐利亚和约》（*Peace of Westphalia*）签署，形成了威斯特伐利亚体系。该条约确定了国家主权独立的原则，即一个国家的最高统治权需得到其他国家的承认和尊重，来确保国家的独立。条约还规定了主权争端的解决方式，从而奠定了欧洲近代主权国家之间建立平等交往关系的基础。从此，拥有主权是民族国家的必具条件。一个没有独立主权的国家，不可能成为民族国家。

其次，民族国家是民族认同与国家认同相统一的国家。本尼迪克特·安德森在《想象的共同体：民族主义的起源与散布》一书中把民族定义为“它是一种想象的政治共体——并且，它被想象为本质上有限的，同时也享有主权的共同体”，是一种“特殊的文化的人造物”[①]。它们之所以被创造出来，就是为了聚拢群体的向心力。而民族国家就是民族主义者的理想国，是所有民族主义运动的最终目标，即实现族群利益的重要工具。从西欧民族国家的产生来看，最初绝对主义王权国家完成了对其境内全体居民的整合，形成一个民族共同体。虽然国王声称代表民族，但个人利益与民族群体利益的冲突使国王将其掌控的国家变为维护个人私利的工具。这种冲突最终导致了国家权威的重建，经霍布斯、洛克、卢梭等人的努力，以社会契约构建了新的国家合法性。即国家的产生基于人民的同意，国家权力来源于人民权利的让渡；国家存在的目的就是保障人民的安全、自由等福祉。民族共同体的利益与国家的利益终于趋于一致。

总之，在西欧各民族国家的构建过程中，国家与民族之间的互相认同持续始终。正如莱斯利·里普森所说的那样：“国家在努力地构建民族，民族亦在努力地整合国家。”[②]

---

① 〔美〕本尼迪克特·安德森：《想象的共同体：民族主义的起源与散布》，吴叡人译，上海世纪出版集团，2005，第6页。

② 〔美〕莱斯利·里普森：《政治学的重大问题——政治学导论》，刘晓等译，华夏出版社，2001，第278～280页。

第二节　中国国家建构理论

“中国”一词已知最早出现在西周，是指当时的政治中心——洛阳及其周围的中原地区。《诗经·大雅·生民之什·民劳》中也提到了“中国”，“民亦劳止，汔可小康。惠此中国，以绥四方”。这里的“中国”与“四方”相对。当时周人认为自己位于大地的中央（也是文明的中心），四周被称为蛮、夷、戎、狄的民族包围。此后，这种具有浓厚文明意义的“中国”称谓，一直被自认为是代表正统的中原政权所继承，延续到近代。随着西方民族主义引入国家建构中，“中国”一词逐渐拥有国族的意义。到了今天，中国成为一个多民族统一国家。

一　历史视野中的中国国家理论

对于国家形态的“中国”在历史上出现的时间，学术界一直存在争议。在近代之前，中国古代历史一般依照司马迁在《史记》中所构建的“三皇五帝夏商周”体系来解释。“三皇”只是一种神话之说，“五帝”是传说中的远古部落领袖，夏、商则被司马迁看作古代王朝政治的开端。在20世纪20年代，随着顾颉刚等人发起的“古史辨”运动，很多考古学家试图通过考古证据来重建夏、商的政治史。随着二里头遗址、小屯遗址的挖掘及整理，夏、商两个时代被基本确证存在。很多学者认为就是在这一时期，古代中国产生了。

（一）酋邦时代

张光直先生曾通过大量考古证据得出，“三代考古学指明的中国古代文明发展史，不像过去所常相信的那样是孤岛式的，即夏商周三代前赴后继地形成一长条的文明史”，“而是‘平行并进式’的，即自新石器时代晚期以来，华北、华中，有许多国家形成，其发展不但是平行的，而且是相互冲击的、相互刺激而彼此促长的”[①]。也就是说，夏、商、周其实并非三个前后相继的朝代，而是三个不同时期。每一个时期有一个取得优势地位的部族，由于受到其他政治集团的扈从与归顺，而成为酋邦权力的中心，其他相对弱势的部族簇拥在这一中心周围，形成契约共同体。所谓“三代”，实际上就是处于不同地区的夏族、商族与周族，在前后相继的时期，各自成为“天下共主”。夏、商、周三代只不过是夏、商、西周三大强势集团先后称霸的时代。

萧功秦曾以“猴山结构”来解释这一早期国家形态。[②] 也有学者将之比作草原游牧社会结构的组织。这些大共同体由许多独立自主的、具有高度自治性的小共同体结合而成。小共同体通过盟誓关系，而形成对强势部落的强人的效忠关系。这些小部落团结在这个强大部落周围，彼此之间由于利益相近而结合成一种庇护与效忠关系。这种强弱部落的结合体，可以称为酋邦国家。

（二）封建制国家及文化民族观的出现

上古时期的封建制度的起源时间现难以确定。《尚书》曾记载了夏禹举行“分茅裂土”的仪式，分赐土地给诸侯。后来商汤灭夏，分封夏朝的后人于杞国，还分封了费国、孤竹国等诸侯。商王武丁在位时，大臣侯雀、侯告以及王后妇好、妇井等人都拥有封地。公元前1044年，周武王灭商，通过两次分封，建立了西周政权，中国传统封建制度的完善程度达到了顶峰。这种分封制的出现，可以看作周王根据当时条件对传统部落联盟中的“庇护—扈从”制的一种发展。

分封制在客观上使一种核心文化价值（宗法、礼文化及道德观）从周王室的政治中心扩展到诸侯各国。随着诸侯国的扩张，这种核心强势文化不断地区分“华”和“夷”之别，也不断地同化着中原周围地

---

① 张光直：《从夏商周三代考古论三代关系与中国古代国家的形成》，载《中国青铜时代》，生活·读书·新知三联书店，1999，第27~46页。

② 萧功秦：《华夏国家起源新论——从“猴山结构”到中央集权国家》，《文史哲》2016年第5期，第5~22页。

区的民族，建构起了以“礼”为核心价值的民族观。

1. 封建制国家的治理

（1）分封制

周王自称为“天子”。封土建邦就是周天子把土地和人民分封给宗室、功臣、部族领袖，由他们建立起附属于中央王室的国家，封国的首领称为诸侯，其下又层层分封。不同等级的贵族拥有的领地、军队、任命高级官员的权力各不相同，并对上级承担一定的义务。

在具体分封过程中，武王施怀柔政策以统治商遗民，封纣子武庚于殷以率殷遗民。分封其兄弟亲戚，如封康叔为卫君，都殷墟，监督殷民七族。分封有功之臣，如封周公之后于鲁，初在河南鲁山，后徙都奄（今山东曲阜），监督殷民六族；封姜尚之后于齐，都营丘（今山东临淄）。据《荀子·儒效》说：周公共封了七十一国，姬姓占五十三国。

这些被封的诸侯，在其本国也进行着同样的对其属下的分封。诸侯所封的大体上都是诸侯的宗族和少数异姓。诸侯封予他们以采邑为卿大夫。卿大夫以下有士，大都是卿大夫的宗族，他们也被封予食地。“士”是贵族阶级最低一层，不再分封。周天子就利用这一级一级的分封方式，建立了一套周密的统治网。

（2）宗法制度

周代的宗法制度，是按照血缘亲疏关系来决定权位继承的制度。周人认为，区别嫡庶是界定血缘亲疏的重要标准，故宗法制度规定，父亲权位须由嫡长子继承，没有嫡子时，才由其他子孙中较尊贵或亲近者继承。在这种情况下，周天子的王位必须由嫡长子继承，其余诸子只能受封为诸侯；诸侯的君位亦应由嫡长子继位，余子则降封为卿大夫，如此类推。

在封建制度下，周代由上而下形成了天子、诸侯、卿大夫、士、平民等层层隶属的社会阶级。宗法制度强调“亲亲”，规定天子之位由嫡长子继承，余子只能封为诸侯，使天子与诸侯之间存有密切的兄弟关系；至于其“尊尊”思想，则确立起宗族内的尊卑伦理，使同姓诸侯

（小宗）支持、服从天子（大宗）号令，这有助于稳定封建秩序，巩固周室统治。而宗法制规定天子、诸侯等各级贵族的权位由嫡长子继承，亦能避免嫡庶纷争，具有防止内乱、稳定政权的作用。

（3）敬天、保民的德治原则

在商人看来，上天是商王的保护神，而且在商末还出现了“帝王合一”现象。这对于推翻了商人统治的西周统治者而言是一个大问题：如何才能把上天变为周人的保护神？周公用“惟命不于常”这个命题创造性地解决了这一难题。即“天命”并不是一成不变的，而是根据统治者的表现来选择继承天命者。上天之所以不再保佑商王，是因为商王胡作非为、奢靡无度，故被天所抛弃。周之被天选中取代商，是因周有德。《尚书·康诰》这样解释：“唯乃丕显考文王，克明德慎罚不敢侮鳏寡。庸庸，祗祗，威威，显民。用肇造我区夏。”那么上天的意志如何才可见？除了卜筮外，周公反复强调“德”会说明“天”的意志。这个“德”，应该说包含了当时一切美好的东西：如敬天、敬祖、尊王命、怜小民、慎行政、无逸、行教化等。

2. 以“礼”为标准的民族意识

“礼”是周王室统治的重要手段。按照《礼记·曲礼》的解释，“夫礼者所以定亲疏，决嫌疑，别同异，明是非也。礼，不妄说人，不辞费。礼，不逾节，不侵侮，不好狎”。总之，“礼”就是一种秩序。“礼”的功能体现如下。

对内，不同等级的贵族遵行指定的礼乐仪式，安分守礼，以明长幼、尊卑、贵贱之别。天子、诸侯、卿大夫和士，在祭祀、殡丧、社交等各方面都有合乎自己身份的仪节，必须严格遵守，不得逾越，否则就是“僭礼”。社会、政治秩序因之进然。

对外，“礼”可以区分敌我。最初华夷之辨，与中原和四方的区分有关。即华夏以中央自居，视自己为“中”，视周边民族为“夷”。孔子在《论语·八佾》中曾说过“夷狄之有君，不如诸夏之亡也”，强调夷狄即使有国君，但不明礼仪，还不如诸夏即便国君亡了，仍保有礼仪。说明他正是因为“夷狄”的不守秩序而产生对“夷狄”的蔑视。应该说此观念的兴起既有农耕民族对游牧民族劫掠的厌恶，也有西周被犬戎所灭的痛苦记忆的原因。这种夷、夏的严格区分，就是群体“自我”认知，区分出“我者”和“他者”的不同，是一种华夏民族意识。春秋时期，一些富有远见的诸侯国领袖为了获得更多政治盟友与诸侯战争中的正当性优势，便打起“尊王攘夷”的口号，更强化了这一民族意识。这种民族意识促进了华夏民族内部成员之间的互相认同，以及他们对共同利害的认知和对共同利益的肯定。《春秋左传·闵公元年》中，管仲这样告诫齐桓公：“戎狄豺狼，不可厌也，诸夏亲昵，不可弃也。”这即为一种民族分界意识。

但这种“华夷”之分，并不是固定不变的。如果“蛮夷戎狄”之人，通过学习掌握“礼”，即变为“华夏”之人。如孟子在《孟子·滕文公上》中指出：“吾闻用夏变夷者，未闻变于夷者也。陈良，楚产也，悦周公，仲尼之道，北学于中国，北方之学者，未能或之先也，彼所谓豪杰之士也。”陈良，楚国人，本来是“蛮”，后来经过学习中国的文化，就由“蛮”变成了“夏”。

3. 封建制下的“安全困境”

封建制的王朝主要依赖宗法血缘纽带，实行间接统治。这种模式虽然有统治成本低、结构稳定的优点，但诸侯国毕竟是独立或者基本独立的政治实体，有自己可以支配的领土、人口以及军队。如果随着代际传递导致的血缘疏远以及周王室的威慑力下降，不同诸侯国之间的“安全困境”就显露出来。互相之间的竞争，驱使不同国家不断尝试各种不同的执政风格、意识形态、领导人物、国际战略、法律体系、经济政策和技术，以及军事战略战术，结果给各国带来了不同的国力、财富和成败。强国兼并弱国以取得更强的权力，从而获得更高的安全级别，成为春秋战国时期的基本态势。

兼并战争的竞争逻辑，决定了各国只有强化军事实力一途可走，这就使得自春秋以后，各国都先后走上了以建立军事化国家为宗旨的法家式的变法道路。为了适应兼并战争的需要，诸侯国家纷纷自觉或不自觉地通过各种变法运动走向中央集权国家。相对于权力分散、等级森严、动员效率低下的分封制诸侯国家，这种军事主义化的中央集权的专制官僚国家，能最有效地动员人力、财力与物力资源，满足兼并战争的需要。吴起变法、商鞅变法的本质是军、国、民一体化，从而把整个社会变成一部高效的战争机器。实现这一目标的途径，就是把分封制国家改造为中央集权的专制官僚国家，变法就是通过不断强化中央集权国家对社会进行干预的力度来实现的。自春秋战国以来，中国社会的自主性，随着变法的深入，随着中央集权程度的提升，而进一步丧失。变法的结果，是使各国的国家动员能力上升到新的层次，兼并战争的烈度也进一步强化。而中央集权化程度最高，从而使战争机器运转得更为有效的秦国，最终成为兼并战争的胜出者，秦国也因此实现了中国的大一统。由国家决定社会与个人的命运，是中国文化两千年发展的基本趋势。

（三）大一统帝国的建立及民族地区的治理

自公元前230年起，秦国开始最后的兼并战争，至公元前221年，秦灭最后一个国家——齐，不到9年时间，建立了一个统一的中央集权制国家。秦王朝以皇权至上为原则，实施统一的政治制度、经济制度、文化制度。这种制度为后世各王朝所继承，并不断进行完善，在中国历史上持续了将近2000年时间。各王朝疆域辽阔，皇帝以天子自居，用传统的天下观来处理周边民族地区的事务。在与北方（西域）及南方的边疆民族往来时，视远近、强弱采取不同的互动模式，以维持天下秩序。

1. 大一统国家的治理

（1）皇帝至上

在统一了六国之后，秦王嬴政采纳了“皇帝”名号，确立“皇权至上”的专制制度。皇帝拥有天下一切的土地、人口：“六合之内，皇帝之土。”“人迹所至，无不臣者。”因此一切行政、军事、立法、司法、财政、文教大权，无不由皇帝掌握运用；对一切文武官员和勋贵人等的任免、赏罚、生杀予夺，也无不取决于皇帝，“天下之事无大小皆决于上”，而“丞相诸大臣皆受成事，倚辨于上”[①]。

为了强化皇帝的合法性，他强调皇帝是“道”的化身，“夫能有其国、保其身者，必且体道。体道，则其智深；其智深，则其会远；其会远，众人莫能见其所极”[②]。禁止传统的谥法，防止臣子议论君父。

（2）中央集权的官僚制

皇帝的权限虽无所不包，无所不统，但在行使权力时，还必须通过一定的人员和机构，按照一定的程序和方式进行。皇帝需要掌握全国军政情况，并根据了解到的情况来下达政令。为使皇帝的政令畅行无阻，保证各种讯息和政务及时而准确地上承下宣，得到贯彻执行，皇帝就必须牢牢地驾驭全套国家机器，必须建立和健全一套上下有序的管理制度。具体制度有以下几个方面。

确立三公九卿为基础的中央官僚架构。三公为丞相、太尉和御史大夫，丞相掌握核心行政权力、御史大夫掌监察权力，九卿负责具体行政事务的执行职责。皇帝有权自行任命官员，官吏选拔以对秦律的认知程度为标准。官员不得世袭，依靠俸禄为生。

废封建、行郡县，建立地方行政系统。地方行政层级分为两级：郡与县，总共36郡（后扩大为40郡），并开栈道、设驿站使之沟通连接。设郡守和县令主管，另设监御史监督郡县各官。各郡县由官员直接管治百姓，官员由中央委任，并须向中央汇报工作。

在县以下确立乡、亭、里、什、伍各级地方基层组织。乡有三老、啬夫、游徼，三老掌教化，啬夫听讼和收税，游徼巡查贼盗。另以编户齐民制度严控基层民众。此外，皇帝还通过奏事、朝议、刺察等途径来掌握全国社会和军政等信息。

---

① 《史记·秦本纪》。

② 《韩非子·解老》。

（3）统一的各类管理制度

为了便于管理，秦始皇还统一法律；统一货币，以黄金为上币，半两铜钱为下币；统一度量衡，制作标准的官方量器，方便政府征税；统一车轨、道路的宽度尺寸，方便政府运输兵员及粮食等；统一文字，有助政令的通行，颁行李斯所简化的“小篆”为正式官方文字；隶书只是民间通用的书体，方便民众了解和学习法令。

值得注意的是，秦始皇为了统一民众的思想和行为，甚至采取“焚书坑儒”的极端措施。虽然秦朝因为其暴虐而很快灭亡，但这一思路也为后世帝王所借鉴，确立了“儒法道”合流的意识形态，用来牵制民众的思想，并取得了成功。

2. “天下”秩序观下的民族地区治理

在大一统的中央集权体制下，中央王朝无力通过郡县制这一地方管理体制对周边少数民族地区进行直接管理时，可采取一些灵活的措施对这些民族地方进行治理。

（1）西域都护府

西域都护府是西汉时期中央王朝在打败西域的匈奴势力后，设立西域最高军政长官，监护西域诸多小邦国的安全，称为“都护”，其机构为西域都护府。西域都护一职初设于公元前60年（汉宣帝神爵二年），都护府设在乌垒国都城（今新疆轮台以东）。西域都护设置后，结束了匈奴在西域长达百余年的支配与影响，将天山南部第一次置于中央朝廷的势力范围之内，郑吉被任命为首位都护。除了保护塔里木盆地和吐鲁番盆地的西域诸城各小国，都护也有“督察乌孙、康居诸外国”的责任，但外部的西域诸国不属于汉朝势力范围内，《汉书·西域传》将诸外国列入监护名单外。

到了盛唐时期，随着国力强盛，为了更好地管理越来越大的疆域，不但在西域设立了都护府，而且在东、南、北各个方向的边疆地区都设立了相应的都护府。

（2）羁縻策略

羁縻策略通常是中原王朝对周边无力直接管理的民族地区所采取的管理制度，即该地区名义上归顺中原政权，实际由当地族群首领自行统治。一般是中原王朝综合运用和亲、册封等方法确立代表王朝的上层来治理周边少数民族，以达到对“天下归一”理念的认同和社会整合。羁縻策略在先秦时就已出现，正式形成于两汉并在隋唐时期成熟。隋唐民族大融合国力强盛，羁縻州府制度成为中央王朝对周边民族地方实行的较为成熟的治理模式，它是中国古代中原王朝治理周边少数民族地区最为常用的方略。

（3）“政教合一”的治理模式

对于西北的甘、宁、青等地区以及有回、撒拉等少数民族的地区由于存在不同宗教信仰，中央政府依据宗教在当地的影响力，创立了“政教合一”的治理模式。如在以佛教为信仰的藏区，建立了卓尼土司制和夏河拉卜楞寺院制等形式。在回族等少数民族聚居区域内则发展并形成了以教主兼地主为主要特征的伊斯兰教的门宦制度，后来随着门宦基层政权“教坊”与“出仕为官”州府行政权的汇流，又进一步形成了“门宦”和“出仕”相结合的基层政权及其权力运行机制。

在北方蒙古地区，清王朝曾创建盟旗制度。清王朝在实现对北方蒙古民族的有效统治后，依据蒙古民族传统的政治、经济、宗教信仰等因素创建盟旗制度这一治理模式。盟旗制度在政治上通过分封蒙古王公代表清王朝管理蒙古民族，这种政治结构给蒙古王公贵族留存一定权力空间，有利于蒙古民族对清王朝的归附。同时，通过运用宗教因素，主要是册封、建立喇嘛旗等形式给予宗教人士广泛的政治统治权，利用宗教因素强化对民族地方的治理。以游牧经济为基础的、地域广阔的传统经济适合这种基层控制模式。

总的来说，不同时期的王朝境内生活着不同的民族，在中央政府的强力控制之下，配之以儒家学说为核心的官方意识形态的驯化，民族之间的相互融合乃至同化的现象持续进行。这为近代“中华民族”观念的出现奠定了厚重的历史、思想渊源。

二　近代以来的中国国家建构理论变迁

随着近代西方列强对中国的侵略和控制，中国传统的“天下”秩序观念受到了严重冲击。尤其是甲午之战后，清朝政府未能做出有效的调整或改变使当时的社会精英认识到：传统的皇权体系及其意识形态，对外既不能有效动员中国社会各阶层凝聚民心、团聚民力以抵御外侮，对内又无力组织各项国家要素进入“现代化”建设以实现国家富强，反而越来越成为中国统治者和被统治者之间“沟通”的阻碍。历时几千年的王朝国家认同出现了严重危机。

在此过程中，近代西式民族主义传播到中国，影响了大批社会精英，他们以此开始构建新的民族认同，创建新的民族国家，以求得民族独立和国家的富强。

（一）梁启超的民族意识

维新变法失败后，1898 年秋梁启超流亡日本。在日本期间，他系统研究了当时欧洲的民族主义理论，结合日本在明治维新后实现民族国家转型的事实，提出了构建“中华民族”的理念。

1899 年，梁启超在《东籍月旦》一文中，首次使用了现代意义上的“民族”这一概念。他在评介当时有影响的世界史著作，指出这些著述都“于民族之变迁，社会之情状，政治之异同得失，……乃能言之详尽焉”。又强调：“着最近世史者，往往专叙其民族争竞变迁，政策之烦扰错杂。”[①] 梁启超从这种民族竞争的理念出发，认为民族主义才是近代史学的灵魂。

1901 年，梁启超发表了《中国史叙论》一文，首次提出了“中国民族”的概念，并结合现实勾画中国民族的历史：“第一，上世史，自

① 梁启超：《东籍月旦》，载《饮冰室合集》，中华书局，1989，合集第 1 册，文集之四，第 90 页。

黄帝以迄秦之一统，是为中国之中国，即中国民族自发达、自竞争、自团结之时代也。第二，中世史，自秦一统后至清代乾隆之末年。是为亚洲之中国。即中国民族与亚洲各民族交涉繁赜竞争最烈之时代也。第三，近世史，自乾隆末年以至于今日。是为世界之中国。即中国民族合同全亚洲民族。与西人交涉竞争之时代也。”[①]

在“中国民族”的基础上，1902年梁启超正式提出了“中华民族”。他在《论中国学术思想变迁之大势》一文中，先对“中华”一词的内涵做了说明。“立于五洲中之最大洲而为其洲中之最大国者，谁乎？我中华也；人口居全地球三分之一者，谁乎？我中华也；四千余年之历史未尝一中断者，谁乎？我中华也。”随后他在论述战国时期齐国的学术思想地位时，首次提出“中华民族”概念：“齐，海国也。上古时代，我中华民族之有海权思想者，厥惟齐。故于其间产出两种观念焉，一曰国家观；二曰世界观。”

1905年，梁启超又在《历史上中国民族之观察》一文中，考察了先秦时除华夏族之外的“苗蛮族”“蜀族”“巴氐族”等其他8个民族，指出这些民族最后基本都融合进华夏一族，因此，中华民族“自始本非一族，实由多数民族混合而成”[②]。

就此，梁启超在近代由“保种”“民族”到“中国民族”，再到“中华”和“中国民族”，基本完成了“中华民族”一词的创造。至此，“中华民族”这一概念就成为近现代中国人建构民族认同、创建民族国家的主要观念载体。

（二）孙中山的民族独立思想

从1924年1月至8月，孙中山在广州师范大学做了关于“三民主义”的演讲。三民主义，民族主义居其首。这是孙中山第一次明确完

---

① 梁启超：《中国史叙论》，载《饮冰室合集》，中华书局，1989，合集第1册，文集之六，第11页。

② 梁启超：《历史上中国民族之观察》，载《饮冰室合集》，中华书局，1989，合集第8册，专集之四十一，第540页。

整地提出了中国民族主义思想，这体现了当时中国民族主义的最高水平。这种民族主义包括以民族建国为契机恢复民族独立的思想，也包括以赶超列强为目标而恢复民族地位的思想。但孙中山民族主义思想的形成有一个转变的过程。

第一个阶段是种族主义观念。这一时期孙式民族主义的特点是：其一，民族主义只“反满”，不反帝国主义；其二，开始有意识地将“满洲政府”和“满洲人”做了区分，主张恢复汉人的国；其三，反满革命和推翻君主革命并存，如孙中山所说，“我们推倒满洲政府，从驱除满人那一面说是民族革命，从颠覆君主政体那一面说是政治革命，并不是把它分作两次去做”[①]。

第二个阶段是主张“五族共和”，建立民族国家。辛亥革命后，中华民国成立在即，此时的孙中山已经意识到了单纯的排满、恢复汉族正统并不利于中华民族的真正统一。1912 年 1 月 1 日，孙中山在《中华民国临时大总统宣言书》中认为，所谓民族之统一，也就是“合汉、满、蒙、回、藏诸地为一国，即合汉、满、蒙、回、藏诸族为一人”，即“五族共和”。到此为止，孙中山的种族民族主义告一段落，也摆脱了“复仇主义”的色彩，比同时代人迈出了重要的一步；但是，孙中山同时主张以汉族为主同化其他少数民族。孙中山后来自己否定了“五族共和”，因为他认识到，建立一个民族主义的国家，仍然必须以汉族为主体，最简单的原因就是汉族人占据了大多数，其他几个民族都处于帝国主义压迫之下。在现实面前，孙中山放弃了“五族共和”的思想，而是主张先行成立以汉族为主体的民族国家，并同化其他民族，再组成完全的民族国家。

第三个阶段是宣扬“中华民族”主义，提倡民族平等。1923 年，孙中山吸收了马克思主义后思想进一步成熟，开始呼吁以民族精神和民族主义来挽救中国危亡，明确宣示国民党版的“中华民族主义”，即

---

① 孙中山：《三民主义与中国前途》，载《孙中山全集》（第 1 卷），中华书局，1982，第 352 页。

致力于将中国各族群融合成以汉民族为主体的一个中华民族。1924 年，在国民党第一次全国代表大会上，孙中山提出“三民主义”。“要救中国，想中国永久存在，必要提倡民族主义”，而民族主义有对内和对外两重含义：“一则中国民族自求解放；二则中国境内各民族一律平等。”这里的“中国民族”就是以传统的儒学为基础，融合了各民族而建立起的中国国族团体。

（三）抗战与“中华民族”的建构

抗战前后，国家危机促使当时各界都把加强各族群团结、凝聚一心、抵抗外侮作为最优先要务。

基于此（当然也有控制地方势力的考虑），当时的民国政府以国家名义公开否认组成中华民族的各族群自身的“民族”身份，致力于倡导“中华民族”是单一民族的主张。为此，南京政府推行“重边教，宏教化，以固国族而成统一”的民族同化政策，提倡汉族与少数民族通婚、奖励内地人民移边、推行国语运动。

与此同时，知识界也开始构建“中华民族”的概念。1937 年 1 月，顾颉刚在《申报》“星期论坛”上发表《中华民族的团结》一文，宣称“虽然中国境内存在许多种族，但我们确实认定，在中国的版图里只有一个中华民族”。此后，他又多次阐述这一观点。1939 年 2 月，顾颉刚又发表《中华民族是一个》一文，以史实论证了中华民族是自战国秦汉以来就逐步形成的伟大民族。

此后，日本的大举侵华和中国不断丧权失地，国家危机日益严重，这使民族认同感和民族责任感迅速升温。随着抗战的进行，“中华民族”这一意识在全国范围内逐渐形成。

三 当代中国的民族政策和民族区域自治制度

中国共产党在近代民族民主革命过程中，一直反对民族压迫和民族歧视，坚持民族平等与民族团结，主张人民当家做主。经过 28 年的革命奋斗，1949 年建立了中华人民共和国，为人民当家做主、实现民族平等的理想提供了可靠的制度平台。民族区域自治制度，既是中华人民共和国的一项重要的基本政治制度，在国家统一领导下，各少数民族聚居的地方实行区域自治，设立自治机关，行使自治权的制度；也是中国共产党根据马克思主义关于民族问题的基本原理，结合中国的实际情况制定的一项解决国内民族问题的基本政策。

（一）“中华民族多元一体格局”论

关于中国境内各民族的关系及如何构建现代国家问题，自“中华民族”观念形成后，许多学者提出了各民族共同生活融合、经济交往、反帝反封建的历史建构，论证中国是一个统一的多民族国家。如白寿彝在《中国通史》中认为“中国是一个统一的多民族的国家。中国的历史是中华人民共和国境内各民族共同创造的历史”[①]。1988 年，费孝通先生在香港中文大学主办的“泰纳演讲”上发表了题为《中华民族多元一体格局》的重要演讲，对中华民族的形成及其结构特点做了理论概括。[②] 用“中华民族多元一体格局”理论来解释中国作为统一的多民族国家，在其形成和发展过程中的民族与国家、民族与民族的关系问题。主要观点有以下两个方面。

其一，中华民族，是中国古今各民族的总称，是由众多民族在形成统一国家的历史发展中逐渐形成的民族集合体。众多民族各有其发展的历史与文化，体现了中华民族的多元性；有着长期在统一国家中共处发展的统一不可分割的联系，最终自觉地联合成不可分割的整体，体现了中华民族的一体性。所以，中华民族的多元性与一体性的辩证统一，已有 2000 多年的发展历史，只是在近代反帝、反封建斗争中，这种极深刻的内在联系才被认识，从而集中为中华统一与中华民族的大团结，已成为中国各族人民爱国主义的集中表现。

其二，中国历来强调统一，但也始终注意在不同的地区实行不同的

① 白寿彝主编《中国通史》（第一卷），上海人民出版社，1999，第 1 页。

② 费孝通主编《中华民族多元一体格局》（修订本），中央民族大学出版社，1999，第 1 ~ 36 页。

管理制度，正是这种不同，铸就了中国的统一和强大。民族区域自治是在国家的统一领导下的区域自治，统一是自治的前提，这体现了中华民族的“一体”。同时，又依据各民族、各区域的特殊情况，实行少数民族自治，兼顾了中华民族的“多元”。民族区域自治制度是人民当家做主、实现民族平等的重要制度。

习近平总书记在党的十九大报告中也明确强调：“铸牢中华民族共同体意识，加强各民族交往交流交融，促进各民族像石榴籽一样紧紧抱在一起，共同团结奋斗，共同繁荣发展。”

（二）民族区域自治制度的基本内容

1. 法律依据

《宪法》《民族区域自治法》是实行民族区域自治制度的基本法律依据。其中《宪法》第四条规定：中华人民共和国各民族一律平等。国家保障各少数民族的合法的权利和利益，维护和发展各民族的平等团结互助和谐关系。禁止对任何民族的歧视和压迫，禁止破坏民族团结和制造民族分裂的行为。国家根据各少数民族的特点和需要，帮助各少数民族地区加速经济和文化的发展。各少数民族聚居的地方实行区域自治，设立自治机关，行使自治权。各民族自治地方都是中华人民共和国不可分离的部分。各民族都有使用和发展自己的语言文字的自由，都有保持或者改革自己的风俗习惯的自由。1984 年制定的《民族区域自治法》规定了民族区域自治制度的具体内容。

2. 民族区域自治制度的基本内容

民族自治地方的自治机关是自治区、自治州、自治县的人民代表大会和人民政府。民族自治地方的自治机关实行人民代表大会制。民族自治地方的人民政府对本级人民代表大会和上一级国家行政机关负责并报告工作，在本级人民代表大会闭会期间，对本级人民代表大会常务委员会负责并报告工作。民族自治地方的人民政府都是国务院统一领导下的国家行政机关，都服从国务院。

自治区主席、自治州州长、自治县县长由实行区域自治的民族的公民担任；民族自治地方的人民代表大会常务委员会应当由实行区域自治的民族的公民担任主任或者副主任。民族自治地方的人民代表大会中，除实行区域自治的民族的代表外，其他居住在本行政区内的民族也应有适当名额的代表，而且对人口较少的民族的代表名额和比例分配依法给予适当的照顾。民族自治地方的人民政府的组成人员以及政府所属工作机构中，要配备适当的少数民族干部。

民族自治地方自治机关的自治权包括立法权、变通执行权、财政经济自主权以及文化自主权等。

3. 自治权的特征

民族自治地方自治机关拥有的自治权是和一般地方国家机关的职权相比较而言的，自治权是国家赋予特定少数民族聚居区地方国家机关的一种附加于一般地方国家机关职权基础上的特殊权力，从而形成民族自治地方自治机关，自治机关行使管理本地方事务的权力。

（三）民族区域自治与国家认同

民族区域自治的前提是国家主权统一。在特定区域内自主管理本民族的内部事务，是国家赋予民族自治地方自治机关的一项特殊权利。获得并行使这样的权利，也须承担维护国家统一与安全的义务。同时也将边疆少数民族地区纳入建设现代化国家的总体战略中来，促进不同少数民族地区实现经济、社会发展。在依法治国的背景下，国家积极地以民主法治的方式推进民族地区治理。

实施民族区域自治制度，最终目标就是整合各民族，切实铸牢中华民族共同体意识。通过统一前提下的自治，以法治有效保护各民族的利益、保障其在不违背国家大政方针和法律的前提下，根据自然环境和文化习俗选择发展方式的权利，从而强化各民族对国家政治合法性的认同。国家政治合法性越高，意味着各民族对国家的认同度越高，对各民族塑造形成“中华民族”观念也就越有利。

第三章　同化与多元：国家认同的基本理论

文化是一种通过符号在历史上代代相传的意义模式，它将传承的观念表现于象征形式之中。通过文化的符号体系，人与人得以相互沟通、绵延传续，并发展出对人生的知识及对生命的态度。

——〔美〕克利福德·格尔茨（Clifford Geertz）

第一节　国家认同的基本内容

国家建构的实质就是要适应时代要求建立国家的政治合法性，政府获得民众的认可与支持，从而自觉维护国家利益和社会秩序。从根本上说，多民族国家建构的重要任务就是使国家这种政治共同体在各个民族中均获得合法性，使各民族都感受到政治的正统性与正当性。

古今中外，国家的历史发展都证明了一个基本事实，即任何有效的政治统治和国家的长治久安都来自人民对国家的认可、认同与支持，从而使得政治统治获得正当性与合理性。国家及其秩序被人们视为具有正统性并符合道义，这样的政府便具有政治合法性，它是政府权威与政治秩序建立的社会心理基础。现代多民族国家的民族问题一般都与国家的政治合法性问题密切相关。由于民族文化、历史传统和民族发展程度的差异，不同的民族和国家其政治合法性构建的基础不同。总体而言，政府执政绩效、意识形态以及国家的道德价值都为政府合法性提供了重要源泉。

长期以来人们常常以朴素的“民心向背”观念揭示政府合法性规律。政府各项“取信于民”的政策措施及其活动都可以视为政府为争取、维护和更新政府合法性而采取的活动。学界一般从经验性和规范性两个视角对政府合法性问题进行探讨。经验性政府合法性是指政府合法性是一种事实存在，而不是某种价值判断。李普赛特（1922）认为，“合法性是指政治系统使人们产生和坚持现存政治制度是社会的最适宜的制度之信仰的能力”[①]。对于多民族国家而言，国家建构就是要使各个民族都产生和坚持现存的国家制度、基本方针政策，特别是民族政策是社会最适宜的制度和政策。而规范性政府合法性不仅强调人们对政府承认、认可与支持的这种事实，更强调政府本身符合诸如正义、道德等理想价值，从而不仅在现实中看到优良的社会秩序，更应感受到政府合乎道德规范的要求。

基于上述认识，多民族国家合法性应当建立在符合各个民族传统与习惯的基础之上，从而有效建立国家政治合法性。马克斯·韦伯用传统型（traditional authority）、个人魅力型（charismatic authority）和法理型（legal-rational authority）三种合法性资源建构人们服从一个政权的理由。[②] 因此，多民族国家政治合法性构建的基础应因地制宜，适应不同民族的传统或习惯，因俗构建，依据领袖权威、经济绩效、社会文明进步或符合民主、正义、道义等价值理念。

随着全球化的发展，各国之间的交往越来越频繁、越来越密切。对于许多民族国家而言，内部的种族、族群、多元文化问题日益凸显。如少数族群的自我身份认同加强，民族分离倾向日趋严重，从而

① 〔美〕西摩·马丁·李普塞特：《政治人——政治的社会基础》，张绍宗译，上海人民出版社，2011，第55页。

② 参阅〔德〕马克斯·韦伯《经济与社会》（下卷），林荣远译，商务印书馆，1998。

造成了相关国家内部的政治不稳定。一些国家甚至成为“失败国家”。[①] 因此，如何提高国家能力，以有效应对全球化以及内部分离力量的挑战，促进民众认同现有国家秩序、公民身份，是当代民族国家的重要政治议题。

一　国家认同的概念

1. 国家认同的内涵

所谓认同，由英文中的identity而来，有归属感的含义，也可引申为心理归属、情感归附、身份确认等。一般情况下，认同的前提要有自我意识的萌发，这种意识是通过主体（“自我”和“他者”）的比较而产生出来的，在认识自我与他者的相同特性时，也就体现出自我与他者的不同特性。社会认同是认同的一种，其来源于个体对自己作为某个（或者某些）社会群体的成员身份的认识，以及附加于这种成员身份的价值和情感方面的意义。也就是说，无论何时，只要人们认为自身隶属于某一民族、政党、社会阶层、性别，就赋予该群体一定的情感和意义，社会认同也就发生了。

基于认同的特点，国家认同（national identity）就是个体确定自己属于哪个国家和对成为这个国家的成员身份的认知，以及附着于这种国家成员身份上的价值和情感方面的感知、意见等。[②] 国家认同从认同的主体来看，既包括个人的认同，也包括一种集体的认同。从认同的内容来看：其一是归属性认同，是一种主观上所具有的对国家的归属感，

---

① “失败国家”概念由美国“和平基金会”提出，指一个不能正常履行其基本职责的主权国家，失去对其领土的控制，又或未能维持其于领土内对正当武力使用的垄断；其正当地做出集体决定的权力受到侵蚀；未能够提供公共服务；未能够以一个全权国际社会成员的身份与其他国家打交道；存在普遍的贪污和犯罪情况；出现大规模的难民等非自愿人口迁移；以及经历严重的经济下滑等。自2005年，“和平基金会”联同《外交政策》杂志，每年发布“失败国家指数”（Failed States Index），根据各种社会、经济、政治和军事指标就各国总体的社会稳定性进行排名。

② 这里的“国家”特指近代以来的民族国家，不包括传统的国家形态。

即个体将国家看作有着共同历史、语言、文化、价值等的共同体。共同体（国家）内的公众对于共同体所有成员共享要素的认同催生了共同体成员的归属感。其二是排他性认同，即强调自我与他者的区分，包含对自我的肯定和对他者的排斥。因此，这种排他性国家认同一方面强调认同主体对其所属国家的认同——爱国主义，另一方面强调对其他国家（尤其竞争国家）的拒斥。

在今天各个国家中，各类政治的、文化的、民族的因素都被用来构建、巩固和彰显国家认同，使得一国公民可以聚集在自己的国家标志之下，并形成极具凝聚力的命运共同体。国家认同就像某种“集合点”，互不认识的民众围绕着它团结在一起，形成共同的意志，采取共同的行动，享有共同的尊严。这些国家标志所彰显的身份意义，对当代政治生活的影响不可低估。国家认同往往蕴含激情，极富动员性，基于国家认同所产生的政治观点和行为经常比日常的以理性利益计算为基础的政治观点和行为更加富有生命力。从这个意义上来说，国家认同对于构建公民对现代国家最根本的政治归属感并巩固和维系与之相适应的权利义务关系，具有十分重要的基础性意义。

2. 国家认同的类型

关于国家认同的类型问题，台湾学者江宜桦从类型学的角度对其进行了划分，具有一定的代表性。江宜桦认为，根据类型学中的“族群血缘关系”、“历史文化传统”和“政治社会经济体系”的划分标准，可以将国家认同分为“族群认同”、“文化认同”和“制度认同”三类。随后，学术界便有了“认同三分法”，即“公民民族认同”、“国家文化认同”和“国家制度认同”[①]。尽管分类的标准不同，每一类别的地位与侧重点不同，但总体而言，关于认同的研究重点仍然在“族群、文化、制度”三个方面。

---

① 江宜桦：《自由主义、民族主义与国家认同》，台湾扬智文化事业股份有限公司，1998，第15页。

二　国家认同的基本特点、作用及与其他相关概念的关系

关于国家认同的研究由来已久且文献丰富，而要真正把握国家认同的内涵就必须了解其基本特点、作用、生成机制及发展规律，并且在此基础上与民族一体化、民族认同等相关概念进行比较，如此才能形成系统的国家认同理论。

（一）基本特点

随着学界对国家认同研究的持续深入，有学者认为国家认同具有六大特点，即阶级性、领土性、主权性、政治性、合法性以及波动性。[①]

1. 阶级性

列宁指出，国家是一个阶级压迫另一个阶级的工具，是作为占统治地位的阶级为维护公共秩序以巩固其统治地位的工具而存在。所以，作为国家认同的对象——国家，其内在包含着阶级的差异与对立，因而必然具有一定的阶级性，蕴含着对特定阶级关系及统治阶级统治地位的认同。

2. 领土性

领土认同是国家认同的基础，领土与国家关系的不断转变是传统国家向现代国家转变的重要因素，伴随着领土从自然空间向政治空间的不断演变，领土逐渐有了权利的意味。领土是国家的整体性特征，作为国家认同的基础，领土认同表明，在强化和塑造国家认同的过程中，必须使公民首先形成关于国家的情景化意识。

3. 主权性

主权是现代民族国家的重要标志，是国家身份重要的组成要素和法律基础。而国家主权是国家固有的独立自主地处理国家内部事务、管

---

① 陈茂荣：《马克思主义视野的“民族认同”问题研究》，中国社会科学出版社，2014，第158～160页。

理自己国家的权利。主权对内表现为最高权，对外表现为独立权。国家主权的概念为国家认同提供了外在的可以衡量的标准和制度性框架，正是在“主权”的庇护下，个体才得以以国家成员的身份获得尊严，国家才可以独立于世，成为国与国划分的标准。

4. 政治性

政治是上层建筑中各种权力主体为维护自身利益的特定行为以及由此而产生的特定关系，是人类历史发展到一定时期所产生的一种重要社会现象。政治是经济的集中体现，是以政治权利为核心而展开的各种社会活动和社会关系的总和。国家认同，在一定程度上是个政治概念，是一个国家的公民对自己所属国家的认知及对这个国家的构成的评价和情感。

5. 合法性

作为社会科学研究领域的一个重要概念，合法性在国家建构、政治统治中被广泛使用。广义的合法性概念用于讨论社会秩序、规范，而狭义的合法性概念用于理解国家的统治类型或政治秩序。现代国家认同是现代国家建构的意图所在，也是国家权力合法性不断强化的产物，在国家认同的建构中，政治合法性被认为是国家认同得以确立的前提，而不容忽视。

6. 波动性

波动性更多地指向一种变化与不稳定状态。随着全球化的不断加速，世界多极化趋势日益明显，国际社会中的不稳定因素越来越影响到主权国家的稳定。经济全球化、政治一体化在给国家发展带来机遇的同时也给国家认同带来前所未有的挑战。所以，随着国际格局的变迁和国际政治局势的不断波动，国家认同也随之波动。

（二）国家认同的作用

近年来，随着英国脱欧及美国总统特朗普的上台，一些国家显现出一些反全球化现象，但世界经济一体化和世界多极化的总趋势并没有改变。世界新的不稳定因素对主权国家的完整与统一形成一定的挑战。

因此，国家认同在凝聚国民意识、维持社会和谐和国家稳定方面的作用更加凸显。

首先，国家认同是跨界民族地区构建社会稳定机制的重要因素，对跨界民族地区的社会稳定起着预防、整合、调控和保障等作用。因此，跨界民族国家认同研究对于边疆地区社会稳定机制的构建具有十分重要的意义。其次，国家认同有利于国民对本国政治制度、法律制度、文化价值观念等的认可，从而形成国家稳定的深层基础。最后，国家认同建构有利于凝聚国民意识，从而在波动多变的国际环境中保持本国的相对稳定。

但国家认同与民族认同紧密相连，且二者关系微妙，处理不当将使民族与国家形成严重对立，甚至引起少数族裔的民族主义运动，对国家政治稳定、领土完整造成严重损害。在应对国家认同与民族认同二者的冲突关系中，有学者倡导多元文化论，即认为民族文化具有多样性与独特性，在国家认同的建构中应充分保持民族文化的独立，尊重文化多样性。也有学者倡导同质论，即认同国家认同的建构应该是绝对统一的，不允许少数民族文化的多样性引起的差异化，要求少数民族绝对服从国家主流文化形态。

（三）国家认同的生成机制

关于国家认同的生成机制，国外主要有强调“同质化”的普遍主义和“从属性”的文化多元主义两种观点，“同质化”强调普遍且绝对的同一与服从，要求少数民族摒弃其原有的价值观念，接受并融入主流社会倡导的准则之中，从而消除差异化；而文化多元主义强调各民族的文化多样性，认为主流社会文化就是由各民族独特文化组成的，要求尊重民族身份差异，倡导多元化的价值取向。就国内而言，学者从族群认同与国家认同的关系出发，提出了“冲突论”和“和谐论”两种不同的主张。“冲突论”强调的是事物间的不一致所导致的冲突，随之带来情景的恶化；而“和谐论”突出事物间的一致性，强调通过彼此的融合带来相互利益的最大化。[1] 在国内，张永红等学者在承认族群认同与国族认同一致性的同时指出，从国族角度看，处于国家场域下的地域文化的陈迹还未彻底清除，从族群视角讲，各族群的强烈独特利益诉求可能导致族际不和谐甚至出现对立与冲突，一旦冲突起来，难免催生离心力极强的族群民族主义，并使国族共同体陷于危机之中。钱雪梅等学者基于认同的基本特性，在深入考察了民族认同与国家认同的关系后指出，族群认同与国家认同的矛盾性（冲突性）并非固有属性和完全内容，两者长期共存才是事实，并强调了和谐共生的重要性。

（四）与国家认同相关概念的比较

关于国家认同研究的一个普遍趋势是学者将国家认同越来越多地与其他一些重要概念紧密联系在一起，认为国家认同是在诸多相关认同的基础上发展而来的，相互联系又相互区别，彼此是相辅相成的。在此，对国家认同与族群认同、文化认同、政治认同以及宗教认同做简要分析。

1. 国家认同与族群认同

在国家认同与族群认同的关系问题上，学术界讨论最多的便是“和谐论”与“冲突论”。科威特人类学家穆罕默德·哈达德认为族群是指在社会上具有独特的因素，因文化和血统而形成不同意识的群体。它是因体质或文化上的特点而与社会上其他群体相区别的人们共同体。可识别性、权力差别及群体意识是族群的三个基本特点。[2] 而国家被认为是拥有共同的语言、文化、种族、血缘、领土、政府或历史的社会群体，是一定范围内的人群所形成的共同体形式。所以，就范围而言，国家的范围大于族群，在一定程度上，可以将国家看成由不同的族群组成的共同体。

---

① 陈茂荣：《国家认同问题研究综述》，《北方民族大学学报》（哲学社会科学版）2016 年第 2 期。

② 〔科威特〕穆罕默德·哈达德：《科威特市的民族群体和民族等级结构》，晓兵摘译，《民族译丛》1992 年第 5 期。

当今世界，多民族（即多族群，下同）国家是一种普遍的国家形式，在这些国家里既有人们对其所属族体的认同，也有对国家的认同；族群认同和国家认同处于不断的交叠互动之中，表现出一致与冲突两种不同的趋向，影响着族际关系和国家稳定。就一致性而言：首先，民族认同是国家认同的基础，国家作为一种政治共同体，是由一定的族群组成的，国家认同的实现必然要借助族群认同完成；其次，国家认同的实现需要借助族群认同的一些原始因素，即只有在对族群的一些原始符号进行批判性继承与发展的基础上，才能避免国家认同脱出实体而根基不稳。就冲突性而言：族群认同要求保持本民族特有的文化符号，承认自由的民族身份且满足不同的民族需求，若为了达到统一的国家认同而削弱民族的独特性，为了国家利益的最大化进行资源分配而忽视少数民族的需求，必然会导致两者的矛盾与冲突，也不利于在族群认同的基础上构建国家认同。

2. 国家认同与文化认同

“文化是民族的重要特征，是维系一个民族生存、延续的灵魂，是民族发展繁荣的动力与活力的源泉。了解一个民族，必须了解她的文化；尊重一个民族，必须尊重她的文化；发展一个民族，必须发展她的文化。”[①] 文化认同是指个体或群体对自己所遵循的文化符号、文化理念和价值观念等的一种文化确认，文化认同更多的是指民族文化的价值认同。文化作为软实力不仅是综合国力的重要组成部分，更是政治国家建构的“合理内核”。在民族国家形成之前，国家在很长的历史时期内仅是一种文化共同体的存在，缺乏一种吸引人的文化和其所体现的价值体系必然使国家认同丧失其应有的灵魂。同一个民族通常都有其共同的精神纽带、价值体系、风俗习惯以及行为准则，人们正是在这种共同的文化历史背景下，获得了归属感、认同感及依赖感。所以，从这个角度来说，文化认同与国家认同是二位一体、相辅相成的关系。文化

① 丹朱昂奔：《促进少数民族文化保护与发展》，《中国民族报》2006 年 9 月 21 日，第 1 版。

认同是国家认同的前提和基础，是人的社会属性的表现形式，而国家认同是文化认同的升华。多民族国家在强化国家认同的过程中，应当充分发挥文化的纽带作用、导向作用、凝聚作用和团结作用，通过强化共有的文化认同，把各民族多样化的自我认同上升到国家认同，从而为国家的发展进步贡献力量。

我国是人类文明史上唯一没有断代的文明古国，中华民族本身就是历史共同体与文明共同体的统一，在时间与空间的漫长交融中，中华民族形成了特有的文化传统和价值观念，它成为今天全体中国人最重要的文化标识。习近平强调："博大精深的中华优秀传统文化是我们在世界文化激荡中站稳脚跟的根基。中华文化源远流长，积淀着中华民族最深层的精神追求，代表着中华民族独特的精神标识，为中华民族生生不息、发展壮大提供了丰厚滋养。"[①] 因此，应在国家认同视阈下考量文化建设所具有的重要国家建构价值和民族凝聚作用。推动社会主义文化大发展大繁荣，增强国家认同，就要进一步加强传统文化与社会主义关系研究。以社会主义核心价值观为兴国之魂，增强当代中华民族的凝聚力。

3. 国家认同与政治认同

政治认同是个体在政治生活中产生的一种情感和意识上的归属感，本质上属于心理层面的一种活动，包含着对政治体系的态度体验与价值评判。[②] 政治认同对于维系政治系统的良性运行与协调发展、降低或节约统治成本、促进政治稳定具有重要意义。

在政治认同的建构中内含着国家认同的建构。国家本身是一个政治概念，可以通过国家认同进一步强化政治认同，巩固执政地位。虽然国家认同包含在政治认同中，但国家认同的实现并不一定能带来政治

① 《习近平在第十八届中共中央政治局第十三次集体学习时的讲话》，人民网，2014 年 2 月 24 日。

② 吴建业：《认同的逻辑——刍议政治认同与国家认同、民族认同、宗教认同的关系》，《社科纵横》2012 年第 5 期。

认同。因此，通过国家认同来巩固政治认同，就要竭尽所能团结每个认同的个体，将他们的力量汇聚于统一的国家认同之中，凝聚于核心的政治认同之下。而作为执政者，要在保持个体民族的历史文化的同时以与时俱进的态度构建国家认同的新内容，继往开来，给国家认同注入时代的内涵，最终达到政治认同的目的。

4. 国家认同与宗教认同

个人宗教信仰的相似性和族群文化的一致性构成了宗教认同，而命运的相互依赖性以及文化的相互结合性则构成了国家认同。在我国不断强调社会生活平等、宗教信仰自由的社会主义国家里，作为各民族“参与式”的国家认同在其形成过程中，各个民族的“相遇”与“碰撞”则是不可避免的，但这种碰撞历来是民族关系展开的首要条件。不论民族之间有怎样的互动与调适，但终归是以国家认同为基础来描述和表达各民族相遇的认知结果。笔者认为宗教认同向国家认同的转变则突出表现为其文化适应性。

在宗教氛围浓厚的地区，民族认同、国家认同的建立在很大程度上要受到宗教因素的影响。对民族、宗教、国家等问题不断深入研究的结果表明，宗教在国家认同中所发挥的作用也越来越显著。在现实生活中，宗教所具有的强烈的信仰凝聚力，使得它能够影响到社会民族的各个方面，对于那些宗教历史悠久的民族来讲尤为如此。以我国为例，近年，新疆宗教极端势力通过传播宗教极端思想，意图混淆社会民众视听，扰乱社会治安，给社会稳定造成了极大的威胁。因此，我们应以社会主义核心价值观为统领，培养正确的宗教意识，在宪法及其他法律法规的基础上，依法管理宗教事务，制止和打击利用宗教所进行的违法犯罪活动，坚决抵御境外势力利用宗教进行的各种渗透，坚持独立自主自办的原则，积极引导宗教与社会主义社会相适应，增强宗教认同对国家认同的促进作用。

三　国家认同研究的缘起

国家认同研究的兴起与社会科学中行为主义方法的广泛应用、冷战后全球化对各民族国家认同的冲击，以及发达国家成功的同化政策有关。

（一）行为主义研究方法在社会科学中的广泛应用

行为主义学派认为，一个政治体系就是一个“行动”（政治态度以及表示这些政治态度的方式）的体系。因此以行动来判断政治体系也是可取的，而不是光凭法律或伦理规范。简单地说，个体的行为取决于社会环境的作用和个体本身的心理动机和心理态度。这样，政治研究的焦点就演变成了从反向的角度来剖析人们的心理导向对人们政治行为的影响，并如何进一步影响到宏观政治体系运行的过程。这种研究思路可采取三种具体的方法。

1. 政治系统论

这种研究方法最早由美国学者戴维·伊斯顿采用，他将自然科学中的系统分析方法引入公共政策领域，形成了政治系统论。这种研究方法认为，在一个复杂的政治系统中，构成政治系统的环境要素与系统不可分离，环境要素既是政治系统存在和运行不可缺少的成分，又是无时无刻不在和政治系统发生交互作用的力量。环境要素对政治系统的影响叫输入，而政治系统为了维持自己的生存和发展，必须对环境要素的输入做出反应，将输入经过转换过程变成政治系统的输出。通过输出，政治系统又反馈于各环境要素。[①]

具体到国家这个复杂政治系统，政治输入一般是指公民向政治系统提出自己的主张和要求，这种主张和要求可以是积极（政治支持）的，也可以是消极（政治反对）的。政治输出方面表现为国家的政策

---

① 〔美〕戴维·伊斯顿：《政治体系——政治学状况研究》，马清槐译，商务印书馆，1993，第93~95页。

供给，这需要公民的认可和配合。因此，国家可通过政治社会化的方式，使国民形成特定的政治认知、价值观念，进而实现与国家的良性互动，以此来达成政治稳定。

2. 政治文化研究

政治文化研究的兴起与跨文化比较法[①]有着密切的关系。后者最初在文化人类学中被广泛采用，较多地用于各个不同国家、地区、民族和群落文化的比较研究。他们信奉的是，“要理解文化就必须进行比较”，致力于总结不同文化的相似性和差异性，并分析文化是如何影响个体和群体的行为及背后的原因。这种跨文化比较，不可避免地涉及政治文化的比较研究。即一种文化观念如何影响到其所处的政治体系的政治运作？在政治体系的变化过程中，文化因素又起什么作用？这样的研究方法有助于挖掘出影响一个国家政治运行的深层次因素。20 世纪 50 年代后期，阿尔蒙德等人开始调查一个特定国家居民的政治态度、价值、行为模式等对该国政治的影响，并于 1963 年出版了《公民文化》，其中，提出了“一个国家民主制度的顺利运作与否，受到该国政治文化的影响”的观点。[②] 此后，政治文化研究成为一种成熟的研究方法。

从 1970 年开始，英格尔哈特等人对欧洲六个国家进行了价值观念的调查，1977 年英格尔哈特正式提出了后物质主义概念。这个后物质主义观是相对于物质主义观而言的，他阐述说，强调经济和人身安全的价值取向，是物质主义价值观，而强调自我表现、生活质量胜过经济和人身安全的价值观被称为后物质主义价值观。在不同的价值观下，个体的行为选择有较大差异，对其所处的政治环境的影响也不相同。[③]

---

① 跨文化研究方法可参见 J. W. Berry，“On Cross-Cultural Comparability”，*International Journal of Psychology*，Vol. 4，No. 2，1969，pp. 119 - 128.

② 〔美〕加布里埃尔·A. 阿尔蒙德、西德尼·维伯：《公民文化》，徐湘林等译，华夏出版社，1989，第 517 页。

③ 具体内容可参见罗纳德·英格尔哈特所主持的“世界价值观调查项目”，http://www.world-valuessurvey.org/wvs.jsp。

3. 大规模调查研究法

二战以后，由于政治上的需要、经济上的可能、学科上的发展，在社会科学领域，逐步兴起了大规模调查研究方法。这种调查研究法最先兴起于政治竞选和公共意见中的民意测验，后来为社会科学研究所采用，即采用一定标准，通过实地搜集第一手材料，并对采集到手的数据按特定模型进行分析、处理，从中得出较精确的定量分析结果，为政治决策、政治研究提供可靠资料。

20 世纪 90 年代以来，加布里埃尔·阿尔蒙德、派伊、塞缪尔·亨廷顿、迈克尔·罗斯金等人采用上述研究方法，将“认同”概念作为自变量，来分析个体自我身份的认同如何影响他们对社会结构和外在世界的认识。提出国家或其他政治团体可以影响，甚至塑造个人和群体的政治取向、政治行动的方式和政治价值观念，从而实现所期望的政治稳定和政治发展。

（二）全球化对民族国家认同的冲击

冷战结束后，随着资本、产品、通信和人员的全球范围的自由流动，全球化对民族国家认同产生了深远的影响。

首先，全球化削弱了公民对民族国家的忠诚。全球经济一体化的程度越来越高，主权国家面对跨国的经济活动，政府在管制上显得心有余而力不足。越来越多的事务需要国家之间协调面对，甚至需要建立越来越多的国际组织采取集体行动。同时，在全球化过程中，资本、人员、技术根据产业的全球布局而自由流动，导致每一个人都有多重身份，弱化了公民对民族国家的认同和忠诚。很多所谓的世界公民对自己的祖国仅仅有一种历史记忆。因此，主权忠诚、领土维护、同胞情感等曾作为民族国家认同的基本要素，在全球化的影响下受到了不同程度的冲击。

其次，文化多元主义削弱了一些民族国家的传统文化整合能力。虽然民族国家在参与全球化中能取得社会经济的快速发展，但也面临着一些强势文化的影响，如美国文化和一些宗教文化以各种形式在全球强势推进，使得人们既有的认同逐步分散、多元，一些民族国家内部次级政治体系或文化群体（族群、宗教群体、地区组织）有了更多的自主选择权，进而催生了地方意识、族群意识。这意味着这些个体和族群的“公民身份”认同受到削弱，取而代之的是对基于种族、族群、地域等“原生忠诚”的次级具体文化形态的认同。

近代以来，西方发达国家对国内的多元文化族裔和移民实施同化政策，取得了较好的效果。以美国为例，作为一个由移民群体创建的国家，最初是一个以信奉基督新教的白人为主体的国家。此后，美国制定了移民法，持续不断地引进移民，并通过“归化”制度，使这些多元文化族裔和移民，放弃原有身份和与之对应的原有文化及价值观，创建了新的美国身份，融入美国主流文化、形成美国认同。因此美国素有“大熔炉”“色拉碗”之称。法国也对移民施行同化政策，不承认移民的少数族裔文化和宗教的独特性，并通过立法确立政教分离原则，强制实施世俗化政策，推广法语，构建一元文化，培养对法兰西共和国的归属与认同。

发达国家通过同化手段，有效构建了公民的国家认同意识，实现了政治稳定和政治发展的目的。对于许多新兴民族国家而言，这有带动示范效应，也促进了国家认同研究的发展。

四　国家认同研究相关理论

（一）身份认同形成理论

20 世纪 90 年代以来，越来越多的政治学学者关注身份认同在政治事件和政治过程中所发挥的重要作用，发现身份认同对国家构建（state building）至关重要。具有相似身份认同的人，更容易被迅速动员起来，成为有着统一认知与行动的政治力量。但这种身份认同是如何形成的，哪些因素促成了这种认同的生成与发展，学术界有不同的看法，目前主要有以下三种观点。

1. 原生论

原生论又称本质论（essentialism），指身份认同来源于群体中的原生性情感联系，如共同的血缘、语言、宗教、文化等。这是一种内化与情感中的认同，是人与生俱来的，无法选择和摆脱的情感。这种原生认同广泛存在于各民族国家中。

这种观点得到一些文化人类学家的支持，如美国学者克利福德·格尔茨（Clifford Geertz）认为文化在族群身份认同建构中的作用非常明显，他曾说："文化是一种通过符号在历史上代代相传的意义模式，它将传承的观念表现于象征形式之中。通过文化的符号体系，人与人得以相互沟通、绵延传续，并发展出对人生的知识及对生命的态度。"[①] 也就是说，族群文化作为一种有效方式，通过构建认同方式将个体塑造成族群的一分子。原生主义的观点，不仅有助于我们了解个人对自己族群的认同，还为我们提供了了解族群成员对自己族群文化的内化过程与情感依附的重要基础。

2. 工具论

工具论者认为身份认同是一种政治工具。"国家、政党社团或者其他政治组织编织出一些身份，并将其作为组织和动员社会的工具手段来达至自己的社会、政治或者经济目的。"[②] 换言之，这些政治组织本身就是一种利益团体，利用政治身份认同借以达到其政治目标。因此，身份认同仅仅是国家或其他政治组织的一种政治工具而已。

康奈尔和哈特曼（Cornell and Hartmann）在工具论的基础上，特别强调个人或群体利益赖以形成的以及群体认同被强化用以追求特定利益的社会情境以及条件。即他们将分析的焦点置于某一特定情境（如政治、文化、经济、法律、历史等），考察该情境如何促使个人或群体产生身份

① 〔美〕克利福德·格尔茨：《文化的解释》，纳日碧力戈等译，上海人民出版社，1999，第11页。

② 阎小骏：《当代政治学十讲》，中国社会科学出版社，2016，第202页。

认同。[1]

3. 建构论

建构论者认为身份认同是一种集体的想象。这种认同具有主动性与创造性，即个体与其所处情境互动是一个复杂的过程，在此过程中，个体因应情境需求而建构自己的认同。对国家的认同就是个体通过互动（如对话、协商、辩论、妥协等）来建立的一种集体认同。当然，个体也可以是情境和文化的创造者与改造者。与此同时，不同个体对同一情境与文化的知觉与应对策略也可能有所不同。相对于原生论者所强调的某种原生属性的重要性，建构论则看重复杂社会因素对身份认同的塑造。[2]

（二）族际政治整合和国家建构

一般而言，理想意义上的标准民族国家是指该国的公民属于同一民族，即所有该民族的成员均是这个民族国家的永久居民，这个民族没有任何成员住在这个国家之外。如近代意大利政治家马志尼所言的“一国一族，一族一国”。但现实中，这种理想型的民族国家并不存在，多数民族国家内包括多个民族。如俄罗斯国内以俄罗斯人为主体，此外还有乌克兰人、乌兹别克人、白俄罗斯人、哈萨克斯坦人、立陶宛人、拉脱维亚人等少数民族成员。其中有的民族甚至分属不同的国家，如韩国、朝鲜同属一个民族，但因政治原因分裂成两个主权国家。维系同一民族成员的观念往往来自他们共同的祖先来源，这个祖先来源包含三个层次的内容：生物上的共同祖先；维持共同祖先的传统（如文化和社会制度）；对真正或神话祖先家乡或土地的情感。因着生物上或文化上的差异，不同族群之间的政治交往以及衍生出的政治问题会对民族国家的政治发展有至关重要的影响。

---

① Stephen Cornell, Douglas Hartmann, *Ethnicity and Race: Making Identities in a Changing World* (2nd ed.), Thousand Oaks, CA, USA: Pine Forge Press, 2007, pp. 21 - 34.

② Fredrik Barth, Ethnic Groups and Boundaries, The Social Organization of Culture Difference, Universitetsforlaget, 1998, pp. 5 - 38.

从民族国家的发展历史来看，多民族国家的国内族群关系主要有两种类型：一种是以“竞争与冲突为主”，一种是以“合作与融合为主”。当然，以合作与融合为主的族群关系对每个国家来说都是最为理想的一种状态。但现实中仍然有大量国家的族群关系以竞争与冲突为主，以一些多民族、多宗教、多语言地区差异较大的发展中国家为甚。这些国家的民族、宗教多样性程度很高，不同民族、宗教群体之间的政治分歧很大，因此酿成的政治冲突时有发生。民族矛盾导致武装冲突频发，进而危及民族国家的政治稳定。因此对民族国家来说通过“族际政治整合”来建立“合作与融合为主”的族群关系，提升国家能力，构建具有“自主和凝聚”性的国家机构是政治发展的重要任务。

“族际政治整合”是现代民族政治学借鉴政治学中的“政治整合”概念而创造出的一个术语。“政治整合”来自英文的political-integration，也可翻译为“政治一体化”，《布莱克维尔政治学百科全书》认为政治整合，意指若干个政治单位结合成一个整体。新功能主义学派的创始人哈斯把政治一体化看作“一种规劝的进程，用来使那些处在独特的民族国家环境中的政治行为主体将其忠诚、期望和政治活动归属到一个新的中心，这个中心的机构拥有或要求拥有对在其以往实际存在的民族国家的管辖权”[①]。“族际政治整合”的主体是一个国家内的不同民族，即通过国家建构，强化中央政府权力的政治控制，实施国家认同战略，促进不同民族之间的合作和融合，最终建立稳定的政治共同体。

历史上西欧国家曾存在许多族群政治问题，但今天大多数国家都已很好地解决了此类问题。米歇尔·韦耶维欧卡（Michel Wieviorka）认为西欧国家主要通过三个途径来实现民族整合和族群融合。[②]

第一个途径是现代化，即充分发展工业化和工业社会。经济因素对

① 〔英〕戴维·米勒、韦农·波格丹诺编《布莱克维尔政治学百科全书》，中国问题研究所等主译，中国政法大学出版社，1992，第559页。

② 包刚升：《西方政治的新现实——族群宗教多元主义与西方自由民主政体的挑战》，《政治学研究》2018年第3期。

族群身份认同改变的影响非常大。一般来说，社会经济发展程度越高，原先基于原始身份的认同就会降低。一些处于弱势地位的族群，如果能在经济发展中广泛融入全国性的生产、分工与交易系统，融入全国性的市场网络与经济系统，越有利于族群关系的稳定。经济利益上的彼此紧密依赖和互惠会限制相对剥夺感的上升。

第二个途径是建立一个平等主义的国家。按照欧美国家的经验，政治、法律层面的平等，即所有人都有同等的政治、经济与社会资格，可以降低个体对族群身份的认同。如果一个国家能在政治、法律平等的基础上，推进不同族群之间的实质性平等，将更有利于缓和族群关系。相反，一个国家如果使公民因户籍、宗教信仰等因素而涉及了不平等的制度歧视，则会降低国家认同。

第三个途径是塑造民族国家认同。这种认同是超越族群认同之上的、基于民族国家身份的认同感。如以一个苏格兰人来说，他认为英国人还是苏格兰人是自己的第一身份，这关涉民族国家认同问题。比较成功的做法是实施国民教育，传播国家倡导的核心价值和意识形态，提升公民的身份认可，降低族群身份认同，从而促进族群融合。

（三）民族认同和国家认同

从发生学的角度来看，民族主义与国家认同联系起来是西欧“启蒙运动”的余绪。传统的封建国家不能满足“自我意识”觉醒之后个体意志和利益的需要，无法维持人们的认同，最终被现代民族国家所取代。这是一种按照民族主义原则来重新组织政治共同体，即用民族认同（ethnic identity）来建构的国家。但民族作为一种“想象的共同体”[①]，其对象并不是一成不变的，可以是血缘、宗教信仰、历史文化、语言文字、价值观念，也可以是地理环境、政治理论和政治制度等。这就意味着现代民族国家（尤其是多族群国家）尽管以民族认同来建构国家认

① 〔美〕本尼迪克特·安德森：《想象的共同体——民族主义的起源与散布》，吴叡人译，上海人民出版社，2005，第6页。

同，但因认同的对象并不固定，从而导致两者之间出现内在的紧张。学术界对民族认同和国家认同之间的关系归为两类。

第一种是冲突论，即认为各族群的自我意识及认同会冲击其对国家的认同，或者高于对国家的认同。理由是二者认同的对象和认同的基础不同。民族认同的对象是“民族”，其基础是具有共同的血缘、祖先、历史与语言等原生性因素的文化共同体；国家认同的对象是“国家”，是建立在共同的公民身份、法律、政治制度等建构性基础上的政治共同体。在大多数情况下，国家通过政治整合要求特定族群放弃民族特性，消除民族差异性或异质性要素，打造统一的政治共同体和国家民族，以实现国家的同质性建构，这会损害特定族群的权益。尤其遇到政治权力分配不公、经济利益格局不平衡、族群文化完整性被破坏和民族尊严危机，乃至公开的族群歧视，都有可能在一定条件下导致自认为受到损害的族群降低对国家的认同，进而放弃在既定国家内谋求改善的努力，转而谋求建立独立的属于自己的民族国家。如派伊认为“传统的认同方式都是从部族或种姓集团转到族群和语言集团的，而这种方式是与更大的国家认同感相抵触的”①，亨廷顿曾反复强调：“盎格鲁－新教”文化对于美国认同的意义：“人种和民族属性曾是美国人身份/特性的中心标志，但美国社会如今已在很大程度上消除了这些界限，成为一个多民族、多人种的社会，人人都能以其是非功过而受到应有评价。我认为这是美国的最伟大成就之一，或许还是成就之中最伟大的一项。这一成就之所以能够取得，我认为原因就在于一代又一代的美国人致力于发扬盎格鲁—新教文化以及我们的前辈所树立的‘美国信念’。”② 相反，如果移民只认同自己的民族文化，则会危及美国认同。

第二种是一致论。持这种观点的学者一般都将多元文化主义作为

① 〔美〕鲁恂·W. 派伊：《政治发展面面观》，任晓、王元译，天津人民出版社，2009，第81页。

② 〔美〕塞缪尔·亨廷顿：《我们是谁——美国国家特性面临的挑战》，程克雄译，新华出版社，2005，第3页。

其理论建构基础，他们认为只要尊重、承认多元文化的存在和价值，就能实现国家认同与族群认同之间的统一。一方面，民族认同是国家认同的前提和文化根基。作为局部的、少众的民族认同在国家认同的形成及其发展过程中，起了不可或缺的作用，是国家认同的重要组成部分。另一方面，国家认同以族群文化认同为根基。对于国家认同而言，多民族国家对强调血缘、语言及地域特征等文化因素的民族认同的包容和正确引导，将会缩小各民族成员的心理距离，会形成一个更大的国家共同体的认同。①

总而言之，如何合理而科学地处理民族认同与国家认同二者之间的关系，形成共同的身份认同，是现代多民族国家实现有效治理的重要内容。

第二节　国家认同基本理论及在我国的发展变迁

一　西方国家认同理论

20世纪早期，随着移民潮的持续涌动，欧美国家越来越重视移民问题，开始关注移民融入主流社会的问题。因此，学术界关于移民融入主流社会的理论也随之出现，最具代表性的便是同化论和文化多元主义。

（一）同化理论

1. 理论源起

同化论最早由美国社会学芝加哥学派的代表人物——帕劳提出。20世纪初，帕劳就美国移民问题进行了大量研究，关于这些移民如何进入并融入主流社会的问题，帕劳引用了达尔文进化论的观点，认为移民进入主流社会也要经过一个“竞争—冲突—适应—同化”的过程，由此

---

① 江宜桦：《自由主义、民族主义与国家认同》，台湾扬智文化事业股份有限公司，1998，第199页。

得出同化论的观点，认为移民最终会被主流社会所同化，失去本身的独特性而遵循主流社会的共同性与普遍性。帕劳同化论提出之后受到学界广泛关注，同时也遭到了一些质疑。

后来，美国社会学家密尔顿·M. 戈登进一步完善了同化理论。戈登在其著作《美国生活中的同化》中系统地对美国生活中存在的三种同化理论模式进行了梳理与总结。分别是盎格鲁遵从论（要求美国移民接受盎格鲁-撒克逊的价值观念和行为准则，而放弃移民民族自己的传统文化与价值观念）、熔炉论（要求移民群体将各自所特有的文化传统融合为一个新的美国式的本土文化）、文化多元论（要求移民群体保留自己特有的文化形式，尊重文化多样性，但是这种独特性又不妨碍美国作为一个整体的统一）。在戈登看来，美国族群社会的同化是一个长期的过程。总体而言，他将同化理论分为三个阶段：第一个阶段是不同移民族群开始相互接触，而在这一接触过程中竞争是在所难免的；第二个阶段是各移民进行了初步的合作，但这种合作是不稳定的，他们被迫去改变传统的、原有的行为习惯、生活方式以适应新的社会环境；第三个阶段是移民族群的同化阶段，即彻底放弃了自己的独特性而接受主流社会的同一性。此外，戈登认为，在移民群体同化的过程中，包括七种不同的同化类型，即文化的同化、社会结构的同化、婚姻的同化、认同的同化、态度接受的同化、行为接受的同化以及市民公共生活的同化。

2. 同化论的含义及主要观点

同化论为解决族群关系而出现，它的理论主张显而易见，即要求不同移民族群融入主流社会，消除差异，被主流社会所同化。同化论强调，共同的文化是社会融入的基础，也是民族关系和谐稳定的根基，而文化差异以及文化多样性是整体认同形成与发展的阻碍。所以，为了使移民族群融入主流社会，必须放弃其原来所在族群独特的文化形式，改变生活方式，接受主流社会的价值观念，这也是保持社会稳定、民族团结，促进国家经济社会持续发展的必要条件。

3. 对同化论的评价

同化论所强调的这种绝对的同一，虽然在保持民族团结、促进国家一致性方面有一定的作用，且能促进移民群体更快地融入主流社会。但是，它所强调的这种绝对的、普遍的共同性也受到越来越多的学者的质疑。尤其在如今这样一个不断变化的时代里，想要保持社会和谐、国家稳定，就必须以开放、包容的态度对待每种不同的文化与习俗，只有做到“海纳百川”，以“取其精华，弃其糟粕”的态度对待不同的事物，才能真正使得一个国家屹立于世界民族之林。所以，这也成为随后文化多元主义出现的理由之一。

而就同化论与国家认同的关系而言，同化论所倡导的是统一的国家认同，不可否认，对某个时期的国家认同具有积极的促进作用。但是这种积极的促进作用能否持续下去却是有待商榷的。时代在不断地以惊人的速度发展变化，多样、开放、创新、独特等越来越成为国际社会所追求的价值观念。所以，如果一再地强调绝对同一而扼杀民族的独特性，随之而来的不是社会团结将是落后、守旧，甚至会遭到不同民族的反抗。所以，在全球化、多元化、信息化飞速发展的时代，每个国家只有承认文化多元多样的合理性、客观性并以交流互动的姿态对待不同的文化价值，才能不断随时代的发展而进步。

（二）文化多元理论

1. 理论源起

当今世界多民族共存于一个全球化的时代，传统的文化孤岛型的国家、民族乃至社区被日益广泛的交往交流所取代。文化多样性逐渐成为一种全球共识，成为先进、民主、尊严的体现。尊重文化多样性促使多种文化共同交织、相互包容已成为国家乃至国际处理文化多样性的基本准则。

一直以来，欧美国家面临着种族主义的困扰。因此，如何看待并处理民族问题成为欧美各国不可避免的难题之一。第二次世界大战后，在民族解放运动的冲击下，西方殖民主义体系土崩瓦解，随之而来的是欧美等西方国家内部种族矛盾的激化，在谋求民族独立的运动中西方传统的文化受到了前所未有的冲击。而民权运动作为对传统权威的挑战，也为文化多元主义的出现奠定了基础。民权运动采用以种族为基础的“群体斗争”的方式以争取“群体权利”，创造了一种有效的意识形态和组织方式，这为文化多元主义的产生创造了有力的哲学体系。此外，民权运动时期通过的一系列联邦法律为美国少数民族享有平等的政治和公民权利奠定了法律基础，也在一定程度上从体制上促进了文化多元主义的萌生。

虽然萌芽于美国，但作为一种统一的民族政策，文化多元主义最早在加拿大创立并得到了长足的发展。作为一个移民国家，二战以后，加拿大本土居民对移民的态度发生了重大的变化，要求他们融入本土文化，但实践证明“融入”这种模式在加拿大走不通，不符合加拿大文化的发展趋势，所以一种新的模式随之出现，即文化多元主义。至此，文化多元主义成为各国处理多民族关系的一种政策。

2. 文化多元主义的含义及主要观点

文化多元主义尽管最早被用于社会学和教育学领域，但随着该理论的日渐发展、日臻成熟，目前文化多元主义已被越来越多的学科所使用。纵然如此，学者对“文化多元主义”这一术语的内涵仍然无法达成共识，但无可争议的是此理论必然与文化多样性紧密相连。通常而言，“多元”与“一元”相对，倡导多元主义的学者多从少数民族的角度出发，保护少数民族群体的权利，要求尊重各少数民族独特的文化形式，尊重文化多样性，对处理民族关系、实现各民族的平等发展具有重要的理论指导意义。

文化多元主义认为文化具有独特性和多样性，而社会是由各种不同的文化群体构成的，要实现社会文化的繁荣发展，就必须承认各民族的文化特征，尊重文化差异，促进文化的多元包容发展，且要求主流社会平等对待各少数民族，承认少数民族群体的身份，追求各自的身份认同。

3. 对多元主义的批判

对多元主义的批评主要来自保守主义和自由主义者。保守主义认为文化多元主义并没有解决少数民族平等权利的问题，反而会助长国家分裂，同时认为文化多元主义所要求的尊重民族文化多样性、保持各民族的独特性不仅不利于国家认同的发展而且可能造成各少数民族的对立与冲突；而自由主义政治理论是以私人领域与公共领域的划分为基本前提的，认为处于私人领域的私人性自我与处于公共领域的公共性自我之间存在一种紧张和冲突，提出通过公共理性和公民性责任来实现和规范性公民认同的建构。所以，自由主义者认为多元主义所倡导的文化异质性打破了社会生活的相似性，差异性的公民权利打破了公民身份的平等性，所有这些都不利于民族团结及国家认同建构。此外，文化多元主义者所倡导的以“族性”为基础的资源分配方式，也不利于国家对少数民族的统一管理，也不能满足少数民族的需求，有可能致使少数民族对国家政治体系及政治制度的不认可。

面对随之而来的各种批评，多元主义做出了相关回应。首先，多元主义者认为差异的公民权利是对少数民族平等公民身份的认同，这种认同不仅不会导致国家分裂，而且有利于主流社会对各少数民族文化、身份、权利的承认，有利于少数民族之间的互动交流，在主体间性平等发展过程中增进国家认同。其次，文化多元主义者认为一些批评者的前提假设存在问题，批评者认为文化身份是经济社会地位的附庸，少数民族的族群问题归根到底都是经济问题。而文化多元主义者认为少数民族的文化身份只是特定历史阶段的产物，随着历史的不断变迁，这种身份也会随之发生变化。而且以“族性”为基础的资源分配方式有利于满足少数民族的不同需求，促进其经济发展，进而在实实在在地获得感增长的基础上增强少数民族的国家认同。

4. 文化多元主义的利与弊

文化多元主义发展至今，作为一种应对和协调全球化时代日益紧密的民族关系的思想理论，正在被越来越多的学者应用于更加广泛的领域，但同时对此理论的批评与质疑也从未间断，因为研究视角的不同，学者对此褒贬不一。笔者认为，文化多元主义作为一种理论，有其存在的合理性，随着时代的变迁，我们也应与时俱进地对此理论进行客观的评价。

作为对多民族主义、文化多样性的一种回应，笔者认为文化多元主义的主要贡献在于：一是批驳了原有的以社会主流文化为基础的民族国家建构道德上的不正当性和实践上的不可能性，把社会文化多元性这个事实摆到国家认同建构的面前，要求尊重少数民族的文化多样性与身份差异，这对于保障少数民族独特的文化习俗无疑具有重要作用；二是通过承认政治以及少数群体权利的制度安排，减少了少数族群在经济、社会、政治领域与其他族群的互动障碍，扩大了少数民族之间的交流，有利于促进少数民族的认同感，进而增强少数族群与主流社会的共同体意识及对共同体的归属感；三是作为一种政治体系的建设，文化多元主义通过特殊的政治制度实现少数民族的差异化管理，进行不同的资源配置，满足少数民族不同的需求，有利于充分发挥少数民族的资源优势，促进少数民族的经济发展进而有利于整个社会政治体系的完善与经济的持续发展。

当然，任何事物都存在两面性，在看到文化多元主义的优势的同时也不能忽视其理论的弊端。文化多元主义的主要不足点在于：在文化多元主义的国家认同建构方案中，想要形成共同的文化基础，促进族群成员之间的良性互动以及实行对族性政治化后果的控制以防止因多样性与独特性而产生的政治分化现象的出现，都需要依赖对公民的教育来提升公民的美德，而教育具有潜移默化的影响，其效果的重要性与起作用的时间都需要经历一个长期的过程才能判断，且在这个过程中必然会产生一定的资源浪费与成本提升；同时，文化多元主义要求建立完善的现代国家制度来防止族性政治化所带来的不良后果，而且它自身并非解决激烈的民族性问题的药方。因此，文化多元主义不符合多民族发展中国家正在进行的现代化国家建构的形势，因为在当代的历史背景与国际形势下，认同比差异更为重要，所以文化多元主义在一定程度上并不能为当今至关重要的民族问题与族群关系问题提供解决方案。

5. 文化多元主义与国家认同建构的关系

在全球化时代下，国家认同直接影响着国家的安全稳定，甚至决定着国家的前途命运，它是国家稳定的思想基础，是维系一国生存与发展的重要纽带，为现代民族国家提供了重要的合法性来源，因而受到国内外学界的广泛关注。

在文化多元主义与国家认同建构的关系上，我们认为二者互为前提，相辅相成，缺一不可。首先，应在国家认同的基础上发展文化多样性，没有国家认同这个“同一”的前提条件而一味地追求“多元”，必然会使其失去凝聚力，导致整个国家的分崩离析；当然，国家认同也应该以文化多元为基础和前提，只有在吸收了不同民族先进的文化遗产，使各民族文化呈现一种“海纳百川”“百家争鸣”的状态时，作为统一的国家文化才能在更高层级、更为先进的状态下繁荣发展。在全球化进程不断加速，开放的、动态的发展过程中，只有以“取其精华，弃其糟粕”的态度对待不同文化，才能不断使国家文化与时俱进，屹立于世界文化之林。

具体而言，文化多元主义对国家认同的建构作用，主要体现在如何对待民族文化与国家文化、民族身份与公民身份、民族自治与国家治理问题上。

首先，就民族文化与国家文化而言，众所周知，文化没有优劣之分、贵贱之别，每种文化都是平等的，都有其存在的价值。民族文化，是各民族在长期的历史发展中形成的、带有本民族特色的文化，是一个民族的精神纽带。与此相对，国家文化则是超越民族文化之上，通过吸收和整合民族文化而发展起来的一种大众文化，是一个国家物质文明和精神文明的结晶。民族文化的独特性确保了各民族文化能够一脉相承、生生不息，这体现了一个民族文化的优秀传统，但如果仅仅为了保持自身的文化传统而排斥其他文化甚至是国家主流文化，这会使民族陷入一种冲突和隔阂状态，从而不利于国家文化的发展与建构。所以，为了国家文化的统一与完整，必须坚持“各美其美，美人之美，美美与共，天下大同”的思想，使各民族文化相互借鉴，取长补短，共同发展。如此，才会统一于国家文化的建构并且保持民族文化的独特性。

其次，在民族身份与公民身份的关系上，民族身份更多地指向一种地域属性与情感关怀，是对出生于这一民族的人的一种族性认可，而公民身份是一个国家对其所属公民的身份认同，相应地对其所属公民的权利义务关系的认可。全球化时代，现代国家大多都是多民族国家，由不同的民族构成。所以，为了加强国家认同的建构，必须在民族身份认同的基础上强化公民身份的认同，使各民族的个体认同自己所属的国家，增强对国家整体的认可。只有这样，才能抵御全球化对国家认同带来的冲击，抵御其他国家对本国的分裂风险，保持民族团结、国家统一。而构建公民身份的关键是增强个体的责任意识和平等意识。让每个拥有民族身份的个体都意识到自己属于一个国家，拥有相应的权利与义务，在享受国家带给个体的权利的同时也要肩负起国家赋予个体的责任。此外，要坚持人人平等的观念，同属一个国家的公民，都平等地享有权利，当然也要平等地遵守义务。

最后，在民族治理与国家治理的关系上，随着保护少数民族的合法权益越来越被重视，如何进行民族国家的治理也日益被提上重要的议事日程。“自治”随之作为多民族国家民族制度的选项成为国际共识。然而，在实践过程中，因为少数民族对国家治理政策不熟悉，或具有封闭与不确定心理，民族治理易受到地方保护主义的阻碍，不利于国家意志的贯彻落实。所以，在民族治理过程中，国家应在治理决策与治理理念上积极与少数民族进行协商，认真听取他们的建议，避免地方保护主义对民族治理的阻挠，寻求民族治理与国家治理的互动平衡，既要“尊重差异”又要“包容多样”，通过强化少数民族的政治认同来促进民族治理发展，进而提升整个国家的治理能力与治理水平。

二　改革开放与我国民族政策的调整

民族政策是处理民族关系的重要制度规范。不同时期，民族政策因国家不同的建设要求和战略目标而有所侧重，但“民族团结，各民族和谐相处”是国家追求的基本目标之一。总体而言，改革开放作为我国经济发展的伟大转折，其前后的民族政策也发生了重大变化。我国学者沈桂萍在《改革开放以来关于中国民族政策价值目标的理论争鸣》一文指出，改革开放以来，关于民族政策价值目标的理论争鸣，经历了从以加快发展为核心目标还是维护民族团结为核心目标的争论，发展到近十年来，围绕维护少数民族合法权益还是社会整合、促进“中华民族”共同体认同的争论。① 中华人民共和国的成立，标志着形式上中国民族国家建构任务的完成；标志着全国各民族平等团结、共同发展时代的到来；标志着由历史上充斥着民族间压迫的时代向多民族形成平等、友好的大家庭时代的转变。中国跻身于世界政治体系之列，促进了民族理论和民族政策的迅速发展。② 但是，在此基础上，如何加强国家认同，仍需整个中华民族的不断探索。

改革开放开启了民族政策发展的新篇章。改革开放前，我国一度将社会的主要矛盾视为阶级斗争问题，所以中国的民族政策围绕着各阶级兄弟如何进行阶级联盟，促进和谐稳定进行论述与探索。沈桂萍教授认为改革开放以来，伴随着中国经济的快速发展，我国的民族政策经历了三个不同的发展阶段：第一个阶段是改革开放初到 1992 年中央民族工作会议，这个阶段面临着全国工作重点从意识形态到经济建设的转变，与此前我国社会面临的主要矛盾相适应，中国民族政策的重点也变成加快经济发展、改变落后的社会生产方式以满足人民日益增长的物

① 沈桂萍：《改革开放以来关于中国民族政策价值目标的理论争鸣》，《河北省社会主义学院学报》2019 年第 1 期。

② 陈其泰：《当代中国马克思主义史学家关于民族问题的理论》，《河北学刊》2007 年第 1 期。

质文化需求同落后的社会生产之间的矛盾；第二个阶段是2005年中央民族工作会议召开前后，经济发展也带来了一系列社会矛盾，民族问题和民族工作新情况、新挑战不断出现。所以，我国的民族政策相应地从注重发展转移到调控民族关系，促进民族团结，将“各民族共同繁荣”作为新的民族政策目标并不断落实；第三个阶段是2014年中央民族工作会议召开前后，此时，理论界关注各少数民族与中华民族共同体之间的关系，要求在保护少数民族合法权益的同时，树立中华民族共同体意识，加强国家认同。[①] 自党的十九大提出铸牢中华民族共同体意识之后，强调通过共同体意识的培育，增强中华民族认同及国家认同，这对多民族国家的稳定与发展非常重要。

1978年12月党的十一届三中全会的召开标志着中国社会主义进入一个新的发展阶段，拉开了改革开放的伟大序幕。经过40多年的艰苦奋斗，中华民族和中国人民的面貌焕然一新，赢得了国际和国内社会的普遍认可与赞誉，实践证明，改革开放顺应了历史和时代的发展潮流，符合中国的国情和实际情况，经济社会实现了巨大的发展，取得了举世瞩目的成就。

第三节　国家认同的建构

现代国家除了在历史上延续下来的领土、人口等自然因素外，还是涵括“政治－经济”共同体和“文化－价值”共同体、“国家－民族”共同体的有机整体。作为一种政治共同体，国家首先表现为一整套的制度设计，是一种合法武力的垄断与行政机构的设置；其次国家运用法律来运作政治、规制经济和组织公共生活。作为一种文化共同体，国家具体表现为是拥有共同的语言、文化传承、历史记忆的群体，共同的价值

① 沈桂萍：《改革开放以来关于中国民族政策价值目标的理论争鸣》，《河北省社会主义学院学报》2019年第1期。

观维系着群体内部的和谐。作为一个民族国家，国家的存续有赖于各民族认同国家权威，对国族的认同超越对地方民族的认同。因此，对于当今民族国家而言，政治认同、文化认同和国族认同构成了国家认同建构的三项基本内容。

一　政治认同感的提升

按照美国政治学家威尔特·A. 罗森堡姆在《政治文化》一书中的定义："政治认同是指一个人感觉他属于什么政治单位（国家、民族、城镇、区域）、地理区域和团体，在某些重要的主观意识上，此是他自己的社会认同的一部分，特别地，这些认同包括那些他感觉要强烈效忠、尽义务或责任的单位和团体。"① 对于任何一个国家而言，如果国民对它不能形成强烈的认同感，那么它的政治统治就无法获得合法性的基础，它的统一和稳定就缺乏稳固的心理基础，就会有沦至解体的可能。因此，政治认同在国家认同中有着十分重要的作用，它是维护政治稳定的重要条件，是实现和推动政治发展的重要资源和内容。

1. 政治认同感的提升

在国家认同层面，政治认同表现为人们对国家这个政治实体的认同、对国家基本政治和法律制度的认同、对国家发展道路的认同。所以国家认同研究的是公民与国家之间的关系，关心的是公民对国家的态度，关注的是公民对国家这一政治共同体的依附感、忠诚感和归属感。但这种政治认同感不是凭空产生的，而是基于现代国家本质上是自由平等的公民组成的一种命运共同体。为提升民众对国家的认同感，现代国家必须重视公民权利的保障和实现。

首先，现代民族国家通过保障公民权利来创造国家认同。从历史上看，民族国家的建构过程，也是各种权利在民众中逐步得以落实的过程。自近代文艺复兴、启蒙运动、资产阶级政治革命以来，承认个人的

① 转引自詹小美、王仁民《文化认同视域下的政治认同》，《中国社会科学》2013 年第 9 期。

价值，确认个人在人格和法律上的相互平等，已成为一般的价值理念。基于此，现代国家就要确保在国家这个共同体中，每个个体不会因种族、性别、宗教信仰、财富、社会地位、文化程度等因素而被限制公民权利，并排除在政治生活之外。政治权利在西方政治史上，最初只是一部分人拥有，如古希腊城邦只有成年男性公民才有政治参与权；在 18 世纪，通过一系列改革法案，公民拥有了更广泛的政治权利，生命权、财产权、言论自由和信仰自由权等得到了更好的保护；到 19 世纪，已有的公民权扩展至更为广泛的人群，如妇女和被解放了的奴隶；20 世纪，社会福利权也惠及更多群体。威尔·金里卡指出："把共同的社会权利纳入公民资格是民族建构的手段，部分目的就是为了建构和巩固共同的民族身份和民族文化感。"[①] 使公民获得共同的权利对于强化其民族身份感具有重要意义。所以，现代民族国家要提升公民的国家认同，就要以国家公权力确保该国公民普遍且平等享有政治权利、经济权利和社会文化权利。国家要健全民主制度，使每个公民都能顺利参与国家政治活动，提升政治效能感。

其次，现代国家通过构建公民福利的普惠性实现国家认同。现代国家认同的建构，仅仅承认公民权利平等是不够的，权利平等只是意味着公民拥有平等机会来影响政府决策的可能性，要将这种可能性转变成现实性，还需要其他社会资源的支持。在现代国家，公民不仅应拥有平等的权利、平等的机会去追求自己珍视的生活，而且应拥有过上有尊严生活的最基本条件。无论基于何种原因，只要凭借其公民身份，国家都有责任为公民有尊严的生活创造条件，享有国家提供的基本社会福利。正是在这一意义上，以公民福利普惠为标志的社会公正是国家这一政治共同体团结的真正基石，也是现代国家认同建构的价值支撑。在社会财富分化严重或两极化的社会中，公民之间要维系政治团结是困难的，国家要获得公民普遍认同也是难以实现的。为了提升公民对国家的认

① 〔加〕威尔·金里卡：《当代政治哲学》（下），刘莘译，上海三联书店，2004，第 588 页。

同，现代国家需要运用政府的力量，保障初次分配的公平性，维护市场公平竞争的环境，平衡劳资关系，促进区域经济协调平衡发展，同时发挥政府的再分配职能，为所有公民提供均等化的基本公共服务。

总之，如果国家认同程度高，即意味着国家统治的合法性基础牢靠，或者说国家统治具有正当性。在政治哲学中，“正当性”经常被正面解读为一种由人民授予其管治者、相关机构、职位及行为的规范性地位，其基础是人民同意现政府的组成的合法性以及其运用权力的手法维持恰当。

二 文化认同感的增强

现代民族国家不仅是一个“政治－法律”共同体，还是一个“历史－文化”共同体。因此，生活在某个具体民族国家中的个体，其不仅仅是“政治人”“经济人”，也是一个“文化人”。甫一出生，个体就处于一种复杂而悠久的文化网络之中并成长。在此期间，个体习得并内化其所处文化系统之价值观与世界观，因而认同他所接触的文化，即称为“文化认同”。这种“文化认同”常常由长期性的、抽象性的、不因短期利益而改变的风俗习惯、伦理价值等因素决定。所以，在民族国家的现代化过程中，文化认同是国家认同建构的重点内容。国家认同所需的合法性基础须经文化认同来判别和提供。

因此，对于现代民族国家，首先要引导国民对既有的或曾经有过的自然、历史、道德和文化模式的认同。每个人都成长于某种语言、宗教的群体环境，成长于某种社会习俗中，因此血源、种族、地域、宗教、习俗、语言等都会形成个体共同的文化和认同的基础，其是一种无可言语的力量，能将群体成员聚合在一起，成为群体认同的基础。这是一种“事实性认同”方式。

但是，文化价值虽先于个人而长期存在，既塑造“个人”，又同时被“个人”所继承、所创造。所以，用建构主义的视角来审视“认同”这个概念时，认同又应该被看作一个“过程”，可将文化认同视为个体与其所处情境互动的过程，通过这个过程，个体建构以及重构对自己与其他族群文化要素的认同。因此，在现代国家中，国家成员不应被视为单向被动的情境与文化的接受者。反过来看，个体亦可以是情境和文化的创造者与改造者，同时，不同个体对同一情境与文化的知觉与因应策略也可能有所不同。我国学者许纪霖在《文化认同的困境——90 年代中国知识界的反西化思潮》一文中指出，应将文化认同从初级的“事实性认同”向现代的“建构性认同”的方法论转变，才能更好地服务于国家认同。“现代化是一个社会全方位的变迁过程，我们已经无法通过简单的事实比较和价值选择来解决复杂的认同问题，因为既有的文化事实无论是中国的古老历史还是西方的现实模式，都不可能简单地拿来作为我们文化认同的对象。因此，现代社会的文化认同应该是一种新的‘建构性认同’方式，即不是静态地对历史或现实的文化价值的认定，而是以一种积极的、参与的、建构的方式，通过对什么是‘好的’共同体文化的开放性讨论，比较各种文化价值的意义，在一种动态的过程中逐步构建共同体的文化认同。”①

三　国族认同感的强化

“国族”（nation）、“民族”、“族群”这三个概念有着不同的意涵。英国学者安东尼·史密斯认为：“民族不是族群，尽管两者有某种重合都属于同一现象家族（拥有集体文化认同），但是，族群通常没有政治目标，并且在很多情况下没有公共文化，且由于族群并不一定要有形地拥有其历史疆域，因此它甚至没有疆域空间。而民族则至少要在相当的一个时期，必须通过拥有它自己的故乡来把自己构建成民族，而且为了立志成为民族并被承认为民族，它需要发展某种公共文化以及追求相当程度的自决。另一方面，就如我们所见到的，民族并不一定要拥有一

① 许纪霖：《文化认同的困境——90 年代中国知识界的反西化思潮》，《战略与管理》1996 年第 5 期。

个自己的主权国家，但需要在对自己故乡有形占有的同时，立志争取自治。”[①]

自17世纪“威斯特伐利亚体系”确立了近代主权国家的国际体系以来，“一个民族一个国家”的原则成为民族国家所追求的理想目标。但现实中，大多数民族国家包括多个民族或族群。如果按前述“一个民族一个国家”原则，那么几乎所有民族国家应解体成无数个小民族国家。因此，通过一种人为建构起来的符号系统和解释体系，将众多小的民族认同统合成一个大的整体的民族认同，即把不同的民族融合为统一的“大民族”——国族，是民族国家政治发展的主要任务。至此，国家与民族建立了特定的联系，它不仅是自然的历史文化共同体，而且是一个与人为的政治制度（state）相联系的政治法律共同体。一旦民族与国家结合，原先自然的民族就变成了政治的民族，即国族。正如盖尔纳所说：国族主义原则要求政治单元与民族单元必须重合一致。[②] 换言之，个体的国家公民身份与民族同胞身份是一致的。

这样，在大多数现代民族国家内部，事实上呈现三个层面的共同体：第一个层面是国家层面的国族；第二个层面是国家内部的不同民族；第三个层面是不同民族内部或外部的多个族群。国族内部有民族，民族内部有族群，这构成了大多数民族国家的常态。[③]

相对于民族认同侧重于民族文化身份，国族认同更强调国家的国民身份层面。在现实政治发展过程中，如何“区分民族和国族身份，将民族认同控制在文化身份之内，同时强化国族的政治身份认同”，这是民族国家需要进行的一个宏大的工程。这就需要民族主义与国家认同共同建构。国族的产生一方面要建立各族群共享的历史记忆、语言文

---

① 〔英〕安东尼·史密斯：《民族主义——理论，意识形态，历史》（第二版），叶江译，上海人民出版社，2006，第12页。

② 〔英〕厄内斯特·盖尔纳：《民族与民族主义》，韩红译，中央编译出版社，2002，第1页。

③ 许纪霖：《国族、民族与族群：作为国族的中华民族如何可能》，《西北民族研究》2017年第4期。

字、文化价值体系，另一方面还要创建独立的国家主权、统一的商品市场以及文明的政治法律体系。

第四节　当代中国国家认同建构理论综述

如前所述，日益活跃的民族主义引起了学界的广泛关注。从民族的本质及其起源探讨民族认同与国家认同的关系是当代民族研究的重要方面。关于民族起源有学者提出了“原生主义”和“现代主义”两种理论观点。[①] 原生主义者认为民族是原始存在的一种自然现象，不依附于任何形式的其他现象而存在。每个民族都有自己的血缘、宗教、语言、习俗等，都有不同于其他民族的思考模式且可以稳定地维持自己的自然状态；而现代主义者认为，民族是现代社会发展的一种产物，尤其在面临的全球化不断冲击的危机下，民族是依附于国家这个统一体而存在的，没有国家，民族也将无法独立存在于世界之林。就民族认同而言，陈茂荣认为民族认同是民族与民族之间交往、交流、交融互动的结果。[②] 费孝通先生认为在我国民族首先包括两层含义，第一层是中华民族统一体，第二层是组成中华民族统一体的各个民族。与此相对应，我国人民的民族认同也必然包括对这两种身份，即本民族与中华民族的认同。[③]

一般而言，国家被普遍认为是经济上占统治地位的阶级进行阶级统治的政治权力机构，是由一定范围内的人群所构成的一种共同体形式。国家认同是一个国家的公民对自己归属于哪个国家的认知及对这个国家的构成，如政治、文化、族群等要素的评价与情感，是族群认同

---

① 李宾：《浅论族群认同与国家认同的关系》，《科技风》2014 年第 3 期。

② 陈茂荣：《民族认同与国家认同何以和谐共生——基于民族认同基础理论的分析》，《青海民族研究》2014 年第 2 期。

③ 苏昊：《民族认同和国家认同研究综述》，《民族论坛》2010 年第 8 期。

和文化认同的升华。[①] 有学者认为，民族认同、国家认同本质上都是以民族和民族国家的实体性客观存在为依托，同时也都是保证民族国家发展延续的主观意识和认知纽带。[②] 民族认同与国家认同都始于元意义上的民族概念，二者的同源性决定了相互之间无法隔断的必然联系。而现实中，这种必然联系却往往以民族认同和国家认同关系的二元困境呈现。周平认为这种二元困境“其实就是少数民族的国家认同与民族认同之间的平衡被打破，出现了一方面是民族认同上升，另一方面则是国家认同下降或弱化的反向性变化”[③]。就民族认同的基础而言，陈茂荣认为民族认同的基础由族裔认同、文化认同及政治认同三类组成，而政治认同在一定程度上则是国家认同的反映。

1. 民族认同与国家认同关系的三种观点

就民族认同与国家认同之间的关系而言，国外分别从“多元论”和“同质论”两个角度进行分析。我国学者借鉴国外的研究成果，认为民族认同与国家认同关系存在三种论点，即“冲突论”、“一致论”和“共存论”。

冲突论认为，民族认同和国家认同是相互对立、相互矛盾的，二者不可以处于同一语境下。民族认同强调个体对有着共同民族语言、宗教、习俗，甚至共同种族血统、神话起源的历史记忆和心理上的身份认同，具有族群性特征。而国家认同强调公民对国家的忠诚、臣服，国家保障公民的基本权利，公民履行相应的基本义务，其实质是一种政治认同，具有政治性特征。显然，“民族认同”不等同于“国家认同”。两者的矛盾主要体现为：要么强化“民族认同”而弱化“国家认同”，要

① 杨妍：《地域主义与国家认同——民国初期省籍意识的政治文化分析》，天津人民出版社，2007，第3期。

② 薛一飞、李春成：《民族认同与国家认同之辩——二者关系类型及其困境化解之对策选择》，《广西民族研究》2018年第1期。

③ 周平：《边疆治理视野中的认同问题》，《云南师范大学学报》（哲学社会科学版）2009年第1期。

么弱化“民族认同”而强化“国家认同”①。

与冲突论相对立的观点则是一致论。一致论认为，民族认同与国家认同本身具有同质性和共同点，作为民族认同的基础之一的政治认同，在一定程度上可以说是国家认同的反映，所以二者是一致的。此外，王卓君、何华玲等认为，国家是具有“我群意识”的人们积极行动创造出来的一种共同体②，统治阶级可以通过强化民族认同达到国家认同的目的，当然也可以通过国家认同深化民族认同，尤其对于中国这样一个多民族国家而言，民族认同的最终目的就是强化国家认同。笔者认为这在某种程度上混淆了“民族”与“国家”的概念，是片面的也是不可取的。但是，通过民族认同强化国家认同、民族与国家共同发展的观点在全球化时代的国家发展中仍有一定的借鉴意义。

针对“冲突论”与“一致论”不可避免的片面性认识，理论界提出了关于民族认同与国家认同的第三种观点——共存论。顾名思义，共存论强调民族认同与国家认同的和谐共生，认为二者是相互依存、彼此共生的。与国外的“多元文化主义”相对应，这种共存的基础是承认文化多样性、尊重各民族文化、习俗的独特性，要求以“开放包容”的态度对待民族文化，尊重差异，求同存异。在世界民族文化之林中，要寻求一种“百花齐放”的状态，民族的疆域范围有大小之别，但身份地位却是平等的，民族认同和国家认同二者可以同时存在，相互促进，不能为了国家认同而无视民族认同，也不能过于强化民族认同而忽视国家认同。对于处于全球化时代的民族国家而言，要想使各民族和谐相处，世界安定和平，利用共存论进行民族认同与国家认同的建构至关重要。促进民族认同与国家认同协调的价值共识的达成，既要重视民族认同形成的族群性和文化性，又要重视国家认同建构的政治性与制度

① 陈茂荣：《论“民族认同”与“国家认同”》，《学术界》2011 年第 4 期。

② 王卓君、何华玲、Wang Wen'e：《全球化时代的国家认同：危机与重构》（英文），*Social Sciences in China*，2014，35（2）。

性，并以民族平等为基础，以民族间的深度层递交往为手段，促进不同民族共同精神家园的建设，倡导具有“我们感”“同一性”的生命共同体意识，促进不同民族共同精神家园的建设。[①]

2. 协调民族认同与国家认同二者关系

当前，需要构建民族认同与国家认同的协调关系。首先，应铸牢中华民族共同体意识。近代以来，面对列强侵略，捍卫国家统一、保持民族独立的思想便深深扎根于每一个人的心中。以救亡图存为历史使命，以包容互鉴的多元文化为基础，全国各族人民休戚与共，为中华民族的繁荣兴盛而奋斗。中华民族是有深远的历史根基、客观实在的全体中国人休戚与共的命运共同体，她是由我国各族人民共同组成的、历史的、文化的共同体，也是由一个个中国人组成的国民集合体，有着共同的身份与信念，坚守着共同的荣辱，肩负着共同的使命。[②] 所以，必须以中华民族的共同体意识来协调民族认同与国家认同的关系，强化民族认同的最终目的是促进国家认同，从而使各族人民共存于中华民族这个伟大的大家庭之中。

其次，尊重文化多样性，维护各民族的独立平等。每个民族都有自己的文化传统、语言习俗，各民族在宗教、心理、价值观等方面有显著的差异，博大精深、历史悠久的中华文化是由各民族文化共同组成的。中华文化历来以强大的包容性对待各民族文化，维护各民族的独立平等，各民族文化没有优劣之分。只有维护民族平等、尊重各民族文化差异、推进民族之间的交流，才能不断促进民族团结，进而强化各族人民对于中华民族这一共同体的认同。需要明确的是，民族之间的发展差距与历史、地理、受教育程度等具有直接的关系，从信息化、市场化、民主化、世俗化不断发展的横断面来看，将区域发展差距归因于民族政策

---

① 李永娜、左鹏：《新时代边疆治理现代化视域下国家认同与民族认同的融合》，《云南社会科学》2018 年第 3 期。

② 《总体国家安全观干部读本》编委会编著《总体国家安全观干部读本》，人民出版社，2016，第 247 页。

是错误的认识。但是政府作为超越各方利益的协调者具有维护相对平衡的义务。在当前的国家认同建构中，要适应时代要求突出强调和调动各民族全体成员的积极性，实现社会有效治理。这就需要不断创新少数民族有序政治参与方式，从制度安排和治理思维两方面促进基层治理的现代化，从而在维护各方权益的过程中促进国家认同。

最后，以文化认同引领国家认同。文化作为一个民族的血脉，是一个国家的精神力量。各民族都有自己独特的民族文化，而中华文化则是由各民族文化共同组成的文化统一体。文化认同作为民族认同的基础之一，对民族的认同必然包含对本民族文化的认同。而五十六个民族共有的文化组成了中华民族文化，每个民族也从中华民族文化中汲取营养，不断促进民族文化的发展和完善。所以，应以民族文化为基础不断推动中华文化的发展进步，同时用中华文化引领和重塑民族文化。

第四章　计划与市场：西北边疆地区少数民族国家认同变迁

现代欧洲“国家”的诞生，始于拥有土地的贵族权贵取代了教会的神授贵族，再由中产阶级的财富权贵取代贵族权贵，并由新兴的中产阶级以人民的主权为基础——至少理论上如此——建立政府。权力与荣耀，就是这样从上帝拣选的教会到上帝拣选的国王，再到上帝拣选的人民，一路走了过来。

——〔美〕哈罗德·伊罗生（Harold Risaacs）

第一节　国家与社会关系视阈的国家认同

在理论与实践二者辩证关系上，实践往往走在前面，对理论发展提出了客观要求，而不是相反。理论来源于实践，生动鲜活的社会实践为理论发展开辟了道路。这种马克思主义唯物史观在理解当下民族理论、国家建构思想等方面具有很强的适用性和解释力。理论必须为实践的发展做出科学合理的解释，从而使人们从思想认识上确认现存的秩序具有确定的合法性，从而使社会保持在一定的秩序之中，对于民族事务治理而言，科学的民族理论为实现多民族国家政治稳定、民族关系和谐发展奠定了思想基础。

然而，不同国度、不同民族、不同时代，这种“科学合理”的国家建构思想基础千差万别，能否创建适应时代发展要求，适合本民族的国家建构思想理论是一个国家能否长治久安的根本之道。对于从1840年以来，遭遇“数百年未有之大变局”的传统中国而言，在应对西方民族国家全球殖民扩张过程中，重建中国国家建构理论显得十分迫切。然而中国作为古老文明的东方大国，具有悠久的国家建构历史、“先进的”国家建构理论和经验，这种明显有别于西方“民族－国家”的历史文化传统是今天我国国家建构所要考虑的重要因素。毋庸置疑，如果不能适应时代发展进行国家建构理论创新，或者一味模仿基于西方传统的“民族－国家”理论，甚至用其裁剪中国的国家建构实践，必将出现国家建构理论悖论，导致国家建构失败。

强调国家建构的中国特色并不是要否定西方“民族－国家”理论的科学性、正当性。我们要适应时代发展要求，吸收世界先进的国家建构思想理论成果，但必须立足中国国情，正确对待中国传统国家建构智慧和经验，开创新时代中国的国家建构理论。

一　国家建构的中国传统

由于历史发展的连续性和继承性，传统中国国家建构思想是今天国家建构理论创新的历史起点。从公元前221年秦始皇统一六国，到1912年清帝退位的2100余年间，“君主血统继承”是政治合法性的根基。辛亥革命之后，中国开始了探索不同于这种“君主血统继承”保证政治合法性的实验。在总结历史经验教训的基础上，我们总体以民主共和作为政治合法性建构的核心要件。随着中国民主革命的胜利和社会主义制度的建立，民主共和观念逐步深入人心，成为今天制度建构的基本价值取向。由辛亥革命到1949年中华人民共和国成立的38年间，国家的主要目标是民族解放、国家独立，国家建构“实验”体现为专制与民主的斗争。1949年之后，建设社会主义现代化强国成为国家发展的主要战略目标，然而由于受“苏联模式”影响，国家建构“实验”

虽然依然秉持社会主义民主的基本价值取向，但国家建构首要面对的问题是如何正确对待计划与市场的关系，从而使国家建构具有不同的路线。因此，总体而言，经过辛亥革命以来100余年的艰难探索，只有在进入21世纪的今天，随着中国综合国力的不断增长及中国国际地位的不断提升，在全球两种代表性发展模式的博弈中，中国才真正具备理论自信的条件和底气，因而才对国家建构理论进行全面反思，真正进入了开创基于中国国情的中国特色民族理论时代。但无论以往政治体制以及国家结构形式如何变幻，中国传统的社会结构和社会意识作为客观常量仍是今天国家建构必须考量的重要因素，这些要素主要有以下几个方面。

（一）在国家与社会的关系上，强调政府主导

中国数千年的传统社会无论是“以吏为师”或“以师为吏”的精英统治，还是乡村拥有权力和财富，植根于土地的乡绅阶层治理结构，都强调掌握公共权力的精英对社会的引领作用。当代，在全球国土面积最大的国家中，只有中国实行单一制，在国家与社会的关系中，体现出明显的“大政府”“强政府”的特点。改革开放以来的市场化价值取向，以及经济快速发展的“中国模式”，都以强大的政府主导为背景。这突出体现在产业政策以及“项目带动”发展模式中的国家主导作用。因此，当代国家建构既不能无视数千年的精英引领型国家主导的传统，也不能忽视计划经济时代社会主义强政府的治理惯性。这种政府主导，特别是中央政府集中统一领导的国家治理传统与西方自古希腊时代的城邦国家、中世纪宗教神学封建制度以及当代社会与国家明显区隔的西方国家差异巨大。

在整体性思维模式主导下，强调集体和国家利益至上，整体性思维在认识论上体现为以综合性为主导，强调思维的全面性、整体性。这种传统的整体性思维方式渗透于中国人的自然观、社会观、人生观的方方面面，形塑了中国的历史、文化和社会的基本面貌。《周易》以代表天地的乾、坤二卦为开端，将象征万事万物的其他卦置于其后，表达了对

宇宙统一性的理解。在社会观方面，中华民族将社会视为由不同个体组成的整体，持整体主义的价值导向，主张同舟共济、天地人和，谋求社会的整体利益和整体发展。在人生观方面，中华民族具有为国家、为人民谋公利的整体主义思想，强调个体对社会整体的责任，主张个体利益服从于整体利益。[①] 这种整体性思维模式体现在国家结构形式上，则突出强调国家整体利益和中央政府全局性的统一协调作用。“事在四方，要在中央”[②]，这也是今天在国家根本政治制度上，我国实行人民代表大会制度而不采用“三权分立”和“两院制”模式的依据；在民族关系上，长期以来具有突出强调国家统一和领土完整的传统，实行“政治一体、文化多元”的民族整合政策，维护国家和集体利益。这种整体性思维基于宏观利益考量，采取更加包容与超脱的态度和立场对待国内不同地方和民族，这是历代边疆地区传统多元的政治体制得以兼容并存的原因，也是新中国成立后民族区域自治制度建立的心理基础。

（二）伦理秩序或宗教纽带推及国家边疆治理

中国传统国家秩序是以宗法血缘为纽带的家族伦理关系为基础。家庭伦理推及国家治理，形成政治伦理化和伦理政治化的政治文化。国家关系、君臣关系（民）只是家庭关系和父子关系的延伸。[③] 这种家庭伦理在边疆治理中体现为，即期望通过“和亲”等方式建立和延伸“甥舅关系”或宗藩等级关系，构建中央与边疆的身份等级秩序，从而维护中央的正统性和有序的民族关系。同时，国家重视和充分发挥宗教纽带在中央与边疆关系中的作用。如元代以来，西藏与中央政府的关系是以宗教为纽带的“施主—上师”关系。清朝皇帝被视为文殊菩萨的化身，清廷则扮演藏传佛教的施主和保护者的角色。[④] 伦理观念或宗教

① 孙文营：《中华民族精神的内在层次及其逻辑关系》，《岭南学刊》2009 年第 6 期。

② 《韩非子·物权》。

③ 胡献忠：《当代中国政治文化与执政党政策选择》，黑龙江人民出版社，2009，第 5 页。

④ 王娟、旦正才旦：《历史书写中的“文成公主”——兼论“多民族中国”的民族史叙事困境》，《社会》2019 年第 2 期。

纽带在伦理政治或神权政治时代为政治合法性提供了重要依据。虽然这种旧有的“中心－边缘”和“夷夏”等级秩序在当今“民族－国家”时代丧失了合法性，但它们所要解决的问题，即中国历来调和“多元”与“一体”的历史任务至今依然存在。只不过是在民族国家时代这一关系体现为重建“多民族中国”而已。

总之，上述思想传统和基本社会意识是中国历史发展的理论总结，包含古代中国人对国家与社会关系的基本认识，为国家建构理论的形成奠定了基础。除上述观念之外，“大一统”“天下观”等思想也对古代中国“王畿—基层”模式的政治整合发挥了重要作用，形成中央与地方、中心与边缘各安其位、各守其序的政治秩序。当然，在今天看来，上述思想也有很大的历史局限性，诸如思想文化上的“大一统”限制了人们的思想自由，抑制了人们的创新精神。同时，整体划一的治理模式也不利于调动和发挥地方的积极性、主动性，这都是今天国家建构应予以避免的。

二　对国家与社会关系的基本认识是国家认同建构理论展开的基本前提

国家认同为人们所生活于其中的社会秩序提供了正当性。国家认同不是与生俱来的，它是社会建构的结果。这一建构过程体现在人们日常生活的方方面面，个人的社会、经济、文化和政治生活状况影响了国家认同的形成。[①] 由于时代不同、地理环境差异，在国家与社会关系认识上的分野决定了国家认同建构理念的差异。

（一）国家建构思想与国家政治结构相适应

如前所述，不同的政治结构有与其相适应的国家建构理论，为这种政治结构提供合法性依据。例如，我国周朝的分封制就是一种以血缘纽

① 李春玲、刘森林：《国家认同的影响因素及其代际特征差异——基于2013年中国社会状况调查数据》，《中国社会科学》2018年第4期。

带对国家整体与部分关系的制度化安排。分封的对象为亲属、功臣、先代贵族、部落首领，授民授疆土，职位世袭，但地方必须服从周天子的命令，镇守边疆、随从作战、缴纳贡赋、朝觐述职等，从而确立天下一统的政治格局。社会结构的血缘宗法型特征导致国家建构的伦理型范式，增强了民族凝聚力。及秦的大一统、郡县制的推行，中国社会结构的专制型特征日益凸显，形成权力本位的中国文化政治型范式。其在构造全国一致性、增进中华民族的整体意识、促进民族共同心理形成等方面发挥了重要作用。

同时，在国家与社会关系方面，强调国家的主导作用。长期的封建社会，国家与社会边界不清，社会的自主性不足，国家至上，社会权利意识不强，国家干预观念成为传统政治文化的重要内容。因此，形成了延续数千年高度发达的传统官僚政治体制。与这种政治结构相适应，中国人的思想活动乃至他们的人生观，都拘囚锢蔽在官僚政治所设定的樊笼中。因此，与西方国家建构形成鲜明对比，既缺少民主和公民意识，也缺少权利保障和平衡机制。

（二）生计方式及地理环境对国家认同产生重要影响

古语云“一方水土养一方人”，这说明地域特点与民族特色之间存在一定因果关系，不同的地理环境必然对民族性的形成和发展产生重要影响。而地理环境的决定作用首先体现在其决定了特定区域的生计方式。

生计是指食物及其他维生手段（衣、行、住、用等）的生产和消费的技术过程与社会关系。当这些技术过程和社会关系具有相对稳定性，并形成相对确定的内在结构时，就产生“生计模式”，其伴随着生产力发展而不断进步。根据人类学家孔恩（Y. Cohen）的归纳，人类对食物的获取方式有搜食（狩猎与采集）、粗耕、农耕、畜牧、工业化五种形态。我国台湾人类学家李亦园将人类生计方式分为三类，即采集狩猎、食物生产（产食革命）、工业革命。中华民族生生不息的自然地理环境是其独特而多样的生计方式产生的前提条件。“一个民族的生产方式，大体不能不凭借藉他们生存的地理和气候条件。”[①]“地理环境的差别是生存于不同地域内人们所从事的生产类型差别的基础，它使得人们在同自然界的斗争中，采取了不同的方式。”[②] 这说明地理环境对于人类生活有极大的限制，任何一种环境在一定程度上，总要迫使生活于其中的人们接受一种物质生活方式［英国人类学家 R. 弗斯（R. Firth）］。与西方海洋或岛国文明不同，长期以来中华民族之所以选择内向发展，与这种相对封闭但又十分辽阔的地理单元密不可分。正是这种自然地理环境孕育了中华民族的宇宙观以及相应的民族性。这一拥有广大的地理疆域，西倚人类几乎无法逾越的高山，北有广漠，而东南则面朝大海，四周实际存在天然屏障，辖制了人们对世界的认识和观念。而内部山河纵横，地理地貌丰富多样，具备相对独立发展的地理空间。在这一区域内，地理条件相对较好的黄河流域形成了适合农业生产的农耕生计方式，成为华夏文明的摇篮，周边则形成以游牧和渔猎为主的文明形态。这种依据地理环境而形成的生计方式差异和经济形态的互补性决定了国内各民族之间交流交往和内向型发展具有一定的必然性。因为各个民族产业结构的相对单一性使得不同生计方式的民族之间的交往需求变得难以阻挡。这种由生计方式决定的相对独立的地理区域内部各民族密切交往成为现代所谓的“国族成长理论”的首要条件。[③] 因而，各民族对中华民族共同体认同有其自然地理和生计方式的合理性。这种“共同地域”是历史上各民族“大杂居、小聚居”分布格局形成的基本条件。因此，长期以来，由这种相对封闭而又独立的地理环境决定的区域内不同地理单元生计方式的互补性，使人们普遍视国家的统一和民族的团结为中华民族共同体至高无上的原则，爱国主义和维护国家统一成为各民族的基本价值追求。

---

① 〔德〕格罗塞：《艺术的起源》，蔡慕晖译，商务印书馆，1984，第 238 页。

② 〔德〕黑格尔：《历史哲学》，王造时译，上海书店出版社，2006，第 152 ~ 155 页。

③ 参见王恩涌等编著《政治地理学：时空中的政治格局》，高等教育出版社，1998，第 216 ~ 224 页。

上述中国传统视野的国家与社会观以及独特的地理环境和生计方式作为客观因素是今天认识和构建中国国家认同的基本前提。这种传统源于人们对自然环境适应做出的反应，有其历史必然性和合理性，已经成为当代政治文化的重要组成部分，从而为国家认同及其建构提供基本的历史图式。是否适应这种政治文化，或能否基于这种传统政治文化探寻到国家认同与建构理论正是经验性政治合法性的体现。

第二节　计划经济时代的国家认同建构

考察新中国成立以来国家认同的发展脉络以及国家建构基本理念变迁，对于认识中国国家建构与认同的一般规律具有重要意义。以资源配置方式主要侧重于政府（计划）还是侧重于市场作为标准，可以简单将新中国成立以来70年的历史分为两段。1949年新中国的成立，秉持一种全新的制度理念，一系列新的制度在中国得以建立。包括经济体制（生产资料所有制）、政体形式（根本政治制度）以及边疆治理体系（民族区域自治制度）等社会主义基本制度都依据马克思主义基本原理、基本理念、基本价值诉求而建立。这一时期国家认同建构的基础主要通过阶级意识形态进行整合。各民族不分大小一律平等作为社会主义追求公平、平等、正义价值理念的一分子而充分彰显。在两极格局下，国内外的民族差异或民族意识相对于社会主义与资本主义这种阶级意识“不足为道”。因而在国家主导的经济发展模式中，民族关系往往被阶级关系所掩盖。而1978年改革开放以后，市场逐渐在资源配置中发挥决定性作用，在于通过开放市场，下放权力，激发活力，加快经济发展，不断缩小民族间的发展差距，以治理绩效增进各族人民的国家认同。

一　经济体制对国家认同的塑造

很难笼统评析或一概而论“计划”或“市场”对国家认同的作用，

国家认同意识的成长是多种因素综合作用的结果。改革开放以来，各族群众生活水平与我国的综合国力都获得大大提升，由此，各族人民的国家认同意识明显增强，人们对于社会主义的制度自信也更加坚定。而计划体制时代由于物资极度匮乏，人民生活水平长期得不到有效改善，造成了国家认同一定程度的流失。但单从民族关系发展状况分析，计划体制时代民族互嵌的社会结构和社区环境显然比市场化时代要好得多，特别是在住房、就业、教育、医疗、生产劳动等方面民族互嵌的局面已初步形成。虽然民族之间的差异依然存在，但全方位、持续性的民族交往增进了民族之间的相互理解与相互认同。总而言之，从计划体制还是市场体制视角分析国家认同建构的目的，主要在于考察何种体制更能有效地提供民族交往交流交融的平台和机制，增进民族之间的了解与认同。

在关于社会发展的根本动力问题上，不同时代的思想家有不同的认识。历史唯物主义是以生产力和生产关系、经济基础和上层建筑之间的辩证关系为主线，揭示社会形态及其发展演变规律的，认为经济必然性贯穿于人类社会的始终，决定着社会历史的发展方向和趋势，它也是社会生活的本质和历史变迁的根本动力。而恩格斯的历史合力论既肯定了经济因素在社会历史发展中所谓的“归根结底”的地位，又承认了社会发展是多种因素交互作用的结果。但在诸多因素中“归根结底”的原因只能是经济因素。因此，秉持社会主义理想信念的老一辈无产阶级革命家，理所当然地将解放和发展生产力看作国家的首要任务。但在如何发展生产力这一问题认识上的差别，出现政府与市场两种资源配置手段的对立与分野。显然，计划经济时代强调政府或国家在经济发展中的主导作用，强调集中统一领导、以行政命令方式管理经济，而且主要着眼点在于通过生产关系方面的调整解放和发展生产力。因此，阶级斗争成为政治、经济、文化乃至社会各方面的主基调。体现在国家建构理念上，阶级作为重要的意识形态成为国家建构与政治整合的核心理念，实行国内各民族一律平等的基本民族政策具有一定的必然性。因而，计划经济时代民族身份或民族问题并不是重要问题，而阶级作为身份标签和人群分类标准的重要性远远超越民族身份，民族主义被阶级意识形态所覆盖。

改革开放以来，科学技术是第一生产力的观念逐步深入人心，果断停止以阶级斗争为纲，通过发展经济改善人民的生活水平，大大增进了人们的国家认同意识。政治合法性立足于经济发展绩效而不是纯粹的意识形态。计划经济向市场经济的转变，在社会意识上体现为从强调集体主义到个人权利主张的变迁。在这种深刻的转型过程中，国家认同建构的思想基础发生了变化。概言之，国家主义时代国家认同建构的基础是意识形态和共同的政治理想，而在市场条件下，国家认同是基于法治精神的公民权利义务关系。

二　计划经济与国家认同

计划经济又称指令性经济，相对于市场经济而言，它是指对经济运行过程进行自觉管理的组织系统和管理制度的综合体系，是对生产、分配、消费事先进行计划的经济体制。这种经济体制意在避免市场经济的盲目性、不确定性等缺陷给社会经济发展造成的危害。如，工人失业、地域经济发展不平衡、周期性经济危机等，是对公平、平等、正义的社会价值追求在经济领域的体现。计划体制包括决策结构、调节结构和组织结构三部分，主要处理和调整国家与企业的关系、计划与市场的关系以及“条条”与“块块”之间的关系。实行大集中、小分散；大统一、小自由。在决策体制上，实行“统一计划，分级管理”；在组织体制上，实行条块分头管理，部门为主。[①] 这种体制的突出特点是政府主导或国家渗透于社会、经济、政治、文化各个方面。

计划经济不仅是一种经济发展方式，更是一种社会治理模式。这种体制下社会生产的大部分资源由政府所拥有，并且由政府指令进行分

① 谷书堂主编《中国计划体制改革探讨》，中国社会科学出版社，1987，第1页。

配，排除市场对资源配置的决定性作用。之所以采取这种经济体制是基于我们对社会主义本质的认识。新中国成立以来很长时间，我们认为计划经济是社会主义的本质特征，按照这种逻辑：社会化大生产将把国民经济各部门联结成为一个有机的整体，可以保持全域资源配置的适当比例关系，从而按部就班理想化地实现国家的战略目标。

计划经济时代的突出特征是“国家在场”，克服了旧中国“一盘散沙”的总体性危机。[①] 人们时刻感受到国家的力量以及国家的权力，从而将个人与国家紧密联系在一起。在这种体制下，国家认同是从国家至上的生产生活全方位进行构建的，而“国家在场”的方式是一种叫作“单位”的组织的存在。这种单位的具体形式就是企业单位、事业单位、军队、政府机关或农村的生产队等。这些单位的共同特征是都受上级单位的集中统一领导，形成一种从上到下垂直领导的治理秩序，各种单位在不同层面上都代表国家。这种单位体制使得中华民族共同体发展有了基本的制度平台和实现手段。单位体制所形成的强有力的中央政府使民族平等、民族团结的理想目标得以彻底贯彻，民族区域自治制度和区域协调发展的政策，推动了少数民族全面参与国家建设进程，民族平等的主体间性大大增强了少数民族作为国家一分子的主人翁意识。单位作为一种制度、统治和社会结构在少数民族地区国家认同建构中发挥了重要作用。[②] 这种单位组织有效实现了其在政治、经济与文化等诸多领域的多元功能。因此，“单位”是一种融生产活动、政治行为、意识形态教育为一体的多重角色的组织。它将社会生活与政治生活紧密相连，每个人身后的单位成为重要的身份标志。由于单位组织的严密性及其对经济、政治等资源的垄断，个人对单位组织形成了所谓的“完全依赖性结构”，人们的经济、政治资源都来自单位，因而单位成

① 中国战略与管理研究会社会转变课题组：《中国社会结构转型的中近期趋势与隐患》，《战略与管理》1998 年第 5 期。

② 李强：《中国社会变迁 30 年（1978－2008）》，社会科学文献出版社，2008，第 179 页。

为人们心灵深处神圣的重要归属对象。因为在任何依赖的社会情境中，人们只有以服从为代价才能换取资源，进而获得社会身份、自由和权力。[①] 与市场经济相比，计划经济时代这种单位组织的社会意义远远超越了民族、地域，甚至宗教组织，成为人们认同的重要对象，也成为人们之间相互联系的重要纽带。全国高度一致的管理体制、生产方式、收入水准以及思想意识，使得人们不会将民族身份与区域发展差距联系起来，民族身份或特殊优惠政策都不是民族发展差距的直接原因。

不仅如此，计划经济时代的“单位”在促进群际接触、交流以及民族互嵌型社会结构整合中发挥了重要作用。与今天市场经济条件下探讨如何建设“民族互嵌型”社会结构和社区环境不同，计划经济在工业生产领域和城市社区较好地实现了这种民族互嵌。由于计划经济时代，没有人游离于单位之外，因而，单位内部人们朝夕相处，集体劳动，相互依赖，密切交往，单位成为实际上的利益共同体以及全天候族际交往平台。在这种单位体制下，单位成为国家意志的主要承担者，因此，单位（企业或学校、政府部门、军队）办社会成为普遍现象，即各单位扮演着公共产品提供者的角色。各单位根据自己的属性和能力为社会提供了基本的住房、教育、医疗、娱乐、社会保障，甚至修路、架桥、建电影院、建公园等公共服务。为单位甚至所在地区各民族群众在居住生活、工作学习、文化娱乐等日常生产生活环节实现共居、共学、共事、共乐提供了社会条件。各民族在“单位”这个共有的平台上密切地交往、自然而然地交流交融。民族间的相互了解、相互包容、相互学习和相互帮助成为生活的必然。因此，单位组织提供和掌控的民族交往平台，有效地促进了友好和谐民族关系的发展，呈现出交得了知心朋友、做得了和睦邻居、结得成美满姻缘的民族大团结局面。其结果是中华民族共同体的凝聚力、向心力指向明确，各民族共同团结奋斗，

---

① Simmel, G., “Soziologie: Untersuchungen ueber die Formen der Vergesellschaftung”, Benlin, 1968, pp. 101 - 185.

共同繁荣发展成为必然。

同时，计划体制时代各项具体政策使民族共同体发展有了依赖手段。国家实行各民族一律平等的民族政策，包括人、财、物在内的所有资源由国家在全国范围内通过行政命令的手段统一调配，消除了民族之间的就业排斥（职业分割、报酬歧视）、生活排斥（居住格局、子女教育）和交往排斥（社会认同、社区排斥、个人交往网络）。因此，人们的收入水平、社会地位、工作单位往往与民族身份无关，民族主义没有生长和发展的空间。因而也就无法形成与国家主流意识形态相抗衡的意识形态，国家认同级序远远高于民族认同或地域认同。同时，各民族人民群众的利益与单位利益息息相关，国家具有强大的动员能力，个人与国家的发展目标高度一致。社会生活政治化、经济活动行政化，包括民族在内的社会子系统缺少独立运作的环境和空间。因此，民族问题也没有成为一个突出问题进入人们的视野。经由这种单位组织，国家将民族与其他社会群体一样促成了“总体性社会”，实现了国家的高度统一。当然，这种单位组织的弊端也是显而易见的，生产的低效率以及各族群众生活水平长期得不到改善，对人们的国家认同产生严重消极影响。但从民族交往视角分析，计划经济为各族群众广泛交流交往交融提供了平台和媒介，扩大了民族之间交往的范围和深度，增进了民族之间的了解，有力地促进了国家认同建构。

三　阶级意识与民族意识对国家认同的塑造

民族意识和阶级意识作为两种重要的社会意识，因其强大的政治号召力、社会动员能力而成为“国家再造”的核心力量。自近代西方民族国家兴起以来，波澜壮阔的国家发展史、国际关系史无不以民族主义为核心价值理念而展开，正是民族抑或阶级将人们聚合为一个集团或分裂为对垒的阵营，以致从 20 世纪两次世界大战以及长达近半个世纪的冷战中都可觅民族意识和阶级意识的踪迹。

以民族为内核的国家构建，实现了民族利益与国家利益的同构，民族采取了国家的形式维持和发展其利益。后冷战时代，大国博弈中突出的阶级意识形态一定范围的退场给新一轮民族主义浪潮发展提供了更大的空间，以致今天的民族主义越来越成为重要的支配力量活跃于国际政治舞台。

从中国近代史纵向考察，可以明显发现意识形态在国家建构中具有举足轻重的作用，其对于国内的民族整合、社会结构重塑、社会制度更新都发挥了重要作用。1840 年以来，古老中国遭遇“数百年未有之大变局”，大清帝国在应对西方殖民侵略过程中，其所秉持的“奉天承运”“血统继承”的道统不再具有合法性，国家新的合法性基础重建不可能一蹴而就。因而，在各种思想意识混乱博弈中，国家呈现一盘散沙的局面。人们探寻中国落后的原因从“器”开始，最后追寻到“道统”这个根源。1917 年十月革命一声炮响给中国送来了马克思主义，最终在多种思想文化激荡博弈中成为国家统合的新的意识形态。以此为指导思想的中国共产党领导各族人民终于在 1949 年建立了新中国，解决了旧中国低组织化状态的超大国家的秩序重建问题，从而从根本上结束了晚清以来国家一盘散沙的局面。而结束这种局面，形成新的团结统一的实质力量是中国共产党的组织力量。共产党员不仅有先锋队意识，还要保持和群众的联系，从群众中来到群众中去，党员成为另一种形式的代表，代表了社会各行各业的精英，一方面作为意识形态的表达机制，另一方面作为组织群众、动员群众的骨干力量而存在。[①] “领导我们事业的核心力量是中国共产党，指导我们思想的理论基础是马列主义。”通过党的组织，用阶级概念打破了传统的以地域、民族甚至宗教为身份标志的人群区分，“阶级的概念取代了各地人的概念”[②]。因为中国共产党是中国工人阶级的先锋队，同时也是中国人民和中华民族的

① 王绍光主编《理想政治秩序：中西古今的探求》，生活·读书·新知三联书店，2012，第 311 页。

② 王绍光主编《理想政治秩序：中西古今的探求》，生活·读书·新知三联书店，2012，第 311 页。

先锋队。可见，无论在社会结构变迁、社会秩序重建还是人们的思想统一过程中，以阶级为核心的意识形态成为社会整合的一个全新的理念和标准，从而实现了对农民意识、民族意识、小资产阶级意识的改造。特别在民族领域甚至认为“民族问题的实质是阶级问题”，这一命题曾长期成为我们观察和处理民族问题的不可动摇的指导思想。[①] 国家主导的意识形态有效整合了次级社会意识，国家达到了空前的团结统一。

由此可见，意识形态在国家认同建构中曾经发挥了巨大作用，社会主义所秉持和倡导的理念正是人们所追求的理想社会的基本特征。同时，人作为精神性的存在总是有信仰的需求，当意识形态能够提供制度的合法性，使人们确信这种制度结构可以给自己带来更多利益时，人们便会不遗余力地为之奋斗，从而在全民族形成强大的国家认同意识。

第三节　改革开放以来的国家认同的发展

改革开放是当代中国命运的关键抉择。国家的工作重心从“以阶级斗争为纲”向“以经济建设为中心”的转移使得国家治理方式从高度集中的计划经济体制向充满生机和活力的社会主义市场经济体制转变；从封闭的社会向全面开放的社会转变。经济社会活力的最根本源泉来自被承认并被唤醒了的人的能动性和创造力，而不是长期的意识形态教育。由此，利益格局的重大调整，使意识形态在国家建构中的意义及其作用方式发生了重大改变。这不仅要求整体性、全局性的国家建构理论应适时做出新的回应，同时对国家认同建构基础的更新提出了新的要求。

一　市场经济发展过程中的国家认同建构

社会主义市场经济就是使市场在社会主义国家宏观调控下对资源

---

① 丁汉儒：《论“民族问题的实质是阶级问题”》，《西北民族大学学报》（哲学社会科学版）1979 年第 1 期，第 3 ~ 9 页。

配置起决定性作用的经济体制。具体而言，即指通过市场的供求、价格、竞争等机制对社会资源配置起决定作用的体制。市场经济是经济分工与协作的产物，作为一种经济活动，是生产社会化与现代化不可逾越的阶段。市场经济条件下经济活动遵循价值规律的要求，适应供求关系的变化；通过价格杠杆和竞争机制，把资源配置到效益最好的环节中去，并使企业实行优胜劣汰制度；运用市场对各种经济信号反应灵敏的特点，促进生产和需求的及时协调。市场条件下“单位对国家”以及“个人对单位”依赖关系逐步弱化，个人自由和地方权力有了一定的发展空间，这对整个社会结构变迁产生了根本性影响，特别是对边疆地区的民族政治整合产生极为深刻的影响。

政企分开、政府与社会关系的重新定位，特别是生产领域的政府不在场，“单位”失去了原有的社会整合功能，从而大大限制了国家在生产、分配、消费等领域的主导作用，代替“单位”的新的相对独立的利益主体，如地方政府、个体企业、三资企业等形成了新的利益多元格局。阶级地位以及阶级身份在分配中的意义大大降低，而资本、技术、管理等要素参与分配使整个分配格局产生了深刻变化。显然这种分配格局大大提高了人们的劳动积极性。但其消极影响也是较为明显的，民族认同与国家认同之间的张力不断加剧。

改革开放以来，随着市场经济的发展，人们的思想意识发生了很大变化，利益更加多元化。对于边疆地区少数民族而言，社会主义思想文化和无产阶级意识形态的淡化和蜕变，其在思想文化领域留出的真空很容易被极端宗教思想所填补。市场化过程中意识形态工作的内容和方式更新较慢，使得思想意识形态工作进展较慢，党的马克思主义中国化的最新理论成果未能用来很好地武装头脑，共同社会理想对各民族的凝聚力大大下降。中国共产党是整个中华民族利益的代表者，是中华民族的先锋队这一基本共识，未能很好地在民族地区现实的政治、社会、文化发展过程中进一步具体化。原来边疆地区少数民族国家认同，具体化为“无产阶级的属别认同”渐趋模糊，阶级斗争被彻底否定。

原本以“为祖国做贡献为荣”，以只“谋求本民族单独利益为耻”的道德观也发生蜕变，这些都对国家认同产生了消极影响。当然，我们必须充分认识到计划经济时代这种高涨的“国家认同”意识也存在一定的“泡沫”，因为再强大的人的主观意志也不能改变社会历史规律本身。曾经的个人利益服从集体利益、局部利益服从全局利益的利益结构及其价值取向，对人们的社会主义国家认同产生了巨大的引领和整合作用。但这种利益调控过分压抑个体的利益追求，随着时间的推移，会引发人们对社会制度认同的“总危机”。因此，如果没有共同的经济利益和国家政治统一体内平等的民族权益保障，国家认同与民族认同之间的内在矛盾便无法协调和消融。因此，党的十八大以后，民族理论在“两个共同”的基础上，强调构建中华民族共同体，铸牢中华民族共同体意识，民族理论与政策的发展有了更加明晰的方向，为各民族的国家认同提供了全新思路。

二　改革开放与国家政治合法性的重构

党的十一届三中全会开启了改革开放的大幕。40 年来显著的经济绩效为国家认同提供了坚实的物质基础，赢得了人民的广泛认同与支持，各族群众的国家认同意识空前高涨。

经历了“文化大革命”的全国各族人民沐浴在改革开放的春风里，人们在改革开放前后的对比中，对党和国家的信任空前提高。例如，在 1984 年国庆典礼的游行活动中，大学生自发打出了“小平您好”的横幅。“小平您好”作为人们的心声，可视为政治认同的标志，有效增进了人们的政治认同和国家认同意识。何博教授在田野调查中发现，“小平您好”甚至在 20 世纪 80 年代中期的西南边陲——瑞丽的许多少数民族村寨中也相当流行。[①] 国家政策与人们的国家认同紧密相连，改革开

① 何博：《我国边疆少数民族的“中国认同”及其影响因素研究》，中国社会科学出版社，2014，第 184 页。

放成为全国各族人民新的最大的共识，体现了党和国家的政策在重塑各族群众国家认同中的重要作用。

随着改革开放的逐步深入，特别是人才的自由流动，由于西北边疆地区受自然环境、经济社会发展水平所限，“孔雀东南飞”伴随着改革开放渐成潮流，时至今日，这种人才单向流动的趋势也没有改变。由于市场竞争的原因，内地对人才的“虹吸效应”逐渐强化，加之，东南沿海经济政策自由，开放程度远高于西北边疆，因此，东南沿海与西北边疆的区域经济社会发展差距日益拉大。“黑河—腾冲线”不再仅仅是一条自然地理分界线，更是民族分布、区域发展水平的分界线。如前所述，计划经济时代的阶级意识褪色，新的国家建构理论基础尚未形成，全国经济社会总体快速发展与区域差距拉大并行不悖，这给民族分裂主义提供了物质与精神两方面的便利条件。由此可见，改革开放一段时期以来我们对于市场经济条件下的中国国家认同建构理论准备不足，未能适应时代发展形成科学合理的中华民族共同体构建平台，导致政治合法性基础单一而脆弱，经济的快速发展逐渐演变成“国家认同”的唯一条件。而伴随着市场化的深入发展，地方竞争日盛，利益主体多样化发展，地区差距和民族发展差距拉大，使得通过经济绩效提升增强国家认同变得越来越难，边疆地区少数民族的“国家认同”在市场经济条件下出现了一些障碍。[①] 当民族作为有别于整体国家的利益单元时，各种对立利益共同体随即生成，特别是当内地与边疆、汉族与少数民族这些概念与先进与落后相对应时，民族之间平等的主体间性难以形成，民族认同则高度膨胀，这将对国家认同产生消极影响。根据建构主义理论，当地区和民族发展差距缺少必要的、合理的学理阐释和充足的理由时，相对落后地区的人们往往会产生“相对被剥夺感”，特别是区域发展差距与民族身份相关联时，容易激发民族认同，民族认同与国

① 何博：《我国边疆少数民族的“中国认同”及其影响因素研究》，中国社会科学出版社，2014，第186页。

家认同在人们心目中有可能级序颠倒，产生严重的后果。

虽然诸多实证研究成果表明，西北边疆地区少数民族国家认同总体保持良好的态势，民族之间的友好交流是主流，但民族之间的疏离和排斥情绪有所增强，民族偏见与隔阂加深，公民的相似性难以实现。而这种民族间的疏离在一定程度上抑制了内地，特别是东南沿海先进生产要素向西北边疆地区的流动，进一步加剧了区域发展差距。计划经济时代初步形成的民族互嵌型社会结构和社区环境甚至逆向发展。

第四节　社会主义新时代少数民族国家认同建构对策

社会主义新时代，铸牢中华民族共同体意识成为民族工作的总方针。然而，中华民族共同体的发展必须以各民族牢固的经济利益共同体为基础。“生产交往”作为群际接触最原始的方式，在民族互动交流中具有决定性的意义。基于生产交往的族际接触将为中华民族共同体发展奠定坚实的经济基础。扩大和加强各民族的“生产交往”是中华民族共同体发展的首要任务。当前民族地区应借助“一带一路”、西部大开发以及精准扶贫等重大发展战略中“项目带动”的优势，创新民族地区劳动用工机制，打破就业结构固化所形成的族群边界，实现生产劳动过程中的民族互嵌，从而在各民族共同利益不断增长中促进中华民族共同体发展。

一　生产领域的“民族互嵌”是中华民族共同体发展的基础

习近平总书记在2014年的中央民族工作会议上指出，要“积极培养中华民族共同体意识”[①]。党的十九大进一步强调要“铸牢中华民族共同体意识，加强各民族交往交流交融，促进各民族像石榴籽一样紧紧

① 《中央民族工作会议暨国务院第六次全国民族团结进步表彰大会举行》，新华社，2014年9月29日。

抱在一起，共同团结奋斗、共同繁荣发展”[①]。由此“铸牢中华民族共同体意识”成为新时代民族工作的主线。学界围绕铸牢中华民族共同体意识这一主线，从民族学、历史学、政治学、社会学以及马克思主义理论等多学科视角对中华民族共同体的概念、构成、历史脉络及其发展路径进行了多维度的广泛讨论，形成了从地理、历史、文化、政治、经济等方面研究铸牢中华民族共同体意识的一系列理论和实证研究成果，特别是对铸牢中华民族共同体意识的历史经验与路径进行了梳理和总结。其中，最为鲜明的是核心话语从“中华民族”到“中华民族共同体”的转变，这不仅是我国民族研究词汇话语的创新，更标志着我国对“民族”这一社会历史现象认识的深化，体现了我国对人类进入“民族－国家”时代以来全球民族理论与民族观念的新发展。

由于目前学界对中华民族共同体的研究多囿于理论探讨和静态的社会结构分析，讨论的问题主要集中于中华民族共同体的内涵及其历史发展、国家通用语言文字的使用、民族互嵌式社会结构与社区环境构建等，往往忽视了“中华民族共同体”这一概念的实质是对我国多民族鲜活生动而又具体真实的动态交互过程的表述。同时，就中华民族共同体的建构主体而言，学界多从国家或政府的宏观主体层面进行分析，往往忽视了对现实生活中各族人民群众这一主体的探讨。唯物史观认为人是历史的创造者，历史不过是追求着自己目的的人的活动而已。[②]实际上，中华民族共同体正是在我国各族群众集体或个体日常性的、微观生产生活领域交往中自然而然形成的。

经济因素构成了社会存在的主体和核心，决定着整个社会存在的性质和发展趋势。[③] 社会历史发展与变迁“归根结底”的原因只能是经

① 习近平：《决胜全面建成小康社会 夺取新时代中国特色社会主义伟大胜利——在中国共产党第十九次全国代表大会上的报告》，2017 年 10 月 18 日。

② 《马克思恩格斯文集》（第一卷），人民出版社，2009，第 295 页。

③ 冯跃民：《恩格斯历史合力论核心观点解析》，《武警学院学报》2007 年第 11 期，第 25 ~ 27 页。

济因素，经济作为社会历史发展的决定性力量，也是促进民族共同体发展的决定性力量。现实中的经济活动为各族群众提供了交往平台、交流媒介、交融内容。各族群众主观上具有族际交往意愿、客观上必然产生交往实践，进而在满足各方物质文化需要的基础上实现情感与价值的交融与共享，最终呈现出像石榴籽那样紧紧抱在一起的民族团结局面。历史经验表明，任何共同体的形成和发展都是基于其建构主体之间相互接触与交往的扩大、相互了解与认同的加深、相互共同利益的持续增长。因此，如果不能有效调动民族地区各族群众民族交往的主观能动性、积极性，那么客观上就不会产生民族之间的交往实践，培育中华民族共同体在理论和现实中都将是一种无要素、无内容的空谈。

物质生产是一切历史的基本条件。马克思说："生产本身是以个人之间的交往为前提的。"[①] 基于生产劳动的交往是人类最基本的交往实践，日常性的生产交往活动由于契合交往各方现实利益需求，往往无关民族、宗教、意识形态等方面的差异，从而成为激发和调动族际交往积极性、主动性的客观物质力量。"经济－利益"共同体的形塑是建构中华民族共同体的一个核心内容。[②] 因此，本书从唯物史观出发，以群际接触为理论视角，探讨当代民族交往何以可能，何以避免民族疏离以及情感上的民族隔阂，从生产交往实践视角探讨中华民族共同体发展的现实路径。

二　"生产交往"为中华民族共同体形成与发展提供基本条件

理论必须立足于实践方显其价值，民族理论也不例外。后冷战时代，以文化认同为突出特征的民族主义作为阶级意识形态之后重要的内生动员力量，深刻影响和重塑着国家、地区乃至国际政治议程，对国

① 《马克思恩格斯选集》（第一卷），人民出版社，1972，第25页。

② 朱碧波：《论中华民族共同体的多维建构》，《青海民族大学学报》（社会科学版）2016年第1期，第26～32页。

家建构或“国家再造”形成严重挑战。全球性的民族主义浪潮风起云涌，特别是滥觞于19世纪后半期的“泛伊斯兰主义”和“泛突厥主义”在地缘政治和文化安全两方面对深居中亚腹地的我国西北边疆产生了巨大影响。近年来西北边疆地区民族问题表明，“三股势力”的不断渗透对国家认同产生日益严重的威胁与侵蚀。而学界普遍认为，民族问题的核心是国家认同。[①] 一些暴力事件形成的历史记忆对普通民族群众的民族交往心态产生了负效应，民族隔阂与民族排斥很难在短期内消融。有鉴于此，当前构建中华民族共同体必须从各族群众日常性的最基本的接触与交往入手进行思考。针对近年来我国西北边疆地区民族关系发展现状，笔者认为欲扩大民族之间的接触与交往，推动中华民族共同体发展必须满足以下条件：第一，具有能够契合各族群众客观需求的族际交往活动；第二，能够提供容纳和承载各族群众交往交流交融的现实平台和媒介。社会交往本是与物质生产直接相统一的过程，它既是物质生产过程，又是社会交往过程。因此，物质生产过程内在地要求扩大族际交往。这种物质生产过程形成的交往方式将决定社会的结构、性质和面貌。因此，从当前西北边疆地区民族关系现实出发，加强和扩大各民族之间基于生产劳动的民族交往是中华民族共同体发展的必由之路。

（一）群际接触理论视阈下的生产交往

众所周知，接触是民族关系得以展开的前提条件，也是影响民族关系的客观变量。[②] 民族之间的相互接触是中华民族共同体发展的第一步。这种接触是与日常生产生活密不可分的由浅入深、由表及里、由外到内的生动过程。其中因生产需要而引起的接触是最初的、最基本的接触。在这种接触与交往累积的基础上不同的民族建立起互助合作的经济关系，由此形成共同的经济生活，为族际通婚、社区管理及族际共同

---

① 沈桂萍：《当代中国特色民族与宗教政策创新研究》，甘肃民族出版社，2014，第18页。

② 徐黎丽、孙金菊、夏妍：《影响西北边疆少数民族地区民族关系的变量分析》，《云南师范大学学报》（哲学社会科学版）2009年第3期。

文化的形成奠定基础，从而以生产单位为基础形成共同利害、互相依赖、近似于“德业相劝、过失相规、礼俗相交、患难相恤”的地方共同社会。这种源于满足直接物质利益需要的生产交往，缩短了民族之间的社会距离，在生产协作基础上形成社会互助，并最终为社会道德标准一致、文化价值观念相近，和衷共济、和睦相处、和谐发展的民族关系奠定基础。

群际接触理论（Intergroup Contact Theory）认为群际接触能够显著降低由于缺乏充足信息或存在错误信息而产生的群体偏见，在最佳情境中进行的群际接触与交往能够有效增进群体间的了解与融通。这一理论被认为是心理学中促进群际关系最有效的策略之一。[①] 自从美国人格心理学家奥尔波特（Gordon W. Allport）1954 年提出群际接触假说（Intergroup Contact Hypothesis）以来，众多研究证明了群际接触的确可以减少群际偏见（Intergroup Bias）、促进群际关系发展。奥尔波特认为群际偏见是由于族群之间缺乏足够信息或错误信息而产生的，而接触为获得新的信息、澄清错误提供了机会。建构主义理论也有类似的观点。群际接触减少偏见的作用机制涵盖依存关系、群际互动、情绪因素和认知因素四个方面。因此，减少群体偏见的方式就是在最佳条件和场景下进行接触，而这种最佳接触必须符合四个关键条件。第一，平等的地位（即平等的主体间性）。与其他群体在地位平等条件下所进行的接触会有效促进民族共同体意识的产生。第二，共同的目标。通过接触来减少偏见，需要接触的群体参与方具有一致的目标，且态度积极、目标明确。第三，群际合作。共同目标的作用只有在群体间存在合作关系而非竞争关系时才发生作用。第四，权威、法律的支持。群体双方更容易接受得到权威、法律支持的群际接触，这样的接触也更有成效。[②] 虽然

---

① John F. Dovidio, Samuel, L., Gaertner and Kerry Kawakami, “Intergroup Contact: The Past, Present, and the Future”, *Group Processes & Intergroup Relations*, Vol. 6, No. 1, 2003.

② 李森森、龙长权、陈庆飞、李红：《群际接触理论——一种改善群际关系的理论》，《心理科学进展》2010 年第 5 期。

接触本身并非一种灵丹妙药，如果族群间的关系是充满冲突和消极情感，那么接触就会加强并加剧对外族群的消极态度。[①] 民族共同体是一定地域内形成的具有特殊历史文化联系、稳定经济活动特征和心理素质的民族综合体。民族共同体意识是民族共同体成员对民族共同体的认同、持有的积极情感与维护民族共同体团结统一的行为倾向的统一体。[②] 毋庸置疑，从民族关系长远发展来看，民族共同体的形成与发展必然经历族际的“接触－互动－调适”过程，从而在增进了解、相互认同中形成共同体意识。相反，民族隔离、排斥或民族隔绝将永远无法形成民族共同体。然而没有民族间的接触与交往，民族间的文化联系、稳定的经济活动和共同体的心理素质便无从谈起，各民族对民族共同体的认同、相互的积极情感将被民族隔阂、民族偏见甚至民族冲突所取代。

虽然由于理论自身的缺陷及现实生活的复杂性，群际接触理论面临诸多挑战，但该理论在用于分析民族关系时具有很强的解释力。其所揭示的群际交往规律对于民族关系理论发展的积极意义是显而易见的，该理论也被大多数民族国家的政治实践所采用。实际上，各民族交往交流交融是中华民族共同体形成、发展和繁荣的内在动力。在我国统一的多民族国家中，数千年中华民族共同体发展的基本共识和基本历史经验就是民族之间交往的不断扩大。加强民族之间的交往交流交融，就是从族际接触到族际理解再到族际团结进步逐步递进的过程，这与群际接触理论的逻辑预设高度吻合。[③] 历史经验表明，基于生产需要的交往能够最大限度地调动群众交往的积极性、主动性，只有扩大生产劳动过程的族际交往，才能真正让各族群众在中华民族大家庭中手足相亲、守望相助，从而促进各民族共同发展、国家兴旺发达。[④]

与世界其他国家相比，我国当代民族政策符合上述民族接触的

---

① 刘阳：《群际接触理论的研究进展》，《理论观察》2017 年第 2 期。

② 张积家：《民族共同体意识如何产生与发展》，《中国民族教育》2017 年第 4 期。

③ 郝亚明：《西方群际接触理论研究及启示》，《民族研究》2015 年第 3 期。

④ 何星亮：《民族交往交流交融促进中华民族复兴》，《人民日报 》2017 年 7 月 28 日。

"最佳条件"。中华人民共和国宪法第四条规定：中华人民共和国各民族一律平等。一方面，国家保障各少数民族合法的权利和利益，维护和发展各民族的平等团结互助和谐关系。禁止对任何民族的歧视和压迫，禁止破坏民族团结和制造民族分裂行为。由此可见，我国各民族一律平等具有坚实的法律保障，这为民族之间的积极正向交往，实现族际良性互动创造了条件。另一方面，我国是人民民主专政的社会主义国家，社会主义公有制为主体、多种所有制经济共同发展的基本经济制度也为各民族一律平等奠定了物质基础。民族地区长期发展的民族关系实践已经向我们提供了"三个离不开"的历史经验，党的十九大再次强调"铸牢中华民族共同体意识"，这都使各民族共创中华在当代具有更加丰富的内涵。由此可见，社会主义为各民族之间的"最佳接触"创造了条件，为中华民族共同体的发展提供了基本的制度基础。

（二）中华民族共同体建构语境下的"生产交往"

1. 生产交往的含义

就一般意义而言，交往是指在一定历史条件下，作为社会主体的人或人群共同体之间相互沟通、相互作用、彼此了解的最基本的方式或过程，是人们之间实现了的社会互动。[①] 交往与人的发展密不可分，它是人的发展的基础和条件，交往在人的社会意识生成及发展中发挥着重要作用。而生产交往是民族地区族际互动的基本动因和基本交往形式。马克思说："全部社会生活在本质上是实践的。"[②] 我们首先应当确定一切人类生存的第一个前提，也就是一切历史的第一个前提，这个前提是：人们为了能够"创造历史"，必须能够生活，但是为了生活，首先就需要吃喝住穿以及其他一些东西。因此，第一个历史活动就是生产满足这些需要的资料，即生产物质生活本身，而且，这是人们从几千年前

① 郑召利、杨林林：《生产、交往与人的发展》，《教学与研究》2003 年第 1 期，第 45 ~ 49 页。

② 马克思：《关于费尔巴哈的提纲》，载《马克思恩格斯文集》，人民出版社，2009，第 501 页。

直到今天单是为了维持生活就必须每日每时从事的历史活动，是一切历史的基本条件。[①] 由此可见，生产物质生活资料本身是人类不言自明的首要活动。社会发展必然产生社会分工，这种基于劳动分工的交往就成为人类社会交往的基本动因和基本形式。交往的本质是利益交换，而生产交往最终指向利益共同体的产生，即所谓的“共同经济生活”的形成。只有在密切的共同经济生活中，才能形成经济上的互补互济、互利互惠的相互依赖关系。在我国数千年来的历史发展中，这种经济上的交往与联系，无论在国家统一时期，还是暂时分裂阶段，都不曾中断过，逐渐形成一种自然的凝聚力，成为中国各民族之间关系日益密切的基础。[②] 因此，共同的经济生活能有效实现民族之间的正向接触与友好交往。这种源于现实利益驱动的生产交往具有交往的稳定性、持续性。只有凝聚共同利益的民族交往才是中华民族共同体发展最牢靠的基础。不仅如此，共同的经济生活，也将促进共同体意识的增长，从根本上打破民族之间在地理、文化、心理上的隔阂，促进民族之间的相互理解与认同，消除民族间那种彼此“存在而不属于”的民族心理。由此可见，民族之间的生产交往对中华民族共同体发展具有根本性的影响，是中华民族共同体形成与发展的基础性工作。

2. 民族地区的族际交往

“民族”作为人类群体的表述形式之一，具有交往的客观需求。然而，交往作为人的主观能动行为，在交往对象、交流内容、交融程度诸方面都体现出鲜明的主观选择性。同时，民族其本身所彰显的文化特性，使得人们总是习惯于生活在自己的民族文化氛围中。这就形成了民族交往的边界，即所谓以民族文化为基础的族际交往差序格局。在计划体制时代，“阶级”这个人群共同体的意义远大于“民族”共同体，而

① 《马克思恩格斯文集》，人民出版社，2009，第531页。

② 国家民委民族理论与政策研究室：《中央民族工作会议创新观点面对面》，民族出版社，2015，第14页。

生产资料公有制和分配方式的单一性，使集体劳动成为各族群众的唯一选择，各民族劳动者通过国家行政命令的手段分配工作或在全国范围内调动，都被纳入一种名为“单位”或“生产队”的生产组织中，这种国家或集体统一的生产劳动并不以民族身份相区隔，族际交往成为日常性的必然活动，民族之间的了解与认同不断加深，从而有效地促进了民族之间全方位的交流交往交融。而以“包产到户”为特征的家庭联产承包责任制，在极大地调动生产积极性的同时，也使得农村地区各族群众失去了既有的共同生产劳动的族际交往平台和纽带。经济领域的国家“不在场”以及主张“效率第一”的国有或私营企业，在人力资源使用过程中也不会主动承担促进族际交往而搭配使用不同民族劳动力的社会责任。因此，长期以来族际共同生产劳动这一关键平台的丧失，造成了族际交往的断裂，阻碍了民族利益共同体的形成和发展，民族疏离与不信任感日盛。近年来，西北边疆地区出现的民族主义乃至分裂行为亦可视作民族之间共同经济生活缺失在精神层面的反映，个别民众在族际交往心态方面表现出以民族身份为重要标识的交往选择和排斥，对中华民族共同体的发展的消极影响值得关注。因此，总结历史经验教训，积极打造各族群众共有共享共同参与的生产劳动平台，扩大和加强各民族生产交往，构建各族群众共同经济生活是中华民族共同体发展的首要任务。

3. 生产交往为群际接触创造最佳条件

就现实可能性而言，当今时代工业化、城镇化、市场化及创新开放迅速发展，市场经济条件下劳动力在全国统一开放市场中自由流动，这为族际交往提供了广阔的空间和良好的机遇。目前，西部大开发战略、“一带一路”倡议及扶贫开发其鲜明的国家主导型“项目带动”特点为不同民族群众平等参与现代化、规模化的工业生产带来重大机遇。这种边疆民族地区生产方式的深刻变革，使得各民族共同参与同一个建设项目，为不同民族群众实现族际生产交往提供了良好的平台和媒介。这种生产方式与“包产到户”以来相对以单一封闭为特征的个体家庭劳动完全不同，在共同参与的现代化大机器生产这一劳动平台，不同民族的生产者必然相互协作、密切配合，共同完成生产任务。“生产单位”这个利益共同体的社会意义超越民族局限，从而能够有力地促进民族之间的交往交流交融。历史唯物主义认为，物质资料的生产方式是社会发展的决定性因素，决定着社会的结构、性质和面貌。现代化生产方式与先进生产力相结合，必然打破民族地区原有传统的、保守的个体性、地方性的生计方式，开放、包容、信任意识将逐步树立。生计方式变迁从来都对民族文化的发展产生根本性的影响，从而在各民族共同团结进步、共同繁荣发展中促进中华民族共同体意识的增强。

这种基于生产交往与劳动分工协作的现代化生产方式最终使得民族融合成为必然。“融合就是一个渗透并结合的过程，在这个过程中，(民族) 群体及其人员获得了其他（民族）群体及其人员的记忆、感触和态度，并且分享了对方的经验和历史，过上了和对方一样的文化生活。”[①] 显然，共同的生产劳动为中华民族共同体的发展提供了必要的机会和平台。正是这种共同的生产活动使得族际接触与交往日益广泛和深入，将逐步形成戈登（Milton Gorton）所谓的理想型民族关系发展的七项指标：即文化融合、结构融合、通婚、认同、态度上的相互接受(无民族偏见)、行为上的互助（没有民族歧视）、公民的相似性（没有价值观和权利的冲突)，从而促进中华民族共同体的发展。

因此，从当前西北边疆民族地区快速的工业化、城镇化、现代化的实际出发，系统分析族际生产交往实践对于中华民族共同体构建的现实路径，梳理和总结基于生产交往的民族互动历史经验，对于推动中华民族共同体发展思路创新和发展模式升级都具有重要的理论价值和现实意义。

① 〔美〕帕克、伯吉斯：《社会科学导论》，芝加哥大学出版社，1924，第735页，转引自吉平、高丙中《新疆维汉民族交融诸因素的量化分析》，收录于潘乃谷主编《边区开发论著》，北京大学出版社，1993，第385页。

三　群际接触理论视阈下的中华民族共同体发展路径

根据群际接触理论，当前中华民族共同体的发展具有充足的理论依据、坚实的物质基础和先进的制度保障，但中华民族共同体发展并不充分、不完善。原因是多方面的，其中族际接触平台的缺失、族际交往动力不足是主要原因。例如，西北边疆地区相对落后的社会生产力，特别是大量存在的以农牧业为主的自给自足的个体劳动，使得民族之间基于生产劳动的交往发生断裂，碎片化的族际交往，难以形成各民族现实的共同利益，从而造成民族排斥和民族情感隔阂现象，这对中华民族共同体发展产生了一定的消极影响。因此，结合民族地区民族关系现状及当下经济社会发展实际，发展中华民族共同体应从以下方面入手。

（一）搭建基于现代化生产方式的族际交往平台

如前所述，对比改革开放前后的民族交往实践，可以明显发现"包产到户"以来民族地区农牧民族际接触与交往的概率变小，平台及媒介明显减少，交往内容与方式趋于单一。因为"包产到户"更多地将生产劳动局限于以家庭为单位的个体劳动。这种个体式的简单劳动也使族际生产交往频率大大减少，人们在经济生活中的接触与交往的积极性和必要性随之流失，各民族共同利益趋于模糊，由于价值观念、教育水平等原因，民族地区社会收入分配差距往往以民族之间收入差异体现出来，各民族共同的精神生活更无从企及。在农牧业等"简单劳动"过程中即使有必要的协作，也在很大程度上局限于家族乃至民族范围之内。共同生产劳动这一交往平台的丧失，导致民族之间交往关系发生断裂，民族之间的交往交流交融被不同程度的区隔所取代。改革开放以来，虽然全国统一开放的大市场为各族劳动力在全国范围内自由流动提供了广阔的空间，全国各民族跨区域、规模化的人口流动加快，全国范围的民族"大杂居、小聚居"更加明显，但由于知识水平、劳动技能、语言使用、宗教观念、风俗习惯等方面的差异，少数民族并不在现代化的生产劳动中占据优势地位。同时，由于资金、技术、管理经验、价值观念等的束缚和限制，工商业领域的经营者和社会管理层中的少数民族数量明显偏少。这种由于历史、地理、民族特点等客观原因形成的就业结构使少数民族在新的现代化生产过程中游离于中心地位，不利于有效扩大民族之间的交往与交流。总体上以生产性和服务性岗位为主的就业结构，也使少数民族整体在社会资本、就业机会获取方面并不具备优势。这种就业格局继而带来了经济收入的差距，使得积极的正向族际交往所需要的平等条件难以形成。当常见的社会问题以民族身份差异体现出来时，则对中华民族共同体的发展产生了消极影响。

（二）加快民族地区工业化、城镇化发展进程

工业化是现代化的核心内容，是传统农业社会向现代工业社会转变的过程。由于历史、地理等原因，西北边疆地区发展整体滞后，工业化水平不足，城镇化水平较低，产业结构单一，大量存在的资源开发型企业尚未在边疆民族地区形成相应的产业链。特别是少数民族劳动力局限于产值较低的个体农牧业生产领域，无法实现生计方式的现代化转型，也不能很好地融入现代社会。生计方式历来对人们的精神世界都具有决定性的影响，少数民族传统生计方式的现代变迁关涉少数民族"人的现代化"这一根本问题。孟德拉斯认为，"处在现代化进程中的社会成员，为符合其作为职业者和选民的角色，他们必须成为有良好教育的、积极的、灵活的、有成就意识的人，从'传统人'过渡到'现代人'"①。现代化的生产方式要求劳动者具备一定的科学技术知识和团结协作精神，这使得民族地区少数民族劳动力接受、适应新的劳动要求的教育培训成为必然。少数民族参与现代化的工业生产，将重塑民族地区包括居住格局、就业与分工、收入分配、社会阶层结构等在内的民族地区整体社会结构，为中华民族共同体发展创造条件。

进入21世纪以来，国家实施的西部大开发战略，大大加快了西部

① 〔法〕H. 孟德拉斯：《农民的终结》，李培林译，社会科学文献出版社，2010，第297～298页。

地区现代化进程，但受其他软环境的制约，大开发所产生的社会效应并未在区域经济中充分彰显。由于西部地区自身的现代性不足，工业发展对资源需求有限，大开发并未在当地形成较为完整的工业体系，特别是民族地区工业化发展不足的状况并未根本改观，无法充分有效利用当地丰富资源，形成具有现代竞争力的产业，也无法将资源优势有效转化成竞争优势以及现实的经济效益，因而往往成为东部发达地区初级产品的提供者。现代化大生产这一劳动平台在少数民族地区的缺位使得当地的族际交往显得并不那么必要和紧迫。简单劳动的广泛存在，在事实上形成了民族分布的区域隔离、行业隔离、城乡隔离现象，而劳动力市场分割现象的存在使得收入水平、经济地位、受教育程度等方面的差距由此产生。随之，民族边界趋于固化，民族隔阂代际相传，民族排斥逐渐增多。依据群际接触理论，这种条件下的族际交往不但不能促进民族关系的友好发展，反而加深了民族之间的隔阂与对立。王希恩教授认为，现实中真正实现了民族互嵌的正是已经消除了民族分层和从业结构差距的各民族的“单位人”和社会精英。他们在同一个单位工作，从事同一个行业，也总是在同一个家属区生活；他们虽有各自的民族身份，却从不或极少以此来作为社会交往的条件。相反，与聚族而居相伴而生的总是与发展滞后相关的民族分层和传统行业。[①] 因此，当前在中华民族共同体发展过程中，应当进一步发挥社会主义制度优势，在民族平等基础上，着眼于就业结构的不断优化整合，大力推动民族地区工业化、现代化进程，吸纳少数民族劳动力有序进入现代工业企业，科学合理搭配使用各民族劳动力，在不断调整民族地区因就业结构差异而引起的经济收入差距的过程中，实现民族之间“事实上的平等”，从而在中华民族伟大复兴这一共同目标引领下，和睦相处、和衷共济，共同团结奋斗、共同繁荣发展，推动中华民族共同体发展。

---

① 王希恩：《民族的融合、交融及互嵌》，《学术界》2016 年第 4 期，第 33 ~ 44 页。

（三）借重项目带动，促进与现代化生产方式相结合

由于城镇化、现代化是一个长期的历史过程，针对西部地区工业基础薄弱、现代化程度较低的现状，应借助国家正在实施的工业项目，引导民族地区更多剩余劳动力有序参与西部大开发、“丝绸之路经济带”建设及精准扶贫项目等，从而实现生计方式的初步转型。如一系列重点工程一直是推进西部大开发的有力措施，西部大开发战略实施以来每年都新开工一批重点工程。党的十八大以来，已经累计新开工西部大开发重点工程152项，投资总规模3.75万亿元。[①] 由此可见，实际上民族地区一系列国家主导的大规模建设项目为当地少数民族参与现代化生产提供了便利。当前，不仅需要进一步加强政策引导，延长民族地区产业链，吸纳更多少数民族参与工业生产，而且相关企业应担当民族地区社会责任，加大对少数民族劳动力的教育培训力度，使更多的少数民族劳动力参与工业生产，从而在生产劳动中扩大与其他民族劳动力的族际交往，实现少数民族生计方式的更新。因此，结合民族地区实际，应进一步打破体制牢笼，创新民族地区产业政策及用工机制，吸纳更多当地少数民族劳动力进入民族地区现代工业企业，特别是资源开发型企业，通过生产劳动平台实现民族之间最佳条件下的接触与交往，在共同的经济生活中形成地域性而不是民族性共同文化。民族地区发展产业、开发项目、建设重点工程，要注重为当地群众提供就业岗位。[②] 此外，精准扶贫已是当前边疆贫困民族地区党和政府的重要工作。习近平总书记指出：“扶贫开发是我们第一个百年奋斗目标的重点工作，要在精准扶贫、精准脱贫上下更大功夫。”[③] 精准扶贫不是慈善救济，其重点

---

① 中国网，财经 http://finance.china.com.cn/news/20180830/4746844.shtml，最后检索时间：2018年8月30日11:15，国家发展改革委专题新闻发布会。

② 国家民委民族理论与政策研究室：《中央民族工作会议创新观点面对面》，民族出版社，2015，第14页。

③ 中国共产党新闻网：http://cpc.people.com.cn/n/2015/0122/c64094-26428249.html，《习近平在云南考察工作时强调：坚决打好扶贫开发攻坚战 加快民族地区经济社会发展》，最后检索时间：2019年4月22日。

应是项目扶持，通过发展相应产业带动发展。相对于个体农牧业生产活动，这种工商业产业项目更有利于打破民族交往壁垒，促进民族之间基于生产劳动的交往交流交融。

综上所述，源于满足各族群众物质文化需要的“生产交往”是中华民族共同体发展的第一原动力；共同的生产劳动是实现民族交往交流交融的重要平台。当代“各民族共创中华”主要体现在经济领域，各民族在日益密切的生产交往关系基础上形成了牢固的经济利益共同体。

推动中华民族共同体发展作为新时代民族关系发展的重要方向，其重要的实现方式是构建民族互嵌式社会结构和社区环境。而各民族密切的“生产交往”是民族互嵌式社会结构和社区环境建设的基础环节。必须充分发挥和调动各民族群众在族际交往中的主观能动性和积极性。从当前西部民族地区实际出发，一方面应大力发展民族地区社会生产力，加快民族地区工业化、现代化进程；另一方面应通过西部民族地区现代化企业用工机制创新，使少数民族有序参与现代化工业生产，实现就业结构和劳动分工在不同民族间的合理布局。这是从根本上消除民族疏离与隔阂，实现民族交往交流交融的理想方式和必然路径。

少数民族参与现代化大生产，将大大加快少数民族生计方式的现代化转型，促进少数民族传统分散的、小农封闭的小聚落社会结构向城市社会结构转型。这种生计方式、社会结构与治理模式的现代化转型有利于平等的社会结构模式的构建，打破原有的以血缘、宗教、地域为纽带的交往关系和原有的民族边界，在共同利益不断增长的过程中构建现代公民身份，促进国家认同建构，从而推动中华民族共同体发展。

第五章　继承与创新：国家建构理论反思

尽管民族主义引发了广泛的冲突和毁灭，但民族和民族主义为现代政治多元化秩序提供了必需的社会–文化框架。事实上，在当代世界，它们不可取代。

——〔英〕安东尼·史密斯（Anthony Smith）

第一节　中华民族共同体与国家建构

民族国家是现代世界极其复杂而又普遍的现象，虽然人们对民族及民族主义的认识存在诸多分歧，但是，当代民族国家作为民族利益的表达机制，成为维护特定政治共同体利益最有效的工具。英国政治学家史密斯（Smith）指出："现代社会只认同和允许一种形式的政治共同体，即我们所说的民族国家形式，这种形式在现代社会中随处可见。民族国家有各自的边境、首都、国旗、国歌、通行证、货币、军队、国家博物馆和大使馆，以及在联合国所享有的席位。同样，在其国土范围内，他们有各自独立的政府、教育体系、经济体系和就业体系，以及属于公民的一套合法权利。"[①]

① 转引自〔英〕克里斯多夫·皮尔逊《论现代国家》（第三版），刘国兵译，中国社会科学出版社，2017，第68页。

如前文所述，对于广大发展中国家而言，当代主流的“民族－国家”理论不仅以西方的民族国家为模板，而且缺乏有效的本国国家建构方法和共同的基础。国家内部共同政治核心要素和基本结构的欠缺将导致民族国家内部区域性意义超越国家整体性的价值，国家内部重重矛盾，导致国家建构失败。事实上，任何国家都是通过普遍共享的核心因素和特定结构的构建以及特定族类属性普遍化而形成的。共同政治核心要素和基本结构以及特定的族类属性普遍化成为现代国家合法性的基础。因此，国家建构首要的是促进这种政治核心因素和基本结构的形成。近代以来，中华民族国家独立、实现民族解放的反殖民侵略战争就是传统的文化中国向现代民族国家的沉重转型的过程，是以民族国家体系为基本的社会历史背景，构建国家新的共同核心因素和特定结构的过程。近代中国的核心因素和基本结构可视为中华民族共同体以及中华民族多元一体的民族结构，而特定的族类属性普遍化即为中华民族共同体的形成、巩固与发展。由此可见，当代中国的国家建构其核心问题是推动中华民族共同体的发展，形成科学合理的民族结构。

一　民族国家建构视阈的中华民族

事实上，现代西方“民族－国家”是伴随着资产阶级革命而登上历史舞台的，至此，国家便与民族结缘，国家成为民族的外壳，不断塑造、再造或瓦解国家。在此之前长期的人类历史发展过程中，国家与民族之间并没有这样的同构属性，彼时国家（state）可视为文化国家或地域性政治共同体，国家建构无须某种必要的民族身份，而仅仅是法律或政治力量作用的结果。而“民族国家”（nation）原本是一个与客观真实的社会现实存在距离感的理想化概念，人们从理论上一直难以对其进行清晰的分析和梳理。由于认同、语言、文化、宗教信仰和共同的历史记忆维系了民族的亲和力，为民族国家提供了足够的正当性，这是原来传统国家通过法律或政治力量维系国家统治所不需要的。可见，进入民族国家时代以后，民族为国家提供了合理内核。然而，现实中的民族国家内部又存在多个民族、族群或文化群体，因此，民族国家必须认真协调公民的国家认同与民族认同之间的关系。

古老文明的中国进入近代以来，在西方列强殖民侵略的隆隆炮声中，中华民族意识逐渐觉醒。[①] 在全体中国人反抗列强的斗争中，中华民族成为辛亥革命之后成立的中华民国以及1949年新民主主义革命胜利后，成立的中华人民共和国国家建构的核心要素。至此，中华民族认同与国家认同成为同一个建构过程。

当然，历史上自在的中华民族作为一种实体性的客观存在具有悠久的历史，但彼时的中华民族在语义、功能、发展路径、主旨方向诸方面与近代民族国家时代的中华民族存在很大差异。只有当近代以来民族国家成为国际关系最重要的行为主体，中国面临所谓的“民族国家”转型时中华民族才被“激活”。

传统的“中华”二字最早出现在《魏书》和《晋书》等典籍中[②]，“中”是古人的地理空间方位概念，“华”即“有服章之美，故谓之华”[③]。虽然最初中华是周边民族对黄河中游政权的称谓，但随着中国古代漫长历史上分分合合的政治变迁，但凡取得中原政权的族群均自称中华。中华从一个人文观念转变为与疆域统辖相匹配的政治共同体概念。梁启超就是在地域政治共同体意义上使用“中华”这一概念，他认为：“立于五洲中之最大洲而为洲中之最大国者谁乎？我中华也。人口居全地球三分之一者谁乎？我中华也。四千余年之历史未尝中断者

① 费孝通先生认为中华民族是一个自在的“民族实体”。他在《中华民族多元一体格局》一书第1页中，描述了作为国族的中华民族的产生过程：距今三千年前，在黄河中游出现了一个由若干民族集团汇集和逐步融合的核心，被称为华夏，像滚雪球一般地越滚越大，把周围的异族吸收进入了这个核心。它在拥有黄河和长江中下游的东亚平原之后，被其他民族称为汉族。汉族继续不断吸收其他民族的成分而日益壮大，而且渗入其他民族的聚居区，构成起着凝聚和联系作用的网络，奠定了以这个疆域内许多民族联合成的不可分割的统一体的基础，成为一个自在的民族实体，经过民族自觉而称为中华民族。

② 《魏书·礼志》：“下迄魏晋，赵秦二燕，虽地处中华，德祚微浅。”《魏书·宕昌传》也有用例；《晋书·刘乔传》：“今边陲无备豫之储，中华有杼轴之困。”

③ 《左传·定公十年》。

谁乎？我中华也……"[①]

晚清以降，"中华"与"民族"二者组合使用而出现了"中华民族"这一概念。从理论方面而言，"中华民族"这一概念是古老传统中国面对世界民族国家体系，在理论上的一种适应性反应，其目的在于构建类似于英格兰、法兰西等的一个实体民族。从现实角度考量，"中华民族"作为国家民族概念又是传统疆域内全体国人共同反对西方列强侵略的现实需要而出现的，是动员和团结国内一切力量一致对外的政治斗争实践的产物。至此，中华民族与主权独立的中国便一一对应，成为民族国家时代中国国家建构的核心。可见，近代中国在应对来自西方列强侵略的外部挑战的过程中，"中华民族"意识作为民族自觉的结果而牢固地确立在最广大人民和海外华侨的心中，成为自我与他者识别的重要标签。由此，"中华民族"便具有了民族国家所必需的国家民族的基本属性，成为人们普遍认同的血缘纽带。可见，具有现代内涵的"中华民族"这一认同符号，其产生、确立、共识内涵的形成以及广泛的社会化传播，最终实现了现代中国的国家再造，正是基于中华民族的有效整合，结束了晚清以来中国人的"亡国焦虑"，解决了国家的"再生渴望"问题，因而在中国历史发展中具有划时代的意义。然而中华民族的国家实体建立以后，进一步强化中华民族的整体认同，依然是一项重要的历史使命，一代代思想家不断地做出新的努力。例如，1988年，费孝通先生指出，"'中华民族'是由很多分散孤立存在的民族单位，经过接触、混杂、联结和融合，同时也有分裂和消亡，形成一个你来我去、我来你去，我中有你、你中有我，而又各具个性的多元统一体。"[②] 中华民族在新的社会主义条件下自我体认达到一个新的高度，为民族整合、国家建构、国内平等团结的多元一体民族结构的形成与发展提供了学理支撑。

① 梁启超：《饮冰室合集》，中华书局，1989，第1页。

② 费孝通主编《中华民族多元一体格局》（修订版），中央民族大学出版社，1999。

二　中华民族共同体与国家建构

如果用帝国/民族国家二分法来划分国家类型，那么帝国并不需要一个国族作为国家合法性的基础，与民族国家追求内部民族单一性、同质化相比，帝国可以保留各个民族或族群的个性，而帝国的维系只需要统一的法律（如罗马帝国）或运用高级的文明来实现国家一致性的政治整合。[①] 例如，杨度就认为：中华之名词，不仅非一地域之国名，亦且非一血统之种名，乃为一文化之族名……华之所以为华，以文化言，不以血统言。[②] 历史上曾经大一统的中国，对疆域内各族群在文化、血统等方面并没有一致化的要求。恰恰相反，国家结构形式灵活多样，“因地制宜、因俗而治”，体现了“政治一体，文化多元”的特点。

然而近代以来，中国面临外敌入侵，特别是日本发动了全面侵华战争，中国迫于救亡图存的压力，逐步开启了民族国家的建构进程。这个进程是一个以西方民族国家为样板，首先从模仿构建一个与国家互为表里的“民族”开始的。因此，近代中国国家独立、民族解放实际是一个同步建构的过程，对于近代化的中国而言，二者是同等重要的政治任务。

先后经过旧民主主义和新民主主义革命，终于在 1949 年建立了中华人民共和国，这标志着“国家独立、民族解放”任务的完成，显然民族解放指的是“中华民族”，其作为代表主权范围内的全体中国人这个整体从列强殖民统治中获得解放。中华民族最终成为一个具有国家形式的现代民族，古老的传统中国实现了向民族国家的转型。可以说是建国需求催生了中华民族由自在民族向自觉民族实体的转变，中华人民共和国作为中华民族利益的实现机制而被建立起来。

显然，人们对于“中华民族”的民族自觉及其实体化过程这一问

---

① 许纪霖：《家国天下：现代中国的个人、国家与世界认同》，上海人民出版社，2017，第 45 页。

② 杨度：《金铁主义说》，见刘晴波编《杨度集》，湖南人民出版社，1986，第 374 页。

题很容易达成共识，但长期以来人们对于中华民族及其内部结构的认识却存在诸多分歧。传统的文化中国以“礼”这种等级秩序确认中央与地方的关系，自古形成了由密切到松散、由亲近到生疏的同心圆结构。体现在国家结构形式上即由郡县制、羁縻制、藩属制、土司制度、朝贡体制这样差异化的外向延伸治理结构。这种结构与民族国家所倡导的“一族一国”完全不同。因而，如何认识和建构中华民族这个现代民族国家“必要的”民族实体，已经成为当代中国一项全新的历史任务。如果一定要比照西方典型的民族国家模式，那么中华民族必须在族称、民族意识和民族历史文化诸方面完成理论阐释和理论建构，从而形成全国人民共同的、普遍的民族归属对象。只有这样才能从根本上协调地方与中央的关系、民族部分与整体的关系、民族个性与民族共性的关系，实现科学合理的内部整合，为国家建构奠定坚实的基础，从而维护国家的领土完整、国家统一的核心利益。

第二节　政治文化现代化与中华民族发展

通过对中华民族觉醒与发展过程的历史考察，可以明显发现内部民族凝聚力产生的重要条件是外部对立面的存在，民族觉醒正是在与外部的对垒并进行激烈的竞争过程中形成的。中国各族人民经过近百年的浴血奋战，终于推翻了“三座大山”，建立了中华人民共和国。随着外部敌我矛盾的基本解决，中华民族内部矛盾在人们的认识中上升为主要矛盾。由于对与中国相对应的“中华民族”其内部结构认识不清，民族建构思路不明，容易引起民族政治实践的混乱。

一　文化是民族之魂

虽然人们想象中的“多元一体”格局是一种理想的民族结构，但对其的理解存在差异，有观点认为其所指仅是中国 56 个民族的“政治一体，文化多元”，而另有观点认为其所指为“中华民族一体，而其他民族单位多元”。如果是前者，则会出现对中华民族的重要性认识不足，因为没有和国家相对应的国家民族。如果是后者，则会进一步虚化中华民族，过分强化其他民族单元，使中华民族的民族性不足，而凸显了政治性特征。这种通过多元来实现一体，或者说通过结构化来实现实体化的建构模式，存在一定的弊端和风险。因为在特定条件下，各族性群体的民族意识一旦形成，便会出现民族自我建构的现象。近年来，在民族意识逐步强化，族性不断张扬，族际利益互动日益多发，族体规模不断扩大，多元主义意识形态持续发酵等内外条件的作用下，各个民族的实体化特性越发明显，并由此给中华民族的实体性和一体化特质带来了潜在的解构风险。这样一来，中华民族的多元与一体，结构性和实体性之间的张力和矛盾，在新的历史形势下就被凸显出来了。[①] 因此，必须对中华民族“多元一体”格局的内涵进行界定和诠释，在统一国家内部必须加强中华民族建设，推动中华民族共同体实体化、一体化发展，不断发掘和彰显处在世界民族之林中的中华民族所具有的独特性，这种特质不仅是自然演变的结果，更是近代以来人为建构的产物。[②]

显然，构建中华文化是中华民族建构的关键门径。江泽民曾指出：“一个民族，一个国家，如果没有自己的精神支柱，就等于没有灵魂，就会失去凝聚力和生命力。”[③] 2014 年 9 月 24 日，习近平在出席孔子 2565 周年诞辰国际学术研讨会时指出：“文明特别是思想文化是一个国家、一个民族的灵魂。无论哪一个国家、哪一个民族，如果不珍惜自己的思想文化，丢掉了思想文化这个灵魂，这个国家、这个民族是立不起来的。”因此，中华民族作为文化实体的存在，通过文化建设是中华民族建构的根本方法。同时，必须认识到悠久灿烂的中华文明是 56 个民族共同创造的，是 56 个民族优秀文化的汇集。在漫长的历史长河里，

① 孙保全：《实体化与结构化：中华民族历史建构的双重逻辑》，《思想战线》2017 年第 2 期。
② 孙保全：《实体化与结构化：中华民族历史建构的双重逻辑》，《思想战线》2017 年第 2 期。
③ 中共中央文献研究室：《十五大以来重要文献选编（中）》，人民出版社，2000，第 549 页。

生活在东亚大陆的各民族长期交互发展，相互促进，实际是各民族不断互嵌的过程，不能将某一种文化与某一种民族简单对应，建立狭隘文化认同或文化排斥。

然而文化是一个十分宽泛的概念，如何通过文化建设促进中华民族的发展是一个十分复杂的伟大工程。历史经验表明，在不同的历史时期，社会的主流政治文化对于民族文化建设发挥着重要的引领作用。“政治文化的民族性一旦形成，就产生一种政治文化定式，具有一定的稳定性。”①民族政治学视野的文化研究首先是着眼于国家政治稳定、民族团结的考量，在纷繁复杂的多民族文化中，政治文化实际是多民族最具共识的文化领域，而且民族国家作为一种政治共同体，政治文化可视为文化的主要标志。因此，针对当前全球民族文化多元化强劲发展的态势，在社会主义新时代，加强政治文化建设是中华民族文化建设的第一步。

二　社会主义核心价值体系与少数民族政治文化现代化

如前所述，共同体的形成及其凝聚力的强弱与这一共同体现实对立面的存在直接相关。当今世界绝大多数国家都是多民族国家，普遍存在内部分裂主义对国家主权独立、领土完整统一挑战的问题。但是，不同的国家这种分裂运动显现的效果却迥然不同。这与该国的国际地位直接相关，譬如美国，正是其经济、政治、文化、科技等处于世界第一的超级大国地位，掩盖了其国内种族主义、民族主义等的破坏性影响，然而广大发展中国家并不具备这样的条件，国力孱弱使国家没有足够的绩效增进国家的合法性和内部凝聚力。此外，共同体的发展与巩固高度依赖于共同的文化基础，国家经验性合法性与国家的历史文化传统密切相关，社会正义公平的核心价值理念在国家的塑造中发挥着重要作用。与国家的国际地位对于增强国家的凝聚力作用相比，适合的政治文化是大多数国家国家建构最为切实可行的方案。

① 徐大同：《政治文化民族性的几点思考》，《天津师大学报》（社会科学版）1998 年第 4 期。

“政治文化，作为社会文化总体的亚文化，是指一个国家中的阶级、团体和个人，在长期的社会历史文化传统的影响下形成的某种特定的政治价值观念、政治心理和政治行为模式，它主要包括政治主体对政治体系、政治活动过程以政治产品等各种政治现象，以及自身在政治体系和政治活动中所处的地位和作用的一种态度和价值倾向。”[①] 政治文化能够有效地将国内各民族、各阶层、各个地域充分整合，取得政治理念一致性的效果，从而在社会价值取向、国家目标等方面在人们的内心凝固化，继而产生维护国家团结统一的自觉意识和巨大能量。作为主观价值范畴的政治文化其本质是作为社会政治意识形态而存在的。

当代中国社会在经历改革开放 40 年的深刻变迁之后，原来适应计划经济的政治文化在社会解释力和凝聚力方面的作用不断衰减。特别是在全球化快速发展，世界各种思想文化“短兵相接”、激烈竞争的情景中，发展我国市场经济条件下新型的、现代化的政治文化迫在眉睫。

事实上，在对中国语境下政治文化的结构分析中，我们不难发现，党的执政纲领在意识形态中具有统摄作用，是全国各族人民团结奋斗的思想基础，也是国家认同的重要心理基础。因此，作为意识形态核心的党的指导思想、施政方略在国家建构中具有举足轻重的作用，对各民族思想文化的发展均具有强大的引领作用，是国家统一的重要软实力。

回顾历史，我们明显地发现，面对二战以前的世界殖民统治体系，共产主义意识形态在国家再造中发挥了巨大作用，包括苏联、东欧在内的社会主义国家无不如此。对社会主义国家的认同首先体现在对马克思主义意识形态的认同上。20 世纪初期，人们面对西方国家的殖民统治及战争政策，认定只有具备科学属性的马克思主义能够解决当时面对的社会问题。而两极格局瓦解也是社会主义意识形态未能适应时代发展要求，特别是党的指导思想、大政方针政策未能积极回应人民的现

---

① 董立人：《践行“三个代表”的重要思想　升华传统政治文化价值》，《中国特色社会主义研究》2001 年第 6 期。

实需求而做出必要调整，从而丧失政治合法性。

中国具有古老的传统文明，千百年来生生不息的源泉在于能够在不同历史发展阶段，适应时代变化实现国家政治意识形态的更新，从而为国家建构提供坚实的思想基础。中国共产党秉承这一传统，立足于实事求是、追求真理，不断实现马克思主义中国化，产生了包括毛泽东思想、中国特色社会主义理论等一系列马克思主义中国化的理论成果，解决了国家在新民主主义革命时期、特色社会主义建设时期等不同发展阶段所面临的社会问题。沈桂萍教授认为，戈尔巴乔夫在放弃共产主义意识形态的同时，并没有形成具有全国认同的新的政治理念。“由于失去了共产主义意识形态这个共同载体，人们必然寻求新的集体认同，于是国家政治偏离原来设想的政治体制改革方向，而陷入民族之间为争夺利益而进行斗争，在这一过程中狭隘的民族主义肢解了苏联。”[①]

因此，从长远来看，构建国家认同的根本途径在于促进全国各族人民共同文化的发展。但是能够担当各民族国家认同建构重任的文化必须是先进的文化。先进文化是人类进步的结晶，是能够顺应人类社会发展规律，揭示人类社会未来发展方向，为人类社会文明进步提供强有力的思想保证、精神动力和智力支持的文化。中华民族生生不息、屹立于世界民族之林的根本力量来源于源远流长、博大精深的中华文明。因此，从长远来看，没有文化的崛起，就无法实现国家的真正崛起。文化不能崛起，必然对经济甚至政治产生严重的制约。从内部来说，没有思想的产生，就不会有制度上的创新，最终必然导致封闭和衰落。从外部来说，没有思想的产生，就不能提供有吸引力的文化和价值观。[②] 因此，有吸引力的科学文化是增进国内各民族文化认同的前提。

我国历来十分重视文化建设，十七届六中全会通过了《中共中央

① 沈桂萍：《当代中国特色民族与宗教政策创新研究》，甘肃民族出版社，2014，第 37 页。

② 郑永年：《为什么中国没有文化崛起》，爱思想网站，http://www. aisxiang. com/data/63284. html。

关于深化文化体制改革推动社会主义文化大发展大繁荣若干重大问题的决定》（以下简称《决定》），这是中国共产党从国家发展战略的高度，首次提出了建设社会主义文化强国的奋斗目标，具有文化建设里程碑的意义。《决定》强调要注重培育主流文化，重振国民精神，部署“文化兴国”战略，塑造民族文化之魂，以先进文化引领各族大众文化。坚持社会主义先进文化前进方向，必须以建设社会主义核心价值体系为根本任务。加强社会主义核心价值体系建设，无疑是抓住了社会主义文化建设的关键。因为文化软实力在很大程度上表现为民族凝聚力，而民族凝聚力主要来自人们对社会核心价值的认同。[①] 可见，在全球文化勃兴、社会思潮涌动、思想文化日益多元化的背景下，我国致力于社会主义意识形态主导的核心价值体系团结和引领全国各族人民，对于在全社会形成共同的理想信念、强大的精神支柱具有十分重要的意义。

在培育社会主义先进文化语境下探讨少数民族政治文化现代化，并非意味着政治文化有优劣之别，也并非意味着社会主流政治文化不需要现代化。文化作为社会整体的一部分，在社会全面现代化过程中必然会进步更新，文化现代化的实质是社会经济生活现代化在人们精神世界的反映，其实质是政治态度、政治价值观念、政治信仰和情感由传统向现代的变迁。而探讨政治文化现代化的根本目的在于促进经济社会以及人自身的发展。

任何文化都是人们对客观世界感性知识与经验的升华。少数民族政治文化是少数民族对客观世界政治现象的主观影像。经过我们在西北边疆地区长期的田野调查，深刻感受到由于自然环境、地理区位、历史发展等原因，西北边疆地区政治文化具有服从性、封闭性、疏离性、保守性等特点，由于我国改革开放开启的现代化进程总体体现出从东南沿海向西北内陆不断扩散的过程。而经济基础和生计方式是促进政

---

① 李彦青：《努力实现由“文化大国”到“文化强国”的飞跃》，《中共石家庄市委党校学报》2011 年第 11 期。

治文化现代化的最根本的力量。经济社会发展的滞后性决定了西北边疆地区少数民族政治文化并未随着我国社会的整体现代化转型而实现政治价值观、政治态度、政治人格、政治认同、政治社会化、政治行为等方面的现代化转型。

第三节　扩大公民有序政治参与，增强少数民族国家认同

公民政治参与是现代民主政治的核心要素。扩大西北边疆地区少数民族有序政治参与对于增强国家认同意识发挥着基础性作用。随着时代的进步，网络信息技术和市场化的两种现代性因素不断销蚀着民族地区的传统权威。国家认同建构的基础更多地体现在公民现实权益的保障方面，这就对现代化新形势下的国家认同提出了新的要求。如果不从基本权益的维护入手探讨国家认同建构，那只能是雾里看花、水中捞月。

民族地区公民的权利意识已经达到了较高的水准。而少数民族政治参与能力以及民族地区治理体系和治理能力现代化不足已经成为制约民族地区政治发展的重要因素，如何通过有效增强少数民族有序政治参与能力，从而在权利义务的法治框架内增进国家认同是新时代一项新的历史任务。

一　西北边疆地区少数民族的政治参与

现代社会，政治参与不仅是公民享有民主权利的重要体现，也是现代民主制度赖以存在的基础，是政治体制得以有效运作的重要条件。[①]从 20 世纪 50 年代开始，西方学者就对政治参与进行了广泛研究，至今已取得颇为丰厚的研究成果，20 世纪 80 年年代末 90 年代初，西方治

① 尹毅、李卫宁、叶红：《少数民族欠发达地区政治参与现状及制约因素》，《云南民族学院学报》（哲学社会科学版）2003 年第 5 期。

理理论引入我国以后，对我国现代化民主政治进程产生了重大影响，它意味着一种强调多元主体参与“管理”国家的新式理论与方法应运而生，这一范式下非政府主体也可以在既定的各种不同的制度关系中运用公共权威参与维持公共秩序并最大限度增进国家与社会公共利益的治理过程中来。

政治参与就是普通公民通过一定的方式直接或间接地影响政府的决定或与政府活动相关的公共政治生活的政治行为①，简而言之，即指平民试图影响政府决策的活动。② 可以说，不论是在相关学术研究中还是在具体实践中，治理理论引入并不断丰富都极大地推动着我国政治参与理论和实践的进一步发展。

从参与的形式来看，公民政治参与可分为有序政治参与和无序政治参与。有序政治参与是指公民在认同现有政治制度的前提下，为促进国家与社会关系良性互动、提高政府治理公共事务的能力与绩效而进行的各种有秩序的活动，它包括各种利益表达、利益维护的行动。这种活动是依法、理性、自主、适度地对公共事务或政府决策进行个人或集体意愿表达的行为。③ 有序的政治参与旨在使现有的政治体系获得公众的情感认同与支持，促进国家与社会的良性互动，稳定政治秩序。相反，无序的政治参与会导致公民对政治体制的认同感和归属感降低，产生政治不信任，从而陷入恶性循环最终导致社会不稳定。

西北边疆地区少数民族政治参与是西北边疆地区少数民族及其成员在政治关系中实现所享有政治权利的重要形式。近年来，在西北边疆地区少数民族人员政治参与进一步扩大的同时，无序政治参与以及政治冷漠等现象也呈上升趋势，由于西北边疆地区在地理位置、民族构成、宗教信仰等方面具有一定的特殊性，这里的民族问题显得相对复

① 王浦劬等：《政治学基础》，北京大学出版社，2018，第207页。

② 〔美〕塞缪尔·亨廷顿、琼·纳尔逊：《难以抉择》，汪晓寿等译，华夏出版社，1989。

③ 魏星河：《我国公民有序政治参与的涵义、特点及价值》，《政治学研究》2007年第2期。

杂。而西北边疆地区少数民族有序政治参与能力的提高将有效实现参与主体对公共利益和价值分配意志的畅通表达，稳妥地协调政府行动与公民意愿之间的关系，从而避免少数民族无序政治参与。因此，从国家认同建构视角分析西北边疆地区少数民族有序政治参与，对于激发西北边疆民族地区社会活力，推动西北边疆民族地区政治发展具有重要的实践意义。

二　西北边疆地区少数民族扩大有序政治参与存在的主要问题

扩大有序政治参与是适应新时代我国公民参与民主政治建设诉求不断高涨的必然要求，扩大有序政治参与有其内在的发展逻辑，并不是为民主政治而政治民主，而是基于人们现实需求与人类美好追求的理性选择。[①] 虽然，政治参与在人类政治历史上的不断扩大是不可抗拒的。[②] 但扩大西北边疆地区少数民族有序政治参与依然受到诸多因素的制约。少数民族政治文化、政治参与意识、现有体制机制及宗教性地方权力体系等都会在一定程度上阻碍有序政治参与的发展。当前西北边疆地区少数民族政治参与主要问题体现在参与成本高、参与非理性、参与无序性频发等方面。

（一）政治参与高成本低收益

依据“成本—效益”分析法明显发现，公民在试图影响政治系统的公共政策决策过程中，一方面需要时间、物力、精力等预期内的必要因素，另一方面也往往会存在一些预期外的政治风险，两者相织构成公民政治参与的经济、社会即政治成本。虽然，难以用精确的数字来直接确定这种政治参与所需的成本价值，但“成本—效益”分析法对于透视我国西北边疆地区少数民族政治参与存在的成本效益问题仍然具有一定的说服力。

---

① 魏星河等：《当代中国公民有序政治参与研究》，人民出版社，2007，第253页。

② 王浦劬等：《政治学基础》，北京大学出版社，2018，第183页。

从付出成本维度来看，由于西北边疆地区地域广袤、人口密度小，公民专门参与或通过各种活动影响某一决策活动就必须放弃正常的生产劳动，付出相应的交通费、住宿费、餐饮费等费用；就风险成本而言，往往会受到直接或间接的政治威胁。而从收益角度分析，西北边疆地区少数民族政治参与的收益率并不高，其通过有序政治参与方式实现政治诉求实际效果难以量化。因此，这种高成本低收益的参与模式，影响了西北边疆地区少数民族政治参与的积极性和有效性，阻碍了有序政治参与的进一步发展，对国家认同造成了消极影响。

（二）无序政治参与的消极后果造成负面影响

在经济社会发展相对滞后的西北边疆地区，少数民族政治文化体现出典型的传统性、非理性特征。政治参与呈现一定的无序性。

一方面，无序政治参与通过挑拨民族关系，产生严重政治后果，从而不仅导致民族之间关系的疏远，而且整体上造成了少数民族国家认同意识的缺失；另一方面，严重破坏西北边疆地区政治稳定与民族团结。因此，通过多渠道提升少数民族有序政治参与能力对于国家认同建构具有重要意义。

三　影响西北边疆地区少数民族政治参与有序性的主要因素

（一）西北边疆地区多元的政治文化

显而易见，西北边疆地区少数民族有序政治参与水平受到当地政治文化的辖制和影响，政治行为是相应的政治文化的外显。所谓政治文化，就是政治关系的心理和精神的反映，是人们在社会政治生活中形成的对于政治的感受、认识和道德习俗规范的复杂综合。[①] 从历史视角看，我国少数民族地区所形成的政治文化主要是臣属型和地域型政治文化。随着改革开放的逐步深入和民族地区社会的转型变迁，少数民族的政治文化逐渐由地域型、臣属型政治文化转变为参与型政治文化。然

① 王浦劬等：《政治学基础》，北京大学出版社，2018，第241页。

而由于少数民族成员受教育程度普遍较低，人际交往关系相对单一，人员流动规模偏低，一方面导致有序政治参与型文化尚未完全形成，另一方面使少数民族对自身民族文化具有极高的认同性，极大地阻碍了政治文化现代化的发展。

西北边疆地区政治文化的多元化除了体现在现代政治文明进程凝结的成果外，还体现在宗教文化和传统习俗方面。一方面政治文化具有一定的民族性[①]，这里所指的在一定程度上就是传统的民族文化，毕竟在现代政治生活实践中对于政治的感受和认识必然明显带有积淀了数千年的民族价值意识与行为习惯。众所周知，西北边疆地区作为重要的民族走廊和多民族文化交汇的通道地带，自古便是多民族集聚区，在这里生活的少数民族有维吾尔族、回族、蒙古族、哈萨克族、柯尔克孜族等，多样化的民族语言，多元化的民族风俗不断影响着身居此地的民族人员，形成了不同的多样的传统的政治亚文化；另一方面，宗教习俗也深深地影响着政治文化的形成，它是一种普遍存在的社会历史现象，不断随着社会历史的变迁而变化。从历史视角来看，西北边疆地区在长期的社会生活中形成了佛教、道教、天主教、东正教、伊斯兰教、基督教以及一些少数民族地区民间信仰共存的局面，由此可见，西北边疆地区一些少数民族人员宗教信仰状况较为复杂。长期以来，宗教信仰已经不同程度地影响到西北边疆少数民族部分成员社会生活的物质和精神两个方面，形成了不同形式的宗教文化，往往造成儒家文化、藏传佛教文化、伊斯兰文化和现代文化的撞击和交汇。[②] 这种多宗教文化的撞击和交汇，给该地区现代政治文明建设带来双重影响，不仅体现在对该地区的民众现有政治观的甄别，还深深地塑造了当地居民的政治人格和政治意识，处理方式略有不慎，就会给该地区少数民族有序政治参与造成

① 徐大同：《政治文化民族性的几点思考》，《天津师大学学报》（社会科学版）1998 年第 4 期。

② 王宗礼、刘建兰、贾应生：《中国西北农牧民政治行为研究》，甘肃人民出版社，1995，第 43 页。

极大的阻碍。

（二）西北边疆地区少数民族政治参与能力不足

在整个政治参与过程中，参与主体的能力素养直接影响和制约着政治参与的程度与效果。毕竟政策、制度的制定与实施归根到底都要靠人来落实，自然条件、经济条件、政治文化、参与机制等因素都是影响政治参与程度与效用的外部原因，在政治参与过程中还必定存在内在原因推动事物的发展，两者缺一不可。

外因必须通过内因而起作用，虽然外因对事物的发展有重大影响，有时能引起事物性质的变化，但不管外因的作用有多大，都必须通过内因才能起作用，这个内在因素就是参与主体的政治参与能力素养。如何正确认知政治参与主体的能力现状与提升西北边疆地区少数民族能力素质则是不断扩大有序政治参与的核心问题。一般而言，所谓能力是指成功地完成某种活动所必须具备的个性心理特征，是主体从事某种活动时所具备的内部条件和内在可能性。[①] 主要体现在以下三个方面：首先就是政治参与能力是在政治决策过程中实现决策有效性的必需条件，直接影响着政治决策过程的成果，同时主体人员的政治参与能力不是一成不变的，而是随着年龄的增长而不断变化；其次就是政治参与能力是参与主体在实际的政治决策过程中所彰显出来的准确掌控政治活动的实际能力与熟练程度；最后就是政治参与主体的知识经验与个人能力以及自身的个人特质共同构成了参与主体的素质，自然成为政治决策过程中的必要条件。

美国著名政治学家阿尔蒙德在《公民文化》一书中，较早地把公民能力划分为参与公民的主观能力和客观能力。所谓公民的主观能力，是指公民对自己影响和参与政府决策、参与行政的能力的认知、情感和态度。公民的主观能力是公民参与的心理因素或心理基础。公民的客观能力是指公民影响和参与政府决策、参与行政的实际能力。公民参与的

① 叶奕乾等主编《普通心理学》，华东师范大学出版社，2010，第46页。

主观能力和客观能力是相辅相成的，主观能力是客观能力的基础和前提，如果仅有客观能力而不具备主观能力，公民参与的行为就无法产生，而如果仅有主观能力而无客观能力，则公民参与的行为及参与效果都会受到很大影响。[1] 就西北边疆地区少数民族政治参与现状而言，少数民族人员在具体的政治实践过程中对参与行政的认知程度普遍不高，对政治参与的态度和情感很平淡，个别人呈现政治冷漠状态，这一方面是历史遗留的原因，另一方面是外部条件因素造成的问题，这就造成了西北边疆地区少数民族成员的主观政治参与能力低下；就西北边疆地区少数民族的受教育程度而言，该地区少数民族人员的文化水平普遍较低，师资队伍水平相比中西部地区依旧很低，这就毫无疑问地会影响到少数民族人员的参与的资本与所需技能，这就造成了西北边疆地区少数民族人员的客观政治参与能力低下。总体而言，西北边疆地区少数民族人员在政治活动参与过程中，无论是主观参与能力还是客观参与能力都呈现出普遍较低的问题，必然造成西北边疆地区少数民族成员政治参与素质与能力不足，阻碍该地区少数民族人员有序政治参与的推进。

（三）西北边疆地区基层政府治理能力不足

随着改革开放的不断深入，我国市场经济和政治体制变革逐步取得重大的成就，地方政府获得的自主权越来越多，但是，由于受到传统的经济体制与政治体制的约束，基层政府自身的治理能力与市场需求以及人们对现代政府提供公共产品之间的矛盾也呈现出来，社会治理往往呈现出碎片化的状态，治理难题较多，人民的一些利益诉求无法通过既有合理渠道予以表达和有效维护，造成基层政府与基层群众之间的政治信任度有所下降，基层政府的权威性受到挑战。群众对基层政治信任度的降低，往往造成两种极端政治行为，一是反制度化政治参与，二是政治冷漠或消极的政治参与，两者都会对少数民族国家认同造成

① 王彩梅：《试论公民参与能力的提高》，《理论导刊》2006 年第 10 期。

负面影响。

就西北边疆少数民族地区基层政府治理而言，治理能力与治理需求之间仍然存在一定的矛盾。从纵向维度来看，随着改革开放政策的不断深入推广，西北边疆地区的经济、政治、社会取得巨大进步，随之少数民族的民主意识、权利意识也有所增强，但由于历史传统、社会发育程度等因素的影响，边疆地区基层政府，特别是县乡两级政府无法及时有效回应这种社会发展和民众的要求；从横向维度来看，西北边疆地区深处内陆，改革开放的总体进程和改革成果收益远远落后于中东部地区，政府内部能力提升的进程和状态也远远落后于中东部地区。

综上所述，公民有序政治参与是现代民主政治发展的必然要求，是政府治理能力和治理体系现代化的体现，也是国家认同意识不断提升的重要路径。积极推动依法治国，扩大少数民族有序政治参与，对于消除对立情绪，促进沟通交流和理解包容性社会意识的成长以及民族关系和谐发展都将产生积极影响。同时，有序政治参与对于回应民众维护自身权益的要求以及国家治理方式优化都具有十分重要的意义。

第四节　全面加强党的民族事务治理能力，构建国家认同

国家建构不仅是重大的理论问题，更是重大的现实问题。从现实视角分析，全面加强党的“民族事务治理能力建设”是国家建构的必然要求。近年来，国内外学界从治理视角研究国家认同取得了丰富的成果。

一　民族事务治理能力研究现状

1. 国外对民族事务治理能力的研究

国外学者对民族事务治理能力研究由来已久，成果丰富，并形成了基本的研究范式、内容和方法。虽然鲜有直接针对我国全面加强党对民族事务治理能力研究的成果，但由于民族问题是当今多民族国家普遍

面临的重大社会问题，因而广受关注。西方相关民族理论及其民族治理能力研究成果，对于我们认识民族问题的本质，探索民族发展规律，全面加强党对民族事务治理能力的研究具有一定的借鉴和启示意义。概言之，西方民族治理主要形成如下结论与共识。

（1）民族问题与国家命运息息相关，而且在可见的未来绝不可能消失

“族群意识可以建立一个国家，也可撕裂一个国家”①，群体认同的幽灵正在现代政治和社会生活中徘徊。Lucian Pye（白鲁恂）指出，全球化以及科学技术的发展并未使那些妨碍进步与启蒙的宗教、种族、部落等原始的人类群体成为明日黄花，相反，随着社会发展却变本加厉地撼动着世界政治。② 其根本原因在于世界政治经济发展不平衡这一绝对规律支配着国际政治必然不断变迁，而这种世界政治变迁的压力使得民族这一人群共同体成为各方势力政治博弈乃至国家建构的重要变量。

（2）西方学者率先将治理理念运用到民族治理事务领域

“治理”理念兴起于20世纪90年代的西方国家。这一理论范式本身就包含着处理族际关系的理论分析，它是西方社会在应对当今全球性社会危机以及本国族际冲突问题的反思中提出的。主要包括文明冲突与族裔身份、少数群体权利、族群冲突治理等方面。亨廷顿认为冷战后全球范围内的冲突和博弈不再由意识形态决定，而是由民族文化的差异所引起。同时，他认为国家内部主流文化与多元文化的碰撞不可避免。而“治理”理念的核心是“交互主体性”的思维方式，即在确认自身主体身份的同时，要相应地认识到对方的主体性，给予对方身份以充分的尊重和认可，其表现形式是崇尚多元，对多元文化的尊重是现代社会“交互主体性”思维方式在解决多民族问题上的反映。

---

① 〔英〕哈罗德·伊罗生：《群氓之族：族群认同与政治变迁》，广西师范大学出版社，2008，第5页。

② 〔英〕哈罗德·伊罗生：《群氓之族：族群认同与政治变迁》，广西师范大学出版社，2008，第6页。

（3）在民族治理模式方面主要形成了加拿大多元文化主义模式、美国熔炉模式、第三世界国家的民族政党政治等模式

而国外学者对中国民族问题的关注，更多地倾向于对中国民族主义的研究，特别是对其性质与特征、生成逻辑与兴起原因、价值性与发展趋势、网络民族主义及其他相关问题，对中国民族事务治理的研究更多地为其国家战略服务。

2. 国内对民族事务治理能力的研究

虽然我国关于党的民族理论与政策的研究由来已久，但全面加强党对民族事务治理能力研究才刚刚起步。2013 年党的十八届三中全会首次提出"推进国家治理体系和治理能力现代化"这一全面深化改革的总体要求之后，学界从多个学科对民族事务治理体系及民族事务治理能力现代化的概念、内容、功能等一般理论展开了探讨，但至今尚未建立起全面加强党对民族事务治理能力的研究框架，其诸多核心概念、基本理论、研究方法等尚不明晰。总的来看，国内主要就以下方面展开讨论。

（1）强调提高民族事务治理能力的关键在于加强党的领导

党的领导是中国特色民族工作的本质特征。加强中国共产党对民族治理事务的领导是民族工作成功的根本保证，也是各民族大团结的根本保证。赵新国认为，之所以强调党对民族事务治理的领导是由党的性质与宗旨决定的。党的领导与中国特色社会主义民族工作在指导思想、奋斗目标和价值取向等本质属性方面具有统一性和一致性。要提升党治理民族事务的能力首要的是发挥党总揽全局、协调各方的领导核心作用，要建设高素质专业化民族工作干部队伍，同时，要加强党的基层组织建设。

（2）强调从民族事务治理现代化视角探讨民族区域自治制度的完善

民族区域自治制度是我国一项基本政治制度，是中国特色社会主义制度的重要组成部分，它在保障少数民族权利，推动民族团结等方面

起到了极其重要的作用。当前很多学者对民族区域自治的制度设计、历史嬗变、价值底蕴，以及民族区域自治权的法理依托和实现路径等做了比较深入的研究。然而，对民族区域自治内蕴的一个核心命题即民族自治与区域自治相结合的研究还十分薄弱。民族事务治理现代化语境下民族区域自治制度的完善是一项精细的理论与实践论题。一些学者倾向于以多元文化主义、差异化公民权和少数群体的权利去解读民族自治的问题，却忽略了民族区域自治中的区域共治之价值，将“民族自治”等同于“单一民族自治”，为分裂国家疆域的险恶目的做合法性论证。因此，必须矫正对民族区域自治的相关错误认知，从民族事务治理现代化视角进一步细化“民族自治”与“区域自治”有机结合的研究。同时，有学者强调民族区域自治制度发展完善的机遇与方向应是加强民族事务治理与边疆治理的内部契合。

（3）重视对城市的民族事务治理

随着城市化、市场化进程的不断加快，越来越多的少数民族劳动力进城，但这也对城市民族工作产生了巨大挑战。面对“国家在民族事务支持力度加大和少数民族基本公共服务能力不足仍然并存”的新常态以及利益纠纷、少数民族流动人员数量大、各项民族事务治理机制不健全、国家法律和相关政策滞后的条件下，城市民族工作更应深入社会，采取促进治理主体多元化、促进部门资源整合、促进治理法治化等措施，加强民族工作治理，从而实现城市善治的理想状态。同时提出破解城市民族事务治理社会化的难题的关键是加强政府、市场和社会等多元主体合作，促进跨地域、跨功能、跨部门整合，推动法治化、社会化、精细化耦合，同时构建城市民族事务治理社会化体系。

（4）推动民族事务治理法治化研究

实现民族事务治理现代化，必须大力推动民族地区法治化进程，建构法治化的治理模式和多元共治型的治理体系。王允武认为，我国已构建了两个层面的协调民族关系的法律规范体系，即以《宪法》为核心的“国家层面法律体系”和民族地区建立的“地方法规体系”。但他认为上述法律体系在民族关系协调实践中面临困境，自治地方本土经济结构单一且不发达，加上与东部、中部等发达地区的发展差距，民族自治地方经济发展能力较弱，最终影响民族关系的正向健康发展。因此，应依法治国，以相关法律为引领协调民族关系有序发展。同时，要大力培育各族群众的法律信仰，运用法治手段促进民族自治地方经济社会协调发展，依法打击破坏民族团结的各种违法犯罪行为。

此外，要加强民族地区立法工作。民族事务治理现代化的基本要求之一，就是要用良法对民族事务进行善治，而良法正是善治之前提。完善民族区域自治的相关法律体系，就是提高民族区域自治法治化水平的基本途径，其实质就是在构建现代化的治理民族事务的良法。

（5）民族治理体系创新机制研究

作为民族事务治理的制度框架，民族事务治理体系功能的充分发挥，不仅需要合理的制度设计与高效的组织协调机制，同时还需要形成与输出有效的治理能力。从国家治理能力的视角分析，我国的民族事务治理能力实质上是为了实现民族平等、团结、互助、和谐的价值目标，国家通过制度、政策的实施与法律规范的贯彻，提高解决民族问题的绩效与水平。我国民族事务治理体系奠基于新中国成立初期的政治设计，其核心是民族区域自治制度的政治制度框架，并辅之一系列促进民族平等、团结、互助的政策规范共同组成。但随着时代变迁，新形势下需要进一步进行民族事务治理体系的理论创新与制度安排。有学者指出当前应加快推进民委委员制组织机制建设步伐，加快提升基层民族工作部门依法管理水平，从而加快推进民族事务法治化建设进程。

学者还从文化建设视角出发，以民族地区社会主义核心价值观引领民族地区文化建设，以加强和完善民族地区党的领导为主要方式构建中华民族共同体。也有学者对贵州、广东等地的民族事务治理体系和治理能力现代化创新工作进行了实证研究，对一些先进做法进行了评估，总结了宝贵的经验。

总体而言，国内学者在全面加强党对民族事务治理能力研究方面仍处于起步阶段，体现出研究问题不集中、核心概念不清晰、研究目标不一致以及学科混杂、研究机构分散的特点。目前，关于全面加强党对民族事务治理能力尚无专文论述，现有的学术研究偏重于应急性的对策研究，而理论创新和建构明显不足。理论研究严重落后于民族治理能力现代化的现实需要，一些宏观的政治、经济、文化，乃至制度理论并未充分关注民族事务治理能力问题。

二　加强党的领导，促进国家认同建构

中国共产党是中国人民和中华民族的先锋队，是中国特色社会主义事业的领导核心，也是中华民族团结统一的核心力量。在社会主义新时代，增强民族团结、维护祖国统一，实现中华民族伟大复兴的“中国梦”更离不开党的坚强领导。习近平总书记在中央民族工作会议上指出，“民族工作能不能做好，最根本的一条是党的领导是不是坚强有力，中国共产党的领导是民族工作成功的根本保证，也是各民族大团结的根本保证”。党的十九大报告强调：“深化民族团结进步教育，铸牢中华民族共同体意识，促进各民族像石榴籽一样紧紧抱在一起。”但这只有在共同的国家认同基础上才能实现。

针对民族地区文化多元、宗教多样，民族认同与国家认同之间内在张力客观存在的实际，不断推动民族地区党的建设，特别是党的思想建设，增强党的凝聚力、向心力是促进民族地区国家认同建构，实现西北边疆地区长治久安的根本保证。

1. 加强党的领导是促进民族地区国家认同建构的关键

总结近代晚清以来国家与军队割裂、中央与地方割裂、国家与社会割裂导致的国家软弱无力、一盘散沙以致遭受列强侵略的惨痛教训，我国建立的社会主义制度，其突出优势体现在党总揽全局、协调各方的领导核心作用上。实践证明党的正确领导，是推进各项事业成功的根本保证。这与党的特点密不可分：首先，党能够超越狭隘的民族利益掣肘，站在中华民族全局高度，凝聚全党全社会智慧，进行全面规划和部署，

有序推进社会进步。其次，党站在各民族共同的立场上，构建各族人民平等共享的政治制度，为民族团结进步提供政治保证。最后，党是总揽全局的领导核心，能够协调各方优势，统筹兼顾，确保全体人民实现均衡发展、共同富裕。

改革开放以来，市场经济深入发展，随着“两个大局”发展格局逐渐布局，区域发展差距因历史、地理、时代条件等原因往往以民族间的发展差距显现，成为影响少数民族国家认同的关键因素。国家大力实施的西部大开发战略、“一带一路”倡议以及精准扶贫政策等在缩小区域发展差距、实现均衡发展方面发挥了重要作用。体现了“全面实现小康，一个民族都不能少”的总要求。然而民族文化的发展演变有其内在的规律，多民族国家基于一致性的文化认同构建国家认同是一个长期的历史过程。在这样的背景下，党的领导成为全国各族人民最基本的政治共识，是国家认同生成的心理基础，从而构成国家认同的核心。由此可见，党的领导在少数民族国家认同生成机制中发挥了关键作用。坚持党的领导就必须加强党的建设，不断增强党的创造力、凝聚力，确保民族团结事业不断前进。

2. 加强民族地区党的思想建设，是增强各民族国家认同的核心

在2014年召开的中央民族工作会议上，习近平总书记指出，加强中华民族大团结，长远和根本的是增强文化认同，建设各民族共有的精神家园，积极培养中华民族共同体意识。中国特色的民族团结进步教育本质上是认同教育或共识教育，其最终目标是凝聚中华民族共同体意识。认同就其本质而言，是人类的一种文化心理现象，是通过一定的具体的文化载体，达到集体一致性的过程，这也是解决人类集体行动困境的手段之一。作为古代东西方交流的桥头堡、多种文明交汇的集散地，古丝绸之路的黄金段，西北边疆地区是典型的“民族走廊”，其中必然保留众多的民族历史足迹与文化沉淀。由此，西北民族地区历史地形成了思想文化多元、宗教形态多样、生计方式差异显著的特点，民族性、宗教性、边疆性成为影响民族关系的重要变量，这对传统的强调通过民

族文化一致性的国家认同建构形成挑战。

然而，在国家认同构建的漫长过程中，首先体现为对国家的政治认同，主要包括对党的领导的认同和对基本政治制度的认同，这种认同是政治合法性的基础。在我国党的领导根本是思想领导，核心是政治领导，关键是组织领导，其中党的思想领导是党的全部领导工作的灵魂和基础。中国共产党历来高度重视思想理论建设，不同时代产生了一系列不同的理论成果。而作为党的指导思想的中国化的马克思主义理论成果，是中华民族的精神支柱，因而成为全国各族人民最大的思想理论共识。这种理论成果一经武装群众便在国家政治认同中发挥灵魂和核心作用，成为协调民族认同与国家认同关系的桥梁。从而统一思想，形成共识，有效凝聚各方力量。由此可见，加强民族地区党的思想建设，是增强民族地区国家认同的必然要求。党的十八大以来，习近平新时代中国特色社会主义思想是全党全国各族人民为实现中华民族伟大复兴而奋斗的行动指南，因而成为新时代西北民族地区国家认同建构新的“合理内核”，为全国各族人民共铸精神家园提供新的方向和动力，这必将有力地促进国家认同建构。因此，不断推进理论创新，加强西北边疆民族地区党的建设具有特殊而重要的意义，这就要求我们充分认识民族地区意识形态工作的极端重要性。在新民主主义革命时期正是共产主义这一共同的理想信念将全国各族人民团结起来，推翻“三座大山”，建立了社会主义新中国。共产主义理想信念作为意识形态的核心，远远超越民族差异成为各族人民团结奋斗、勇往直前的心理基础，是民族向心力、国家凝聚力的动力源，纵有历史形成的民族间亲疏关系的差序格局，依然不能阻挡民族团结事业的进步。此外，要充分认识宗教在国家认同中的作用。民族地区加强党的思想领导，必须处理好党的思想理论与宗教的关系，加强党对宗教工作的领导。党的十九大提出把党在宗教领域的重大理论创新成果作为新时代中国特色社会主义思想的一个重要方面，引领党的宗教工作迈向新时代。

3. 加强民族地区党的建设，必须做好民族干部队伍建设和精准扶

贫工作

民族地区党的建设关键在于加强干部队伍的建设。我们党历来强调，政治路线确定之后，干部就是决定因素。“为治之要，莫先于用人”。民族地区党的领导主要通过党的干部和党组织实现，这就必然要求不断增强民族地区党员干部的凝聚力、战斗力、工作能力和党性意识。少数民族群众对国家的感知首先从党的干部中获得，党员干部在群众心目中的形象往往成为民族群众国家认同的第一印象。由此可见，加强民族地区党的建设，干部队伍是关键。党的建设是一个动态过程，由于执政地位、市场经济、外部环境的考验和精神懈怠、能力不足、脱离群众、消极腐败等现实危险的存在，民族地区仍受发展不充分这一特点的影响和制约，就使得民族地区党的建设科学化过程中存在的问题更为多样复杂。由此可见，民族地区党的干部队伍建设首要的是加强民族干部的思想建设。

然而，国家认同最终要落实到民族群众的现实生活中。脱贫致富、精准扶贫，打造民族团结的共同利益基础才是增强少数民族国家认同的根本途径。当前，民族地区大力实施的以项目带动为重要特征的西部大开发战略和“丝绸之路经济带”建设，将进一步加快民族地区现代化的进程。在这一进程中，少数民族将与现代大机器生产形式相结合，现代化的生产方式，将打破以狭隘的血缘和地域为基础的价值观念，以理性为基础的知识技术和技能的进步，这必然有利于推动边疆民族地区非理性传统文化的发展变迁，从而在知识观念和生计方式更新中，从根本上实现人的现代化，从根本上消除社会结构分割和社会心理疏离，从而为不同民族基于现代化的共同文化、共同价值观的形成奠定物质基础，这为各民族像石榴籽一样紧紧抱在一起的民族团结提供了条件，必然营造“亲密无间、守望相助、相互依赖”民族社会氛围。

参考文献

（一）历史文献

1. 陈戍国校注《周礼·仪礼·礼记》，岳麓书社，2006。
2. （春秋）左丘明：《左传》，陕西旅游出版社，2003。
3. （战国）吕不韦：《吕氏春秋》，陕西旅游出版社，2002。
4. （东汉）许慎：《说文解字》，中华书局，1963。
5. （南朝·梁）释慧皎撰，汤用彤校注，汤一玄整理《高僧传》，中华书局，1992。
6. （宋）司马光等：《资治通鉴》，远方出版社，2001。
7. （清）梁启超撰，吴松、卢云昆、王文光、段炳昌点校《饮冰室文集点校》，云南教育出版社，2001。
8. 常燕生：《国族的血》，《国论》1937年第2卷第10期。
9. 陈健夫：《西藏问题》，商务印书馆，1937。

（二）中文著作

1. 张植荣：《中国边疆与民族问题——当代中国的挑战及其历史由来》，北京大学出版社，2005。
2. 中央统战部编《民族问题汇编》，中共中央党校出版社，1991。
3. 宁骚：《民族与国家——民族关系与民族政策的国际比较》，北京大学出版社，1995。
4. 徐杰舜：《汉民族发展史》，四川民族出版社，1992。

5. 费孝通主编《中华民族多元一体格局》（修订版），中央民族大学出版社，1999。
6. 费孝通：《乡土中国生育制度》，北京大学出版社，1998。
7. 孙秋云主编《文化人类学教程》，民族出版社，2004。
8. 汪宁生：《文化人类学调查》，文物出版社，2002。
9. 才让：《藏传佛教民俗与信仰》，民族出版社，1999。
10. 蔡凤林：《中国农牧文化结合与中华民族的形成》，中国财政经济出版社，2000。
11. 李玉宁：《甘肃蒙古族文化形态与古籍文存》，甘肃民族出版社，2004。
12. 第穆·图丹晋美嘉措：《九世达赖喇嘛传》，王维强译，中国藏学出版社，2000。
13. 宗喀·漾正冈布：《卓尼生态文化》，甘肃民族出版社，2007。
14. 边燕杰：《市场转型与社会分层——美国社会学者分析中国》，生活·读书·新知三联书店，2002。
15. 《邓小平文选》（第三卷），人民出版社，1993。
16. 路宪民：《社会文化变迁中的西部民族关系》，民族出版社，2012。
17. 马戎：《少数民族社会发展与就业——以西部现代化进程为背景》，社会科学文献出版社，2009。
18. 马戎：《西藏的人口与社会》，同心出版社，1996。
19. 张践：《民族宗教关系的社会理论考察》，宗教文化出版社，2009。
20. 杨建新：《中国少数民族通论》，民族出版社，2005。
21. 曹海英：《中国西部民族地区新型工业化——价值取向、实现机制、发展路径》，中国经济出版社，2010。
22. 黄岩：《国家认同——民族发展政治的目标建构》，民族出版社，2011。
23. 芈一之主编《青海蒙古族历史简编》，青海人民出版社，1993。
24. 赵利生：《民族社会学》，民族出版社，2003。
25. 苏发祥：《西藏民族关系研究》，中央民族大学出版社，2006。

26. 才让主编《青海蒙古世系》，青海人民出版社，2006。
27. 《准噶尔史略》编写组《准噶尔史略》，人民出版社，1985。
28. 世界银行、国家民族事务委员会项目课题组编著《中国少数民族地区自然资源开发社区受益机制研究》，中央民族大学出版社，2009。
29. 娜拉：《多维视角下的族际问题探索》，民族出版社，2006。
30. 关海庭：《20世纪中国政治发展史论》，北京大学出版社，2002。
31. 程起骏：《古老神秘的都兰》，青海人民出版社，2009。
32. 杨文炯：《互动调试与重构》，民族出版社，2007。
33. 谢佐：《青海民族关系史》，青海人民出版社，2001。
34. 崔永红、张得祖、杜长顺：《青海通史》，青海人民出版社，1999。
35. 张秀华：《蒙古族生活掠影》，沈阳出版社，2002。
36. 陈庆英、丁守璞：《蒙藏关系史大系（文化卷）》，外语教学与研究出版社、西藏人民出版社，2000。
37. 胡涤非：《民族主义与近代中国政治变迁》，知识产权出版社，2009。
38. 徐黎丽：《论民族关系与民族关系问题》，民族出版社，2005。
39. 严庆：《冲突与整合：民族政治关系模式研究》，社会科学文献出版社，2011。
40. 高凯军：《论中华民族——从地域特点和长城的兴废看中华民族的起源、形成与发展》，文物出版社，2010。
41. 汪春燕：《城市化进程中的西北民族关系》，中国社会科学出版社，2012。
42. 王希隆：《清代西北屯田研究》，兰州大学出版社，1990。
43. 王桂琴、刘秉龙：《民族地区工业化进程研究》，中央民族大学出版社，2007。
44. 王宗礼、刘建兰、贾应生：《中国西北农牧民政治行为研究》，甘肃人民出版社，1995。
45. 王宗礼、谈振好、刘建兰：《中国西北民族地区政治稳定研究》，甘肃人民出版社，1998。

46. 陶克套、齐秀华：《游牧思想论——以蒙古人的传统理性认识为中心》，民族出版社，2011。
47. 杨顺清：《中国少数民族政治关系分析》，云南人民出版社，2008。
48. 余振、达哇才仁：《中国的民族关系和民族发展》，民族出版社，2003。
49. 南文渊：《藏族传统文化与青藏高原环境保护和社会发展》，中国藏学出版社，2008。
50. 李红梅：《中国共产党民族地区现代化思想及实践研究》，中央民族大学出版社，2009。
51. 关凯：《民族政治学》，中央民族大学出版社，2009。
52. 王明珂：《华夏边缘：历史记忆和族群认同》，台北允辰文化事业股份有限公司，1997。
53. 张羽新主编《中国西藏及甘青川滇藏区方志汇编》，学苑出版社，2003。
54. 陈渠珍：《艽野尘梦》，西藏人民出版社，1992。
55. 严德一：《边疆地理调查实录》，商务印书馆，1950。
56. 马鹤天：《甘青藏边区考察记：西北行记丛萃》，甘肃人民出版社，2003。
57. 黄兴涛：《重塑中华——近代中国“中华民族”观念研究》，北京师范大学出版社，2018。
58. 阎锡山：《复兴民族必须先复兴发展富强文明的原动力》，太远绥靖公署主任办公处，1936。
59. 李华兴等：《索我理想之中华：中国近代国家观念的形成与发展》，安徽教育出版社，2005。
60. 孔飞力：《中国现代国家的起源》，陈兼、陈之宏译，生活·读书·新知三联书店，2013。
61. 王立新：《美国对华政策与中国民族主义运动》，中国社会科学出版社，2000。
62. 王奇生：《革命与反革命：社会文化视野下的民国政治》，社会科学文献出版社，2010。
63. 徐文珊：《中华民族之研究》，台湾商务印书馆，1969。
64. 赵德兴等：《社会转型期西北少数民族居民价值观的嬗变》，人民出版社，2007。
65. 吴仕民主编《中国民族理论新编》，中央民族大学出版社，2006。
66. 郑长德、罗布江村：《中国少数民族地区经济发展方式转变研究》，民族出版社，2010。
67. 王文长、萨如拉、李俊峰：《西部资源开发与可持续发展研究》，中央民族大学出版社，2006。
68. 谢立中主编《理解民族关系的新思路：少数族群问题的去政治化》，社会科学文献出版社，2010。
69. 沈桂萍：《当代中国特色民族与宗教政策创新研究》，甘肃民族出版社，2014。
70. 樊保良：《蒙藏关系史研究》，青海人民出版社，1992。
71. 陈庆英、丁守璞主编《蒙藏关系史大系·政治卷》，外语教学与研究出版社，2002。
72. 王辅仁、陈庆英：《蒙藏民族关系史略》，中国社会科学出版社，1985。
73. 王希恩：《当代中国民族问题解析》，民族出版社，2002。
74. 杨圣敏、丁宏主编《中国民族志》，中央民族大学出版社，2006。
75. 马曼丽、安俭、艾买提：《中国西北跨国民族文化变异研究》，民族出版社，2009。
76. 王希恩：《全球化中的民族过程》，社会科学文献出版社，2009。
77. 王晓丽、廖旸、吴凤岭主编《宗教信仰与民族文化（第三辑）》，社会科学文献出版社，2009。
78. 周平：《民族政治学》（第2版），高等教育出版社，2007。
79. 蒲文成、王心岳：《汉藏民族关系史》，甘肃人民出版社，2008。
80. 王云：《青海藏族按揉部落社会历史文化研究》，民族出版社，2011。
81. 韩英：《苍茫西藏路》，西藏人民出版社，2001。

82. 赵学先：《中国国民党民族理论与民族政策研究》，中央民族大学出版社，2010。
83. 李静、杨须爱：《交往与流动话语中的村落社会变迁》，中国社会科学出版社，2008。
84. 周振鹤：《青海》，台湾商务印书馆，1971。
85. 马进：《西北世居少数民族日常交往心态研究》，民族出版社，2011。
86. 桑杰端智：《藏文化与藏族人》，甘肃民族出版社，2009。
87. 王昱：《青海历史文化与旅游开发》，青海人民出版社，2008。
88. 徐黎丽：《走西口——汉族移民西北边疆及文化变迁研究》，民族出版社，2010。
89. 金炳镐：《中国共产党民族政策发展史》，中央民族大学出版社，2006。
90. 林耀华主编《民族学通论》，中央民族大学出版社，2005。
91. 凌纯声、林耀华等：《20世纪中国人类学民族学研究方法与方法论》，民族出版社，2004。
92. 乌力吉巴雅尔：《蒙藏关系史大系（宗教卷）》，外语教学与研究出版社、西藏人民出版社，2001。
93. 金炳镐主编《民族纲领政策文献选编》，中央民族大学出版社，2006。
94. 刘正寅、扎洛、方素梅主编《族际认知——文献中的他者》，社会科学文献出版社，2009。
95. 林精华：《民族主义的意义与悖论》，人民出版社，2002。
96. 王绍光、胡鞍钢：《中国国家能力报告》，辽宁人民出版社，1993。
97. 王绍光：《理想政治秩序：中西古今的探求》，生活·读书·新知三联书店，2012。
98. 王绍光：《中国：不平衡发展的政治经济学》，中国计划出版社，1999。
99. 复旦大学历史学系、复旦大学中外现代化进程研究中心编《近代中国的国家形象与国家认同》，上海古籍出版社，2003。
100. 陈茂荣：《马克思主义视野的民族认同问题研究》，中国社会科学出版社，2014。

101. 李杰、陈超美：《CiteSpace：科技文本挖掘及可视化》，首都经济贸易大学出版社，2016。

（三）外文著作

1.〔美〕本尼迪克特·安德森：《想象的共同体：民族主义的起源与散布》，上海人民出版社，2005。
2.〔英〕安迪·格林：《教育、全球化与民族国家》，朱旭东等译，教育科学出版社，2004。
3.〔德〕尤尔根·哈贝马斯：《后民族结构》，曹卫东译，上海人民出版，2019。
4.〔英〕汤林森：《文化帝国主义》，冯建三译，上海人民出版社，1999。
5.〔美〕塞缪尔·亨廷顿：《文明的冲突与世界秩序的重建》，周琪、刘绯、张立平、王圆译，新华出版社，1999。
6.〔美〕塞缪尔·亨廷顿：《变化社会中的政治秩序》，王冠华等译，上海人民出版社，2008。
7.〔美〕菲利克斯·格罗斯：《公民与国家：民族志、部族和族属身份》，王建娥、魏强译，新华出版社，2003。
8.〔英〕厄内斯特·盖尔纳：《民族与民族主义》，韩红译，中央编译出版社，2002。
9.〔英〕威尔·金里卡：《少数的权利：民族主义、多元文化主义和公民》，邓红风译，上海译文出版社，2005。
10.〔美〕塞维林·比亚勒：《苏联的稳定和变迁》，普尔译，新华出版社，1984。
11.〔加拿大〕查尔斯·泰勒：《自我的根源：许多认同的形成》，韩震译，译林出版社，2012。
12.〔英〕艾瑞克·霍布斯鲍姆：《民族与民族主义》，李金梅译，上海人民出版社，2006。
13.〔英〕安东尼·吉登斯：《民族－国家与暴力》，胡宗泽、赵力涛译，生活·读书·新知三联书店，1998。

14. 〔英〕安东尼·吉登斯：《现代性与自我认同》，夏璐译，中国人民大学出版社，2016。
15. 〔美〕保罗·康纳顿：《社会如何记忆》，纳日碧力戈译，上海人民出版社，2000。

（四）学术论文

1. 严庆：《浅谈民族因素与政治稳定》，《清华大学学报》（哲学社会科学版）2017 第 6 期。
2. 青觉：《中国民族政治学研究的马克思主义方法》，《清华大学学报》（哲学社会科学版）2017 第 6 期。
3. 张宝成：《民族认同与国家认同之比较》，《贵州民族研究》2010 年第 3 期。
4. 伍斌：《论儿童国家认同感的形成》，《教育研究与实验》2000 年第 2 期。
5. 徐则平：《试论民族文化认同的“软实力”价值》，《思想战线》2008 年第 3 期。
6. 王德民、徐黎丽：《类主体视阈下少数民族国家认同的历史维度》，《西北民族大学学报》2018 年第 3 期。
7. 熊征：《藏族传统纠纷解决观与藏区群体性事件干预机制》，《中央民族大学学报》（哲学社会科学版）2017 年第 3 期。
8. 陈明明：《作为一种政治形态的政党——国家及其对中国国家建设的意义》，《政治学研究》2015 年第 2 期。
9. 金太军、姚虎：《国家认同：全球化视野下的结构性分析》，《中国社会科学》2014 年第 4 期。
10. 滕星：《如何理解“国家认同教育”》，《中国德育》2017 年第 13 期。
11. 林尚立：《现代国家认同建构的政治逻辑》，《中国社会科学》2013 年第 8 期。
12. 于海涛、金盛华：《国家认同的研究现状及其研究趋势》，《心理研究》2013 年第 3 期。

13. 丁志刚、韩作珍：《我国西北少数民族现代化进程中的政治文化转型》，《西北师大学报》2003 年第 6 期。
14. 方培虎：《少数民族文化现代化进程下的公民文化路径选择》，《贵州民族研究》2016 年第 10 期。
15. 郭忠华：《观念·结构·制度——关于民族国家起源的三种解释》，《湖北社会科学》2016 年第 5 期。
16. 郭小凌：《国家起源与早期国家形态》，《史学集刊》2016 年第 3 期。
17. 陈建樾：《民族国家：认识、分类、治理及其争议——改革开放四十年来讨论的背景与前景》，《中央社会主义学院》2018 年第 1 期。
18. 王文轶：《民族学视域下中国古代国家起源与形成路径的思考》，《黑龙江民族丛刊》2018 年第 4 期。
19. 孙晓茹：《西方国家起源理论研究述评》，《内蒙古民族大学学报》（社会科学版）2006 年第 4 期。
20. 关凯：《建构中华民族共同体：一种新的文化政治理论》，《中央社会主义学院学报》2017 年第 5 期。
21. 关凯：《历史书写中的民族主义与国家建构》，《新疆师范大学学报》（哲学社会科学版）2016 年第 2 期。
22. 关凯：《中国民族政策：历史、理论与现类的挑战》，《中央社会主义学院学报》2017 年第 2 期。
23. 周平：《多民族国家的国家认同问题分析》，《政治学研究》2013 年第 1 期。
24. 周平：《“亨廷顿之忧”发出了一个严重的警示》，《思想战线》2017 年第 5 期。
25. 周平：《民族国家认同构建的逻辑》，《政治学研究》2017 年第 2 期。
26. 周平：《再论中华民族》，《思想战线》2016 年第 1 期。
27. 周平：《政治变迁中的民族与边疆治理》，《云南行政学院学报》2016 年第 4 期。
28. 周平：《中华民族：一体还是多元化?》，《政治学研究》2016 年第

6 期。
29. 周平：《中华民族：中华现代国家的基石》，《政治学研究》2015 年第 4 期。
30. 周平：《族际政治：中国该如何选择?》，《政治学研究》2018 年第 2 期。
31. 刘义强、管宇浩：《国家建构：为什么建构、建构什么与如何建构——兼论国内研究之不足》，《学习与探索》2015 年第 6 期。
32. 曾毅：《现代国家建构理论：从二维到三维》，《复旦学报》2014 年第 6 期。
33. 沈桂萍：《改革开放以来关于中国民族政策价值目标的理论争鸣》，《河北省社会主义学院学报》2019 年第 1 期。
34. 贺金瑞：《当代中国民族问题治理体系和治理能力现代化初探》，《中央民族大学学报》（哲学社会科学版）2014 年第 4 期。
35. 贺金瑞：《中华民族的主体自觉与思想自我创造?》，《理论研究》2015 年第 3 期。
36. 童世骏：《关于"重叠共识"的"重叠共识"》，《中国社会科学》2008 年第 6 期。
37. 徐欣顺、张英魁：《当代中国政治文化研究：总体态势及科学化取向——以中国期刊全文数据库为基础的文献统计分析（1986－2015 年）》，《福建行政学院学报》2015 年第 2 期。
38. 田恒：《后现代公共行政话语理论视角下非营利组织的政治参与》，《长春理工大学学报》（社会科学版）2011 年第 7 期。
39. 庞中英：《经济全球化、民族国家与民族主义——兼评"民族国家消亡论"和"积极的民族主义论"》，《太平洋学报》1997 年第 4 期。
40. 徐黎丽：《中国西北边疆跨国民族地方性知识功能探析》，《广西民族研究》2018 年第 4 期。
41. 徐黎丽：《社会分工与民族》，《思想战线》2018 年第 3 期。

42. 徐黎丽：《论民族区域自治中民族因素与区域因素相结合》，《烟台大学学报》（哲学社会学版）2018 年第 1 期。
43. 徐黎丽：《现代国家“边境”的界定》，《中国边疆史地研究》2018 年第 5 期。
44. 徐黎丽：《通道地带理论——中国边疆治理理论初探》，《思想战线》2017 年第 3 期。
45. 丁志刚：《现代政府治理视域下的行政不作为及其治理》，《西南民族大学学报》（人文社科版）2017 年第 1 期。
46. 丁志刚：《中国特色社会主义思想的演进——基于改革开放以来历次全国党代会报告的分析》，《江汉论坛》2018 年第 3 期。
47. 丁志刚：《文化的重构与道德的重建》，《山西大学学报》（哲学社会科学版）2016 年第 5 期。
48. 丁志刚：《论县级政府治理能力现代化》，《甘肃社会科学》2016 年第 6 期。
49. 李少惠：《民族地区文化产业发展影响因素及政策分析——基于甘南藏族自治州的探讨》，《西南民族大学学报》（人文社科版）2018 年第 4 期。
50. 李少惠：《反弹琵琶：甘南藏区公共文化服务优先发展战略构想》，《兰州学刊》2016 年第 6 期。

后　记

法国哲学家帕斯卡（Blaise Pascal）说："人是一根能思想的苇草，人的全部的尊严就在于思想。"纷繁复杂、多姿多彩的人类社会正因每个人都拥有思想而成其繁盛。然而，奥斯卡·王尔德（Oscar Wilde）却说"绝大多数人都是他人"。显而易见，由于社会分工和思想理论本身的深奥晦涩，并不是每个人都能仰望星空并有所收获，也并非每个人都具备"顿悟"的禀赋。因此，绝大多数人的思想是复制某个他人的观点，他们在模仿他人的生活，把他人的思想当成了自己的人生哲学。因此，有理由相信诸如国家建构与认同这样的思想理论一定会因思想家的不断阐释、解读而受到普罗大众的高度关注，从而成为影响群众国家立场、政治态度的重要社会意识。阿玛蒂亚·森就认为：理论应用的后果有时候比理论家自己所预期的还要糟糕。假如这些理论不仅概念含混，而且易于被用来强化宗派排他性，那么它们就会受到那些挑动社会对抗和暴力的人的欢迎。[①]

在全球化的今天，世界处于"百年未有之大变局"，既有的国际格局及大国协调机制深刻变迁，民粹主义与经济民族主义的兴起，正在侵蚀着各国之间政治互信的基础。人们重新审视民族国家这一重要社会历史现象，反思既有的民族国家理论，发现发轫于欧洲的民族国家理论既在国际上无法有效应对和防止因国家利益纷争而引起的战乱，又在

---

① 〔印度〕阿玛蒂亚·森：《身份与暴力——命运的幻象》，李风华、陈昌升、袁德良译，中国人民大学出版社，2018，第144页。

国家内部无法根除民族分离主义对国家的破坏，使民族国家面临分崩离析的风险，因此，每个多民族国家都面临“内外交困”的局面。因此，当今的国家建构与认同理论作为开创未来国家模式的重要命题在不断地塑造着人类未来的国家形态。人们对民族、国家、文化、宗教等重要社会现象的理解及对它们之间关系的阐释，将作为重要的社会意识引起广泛的政治后果。《道德经》有言：“知者不言，言者不知。”因此，在国家建构与认同的研究中必须持有慎之又慎、严谨细致和高度负责的科学态度，否则，再完美的理论都可能对国家认同与建构产生误导。

千百年来，人类在理想与现实之间徘徊，因为人们面对残酷的战争和遥遥无期的和平，仿佛探寻不到世界真正冲突的原因，也找不到通向美好未来的道路。人类理性的无能使得求助于神灵或诉诸武力也无济于事。于是，人们往往会将这一切归因于人性，特别是人性的贪婪。国家建构理论的任务就是要创建防止人性恶的一面，以全球正义和人类关怀为基本价值重塑人类的国家观念和政治灵魂。身处民族国家时代，我们应秉持多样性的世界观、宽容的态度对待不同民族，民族理论工作者应成为全球社会中富有建设性的公共表达者。

如前所述，国家认同研究首先要排除对人类身份单一性的理解和认识，回归常识，要认识到任何人都是多重身份的综合体，人一旦以某一单一身份为唯一价值诉求并为之奋斗，则必然陷入狭隘的无解的循环斗争中。单一性对抗的幻象造成了对人的彻底抽象，吞噬了被卷入的对抗者的思想自由。民族文化内部构造的民族认同很容易带有强制性的特征。马克斯·韦伯说，人类是悬挂在自己编织的意义之网上的动物。因此，人们往往会赋予其众多身份中的某一身份以神圣的意义和崇高的价值并为之奋不顾身的奋斗。正如阿来在《尘埃落定》中所言，民族理论工作应以史实矫正想象，克服狭隘的文化意识，从作为人的层面，超越国家、民族的层面书写人类的话语。

就我国国家认同而言，强调社会主义文化和公民身份，摒弃单一民族身份认同，对于国家认同建构具有十分重要的意义。民族文化的多元、多样是一种客观存在，但必须避免其被作为政治斗争的调动性因素而被强化，形成刻板固定的成见，催生国中之国，割裂人民的团结。文化从来都是在多元互动的借鉴中发展进步的。宽容是理解多样性世界的钥匙，而利用在民族地区文化资源开发与利用基础上的国家认同可以有效激发民族地区社会活力。当前，通过少数民族有序政治参与维护其合法权益，以文化大发展大繁荣背景下的社会主义文化作为价值重构的基础，全面提升党的民族事务治理能力，是当代中国国家建构必须重视的路径，也是实现西北边疆地区长治久安、民族关系和谐发展的根本之道。

本书写作因丰富多彩的民族文化而起意，又以如何消除硝烟弥漫的战乱和频仍的恐怖暴力为主导思想展开。回顾历史，无论时代如何变迁，人类都没有逃脱由利益纷争支配的残酷战争。因此，在这个背景下探讨中国现代民族国家建构以及未来超越民族国家窠臼的国家建构模式是一项重要而极具价值的工作。当前国内学界对中华民族共同体的研究中已经包含了大量的对民族国家的反思成果。有理由相信，在中华民族崛起的理论自信中，我国能发扬和传承传统的“和而不同”的超凡智慧，创建新时代的国家建构理论。

由于时间仓促，研究有欠深入，难免有疏漏之处。对这一主题的研究只是抛砖引玉，恳请读者不吝指教。

本书由李世勇设计写作框架，课题组成员甘肃政法大学李小虎副教授撰写第一、二章，李世勇撰写绪论及第三、四、五章。兰州大学管理学院硕士研究生万秀秀和南京大学硕士研究生胡亚芬分别对绪论第五节和第三章部分内容有所贡献。全书由李世勇统稿、修改。

付梓之际，这里要对本书撰写过程中提供帮助的各位老师表示衷心的感谢。从书稿提纲的撰写、书稿的审定，兰州大学管理学院丁志刚教授都给予悉心指导，数次去新疆、青海、宁夏、甘肃等地调研，丁老师都给予资助。同时，老师宽广的学术视野以及对于民族问题的关切时时感染着我，这里深深地表示感谢！感谢兰州大学西北少数民族研究中心徐黎丽教授、西北师范大学王宗礼教授、岳天明教授、甘肃政法大学马进教授、兰州大学管理学院戴巍副教授的指导及中肯的建议。同时，对社会科学文献出版社高雁老师的帮助表示衷心的感谢！老师耐心细致地修改书稿，严谨治学的态度给我留下深刻印象。

最后，要感谢我的妻子刘亚惠女士，离开她的照顾与帮助，本书不能面世，她请假回家，不仅包揽了所有的家务及对孩子的教育，同时还时时鼓励催促我勤奋，努力做好科研工作，这里表示最衷心的感谢！

李世勇

2019 年 6 月 22 日

图书在版编目(CIP)数据

国家建构与认同：理论与实证／李世勇，李小虎著
．-- 北京：社会科学文献出版社，2022.8
ISBN 978-7-5228-0471-2

Ⅰ.①国… Ⅱ.①李… ②李… Ⅲ.①边疆地区-少数民族-民族意识-研究-中国 Ⅳ.①K28

中国版本图书馆 CIP 数据核字(2022)第135700号

国家建构与认同：理论与实证

著　　者／李世勇　李小虎

出 版 人／王利民
责任编辑／高　雁
责任印制／王京美

出　　版／社会科学文献出版社（010）59367226
地址：北京市北三环中路甲29号院华龙大厦　邮编：100029
网址：www.ssap.com.cn
发　　行／社会科学文献出版社（010）59367028
印　　装／三河市尚艺印装有限公司

规　　格／开 本：787mm × 1092mm　1/16
印 张：13　字 数：180千字
版　　次／2022年8月第1版　2022年8月第1次印刷
书　　号／ISBN 978-7-5228-0471-2
定　　价／98.00元

读者服务电话：4008918866